除了野蛮国家，整个世界都被书统治着。

◎ 妈妈和雷吉

◎ 与弟弟萨姆一起徒步

◎ 西南海岸步道

◎ 科夫堡偶遇罗比

◎ 打卡杜德尔门

⊙ 与家人一起到达兰兹角

⊙ 进入康沃尔

⊙ 在柯尔律治路读柯尔律治

◉ 一路相伴的"跳蚤"（下）
和"癞蛤蟆"（上）

◉ 蹲在"跳蚤"里过夜

◎ 斯诺登山

◎ 路遇正在挑战环英长跑的
西蒙·克拉克

◎《心灵马拉松》的部分参与者

◎ 伦敦马拉松赛后，与妈妈深情拥抱

◎ 伦敦马拉松赛，和波普伊
共同完赛

◎ 准备开始徒步旅行的下半场

◎ 奔宁道

路遇牛群

馬勒姆山凹

◉ 约克郡河谷

布伦卡思拉山的"罪恶台阶"

◎ 在布赖顿住了多年的沟
渠岭 13 号的正门

◎ 朋友托尼骑车相伴

◉ 海滨小城泰恩茅斯

◎ 诺森伯兰郡海岸

◉ 邓斯坦伯勒堡遗迹

◎ 热诚友好的巴贝尔大妈

◎ 苏格兰的西部高地道

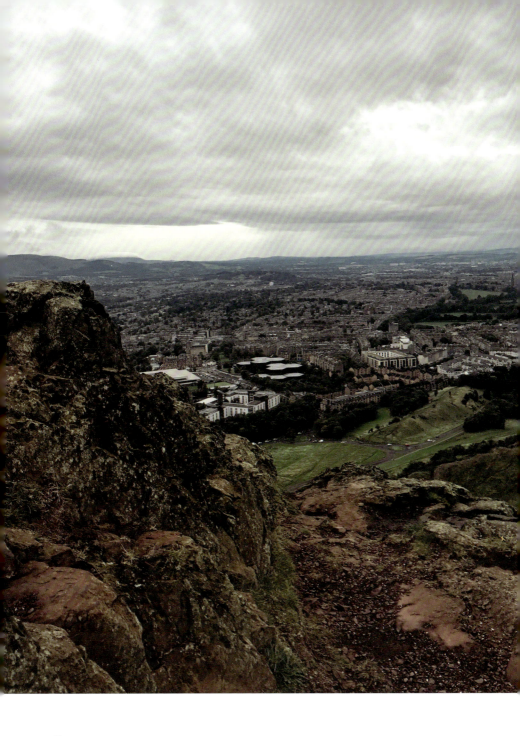

◎ 从亚瑟王座山俯瞰爱丁堡

◎ 洛蒙德湖

◎ "芒罗山登山家"埃里
克在本洛蒙德山顶

苏格兰小镇泰恩德拉姆

◎ 格伦科山谷

◎ 与独立电影制片人格雷格在因弗内斯

苏格兰边境

⊙ 阿尼克的城堡

◎ 最后 5 英里

◎ 布赖顿码头，旅途的终点

走出抑郁症

A Walk from the Wild Edge

徒步环游 3000 英里的
治愈之旅

[英] 杰克·泰勒（Jake Tyler）_著　　孟斯_译

人民东方出版传媒
People's Oriental Publishing & Media
东方出版社
The Oriental Press

图书在版编目（CIP）数据

走出抑郁症：徒步环游3000英里的治愈之旅 / (英)
杰克·泰勒 (Jake Tyler) 著；孟斯译. –– 北京：东
方出版社，2022.4

书名原文：A Walk from the Wild Edge

ISBN 978–7–5207–2594–1

Ⅰ.①走… Ⅱ.①杰… ②孟… Ⅲ.①故事—作品集
—英国—现代 Ⅳ.①I561.45

中国版本图书馆CIP数据核字(2022)第023458号

中文简体字版专有权属东方出版社
著作权合同登记号 图字：01–2021–4779号

走出抑郁症：徒步环游3000英里的治愈之旅
（ZOUCHU YIYUZHENG: TUBU HUANYOU 3000 YINGLI DE ZHIYU ZHILÜ）

作　　者：［英］杰克·泰勒（Jake Tyler）
译　　者：孟　斯
策　　划：王若菡
责任编辑：王若菡
装祯设计：李　一
出　　版：东方出版社
发　　行：人民东方出版传媒有限公司
地　　址：北京市西城区北三环中路6号
邮　　编：100120
印　　刷：北京明恒达印务有限公司
版　　次：2022年4月第1版
印　　次：2022年4月第1次印刷
开　　本：640毫米×950毫米　1/16
印　　张：21.75
字　　数：236千字
书　　号：ISBN 978–7–5207–2594–1
定　　价：68.00元
发行电话：（010）85924663 85924644 85924641

走到本内维斯山①的高处，就像来到了月球表面——没有树，没有草，没有菌类，没有一丝生命痕迹，只有大片灰色的碎石，延伸到天尽头。在比下面的森林海拔高出 1000 米的地方，我停下来，呼吸着浓重的雾气。我注意到，在离我 10 码②左右的地方，夹在两座悬崖之间的一块岩石上，有一只白色的小鸟。那是一只雪鹀。听说有些人爬这座山，就是为了看一眼雪鹀。这只雪鹀若无其事地瞟了我一眼，就在我们短暂对视的那一刻，它飞了起来，一头扎进岩石间又白又厚的云里去了。我意识到，默默凝视它的那一瞬间，我很自在。周围的一切都让我很自在，我的内心也很自在。就跟这只雪鹀一样，我属于这个地方。我继续攀登，脚下的岩石发出嘎吱嘎吱的声音。这时，我又想起了那个早晨。那时候，我根本无法相信自己能像现在这样生气勃勃。

① 英国本土最高峰，海拔 1347 米。（本书所有注释均为译注。）
② 1 码约合 0.91 米。

目录

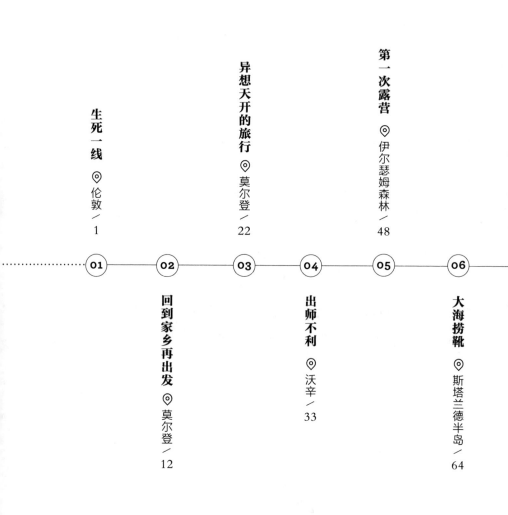

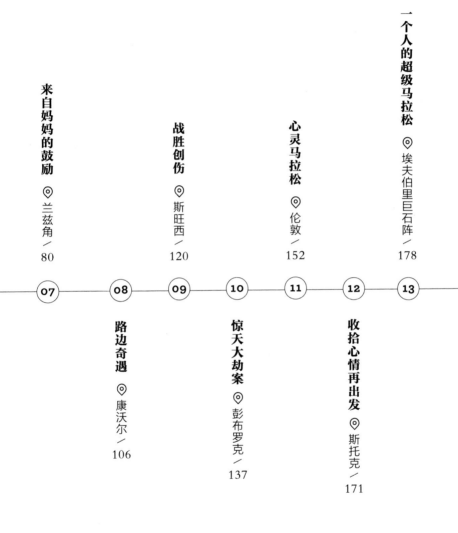

生死一线

伦敦

2016 年 3 月。

仅仅在过去一个月里，我就想出了 9 ~ 10 种方法去做"那件事"。把头伸进烤箱里，估计这样的结果最好收拾；用刀子的话，不吞上几瓶药恐怕下不去手，但我没那么多药；虽然在斯特拉特福德的铁道上卧轨也能达成目的，但给火车司机和站台上那么多人留下那么大的心理阴影，想想就可怕，我负不起那个责任。

几个星期了，我活得像只受伤的动物，痛苦地无法动弹。我盼着有什么人能帮我一把，替我结束这种折磨：盼着不小心吃到让我过敏的食物，盼着在街上被人捅刀子，盼着患上某种无法确诊的心脏病。但在所有能够想到的死法里，我想的最多的还是从这个位于 4 楼的房间跳下去。楼下就是酒吧。我想象自己站在窗台上向下看，凝视着这个我无法理解的世界。这个世界里到处都是人，但我不再觉得自己跟任何一个人有任何亲密的关联。突然一阵风刮过，寒冷裹着敌意打在我的脸上。我想象自己最后吸了一口伦敦那又潮又脏的空气，然后纵身一跃，飞离这腐烂颓废、分崩离析的生活。瞬间的恐惧和骤增的肾上腺素击穿身体，下一秒，我便一头栽在人行道上……

　　然后，就这样，一切都结束了，进入永恒的睡眠，再无幻梦，再无痛苦、仇恨和悲哀。只要这么一下子，就能让我遁入空无一物的极乐世界。

　　我执迷于死亡。随着时间的推移，我从空中坠落的画面在脑海里变得越来越清晰和真实。但我知道，虽然自己一直想着自杀，但也只不过是想想而已。老实说，我从没想过真的去做那件事，直到那天早上。

　　那天我下班比较早。即使对于一个工作日的夜晚来说，酒吧前的这条路上也显得过分安静了。8个月前，我同意接手井桶酒吧，那一天是我担任经理以来最安静的一个晚上。那是家繁华的酒吧，位于红砖巷北边，靠近充满时尚气息的肖尔迪奇区和贝斯纳绿地的交界处，以美食美酒闻名。酒吧里铺着深色木地板，装饰着抛光的铜把手，很有品位。摇摇欲坠的瓷砖拼命扒在墙壁上，从英国的摄政时代坚挺到如今。这里是某种意义上的地标，实实在在地反映了伦敦社会的历史；这里也一直是东伦敦的职场精英和艺术品卖家们的汇聚之地。

　　布赖顿的酒吧总是热闹非凡，但也有点脏兮兮的。这个行业我干了有十多年了，有时在吧台后面给人上酒，有时要清理醉客的呕吐物。后来，我很高兴地接手了这家井桶酒吧，我喜欢这个地方的历史气息和格调。然而仅仅几个月后，最初的热情逐渐消退了，一开始那种终于找到了"梦想中的工作"的兴奋不见了。我越来越颓废，几乎要被吞没，但又搞不清这颓废是怎么来的。总之，我觉得自己出事了，情况不太对头。而最可怕的是，我不知道该怎么办。

　　那天晚上，送走最后几个客人后，时间比平时早了点。我拿了钱，照例跟员工们享受一下工作之余的小酌。在酒吧里的那个老地方，挨着瓷砖墙的那边，我们聚在三幅维多利亚时代的大肖像下面，这些肖像的脸上罩着骷髅。就这样待了好几个小时，我一罐接着一罐打开半冷的卡姆登地狱啤酒，也不说话，有一搭没一搭地听着大家闲聊顾客、朋友或者时下的风流韵事。但我的眼睛总是被那些肖像画吸引，那里面有一种可怕的东西，让我觉得自己离死亡更近了，在某种程度上，它们让我感受到了死亡的舒适和慰藉。也许我不该这么想。看着天花板，想着我在4楼的房间，我意识到自己并不真的享受此刻的这一切。

老板不喜欢我住在酒吧楼上是有道理的。这让我的工作和生活界限模糊，让我无时无刻不保持着工作时那种必须快速反应的警觉。下班后，我大部分时间都躺在床上，楼下一传来什么动静，我就一哆嗦，那感觉就好像一条狗在暴风雨里瑟瑟发抖。我住的地方就跟我这个人一样：冷漠、贫瘠、毫无魅力、毫无个性。每天在这种地方醒来，让我感到自己一定是这个世界上最卑微、最消沉的人。这个房间似乎也跟我一样，失去了自尊，变得不适宜人类居住了。在此之前的几个星期里，我就已经谈不上什么个人卫生了，晚上睡觉前不洗澡已经成了家常便饭。只要看着镜子里的自己超过一秒钟，我就觉得备受折磨。用舌头舔一下牙齿，那感觉就好像在舔上了年头的毛毡台球桌面。我的身体状况也很糟糕，各种糟糕。还有，我从未感到如此孤独。

我不想让人知道自己的这副样子，为此不惜一切代价。每次想到这些，听到脑海里的声音说我有多么糟糕，我就把它们全都捂住，埋起来。然而我埋的还是不够深，没能完全藏住它们。于是，当一天的工作结束，只面对自己的时候，那些情绪就又回来了。

我一直觉得自己是个双面人。A面的杰克，自信、投入、健谈，有勇气担当起任何事情；B面的杰克则不喜欢说话，很多问题想不明白，不知道自己究竟是谁。B面始终威胁着那个更好的A面。在我看来，B面的杰克是世界上最可悲的人。这样描述自己让我很不自在——我无法想象自己这么无情地评价任何一个人，但我就是这么看待自己的。

B面让我感到羞耻。每天背着这份羞耻，就像背着一袋石头。而我周围的人，在我的眼里却都那么无情地自信满满。A面与B面之间的矛盾让我极度困窘，为了掩盖这种困窘，我内心的能量已经被消耗殆尽。我承认，痛恨自己的某一面属于"内心"层面的问题，但我从没想过，这也被称为"心理健康"问题。我确信，我脑子里的东西是我独有的，是我的性格缺陷，要纠正它或者忽略它都是我自己的事，我应该独自想清楚该怎么办。所以我从没想过要去寻求医生的帮助。医生是专门治疗身体上的病痛的，比如感冒、痢疾、胃病，而不是帮你解决烂掉的B面所带来的痛苦和恐惧，即使这种状况让你没法成为自己想成为的人。

我现在偶尔会想，如果当时知道自己面对的是抑郁症，我会去做些什么吗？我会试着早点求助吗？又或者，我会不会害怕被帮助、抗拒被帮助，或是干脆就不知道到哪儿去求助呢？

直到天快亮的时候，我和同事们才算过完了这个晚上。锁好酒吧的大门，我沿着楼梯回到4楼的房间，仰面躺在床上，感觉脑子里笼罩着一团雾。这团雾随着伦敦沉闷的黎明升起，散布在我内心的每一个角落里。我呆呆地看了半天床尾，那儿搁着我脱下来的沾满啤酒渍的衬衫和牛仔裤，邋遢、肮脏。想起这些已经是我最干净的衣服了，而且今天还得继续穿这身行头，我皱了皱眉头。

房间的另一头是一扇窗户，我平时喜欢坐在那儿对着外面抽烟。以前我很喜欢在晚上坐在那扇窗边，听着东伦敦的嘈杂，而楼下的街上却没有行人能看得见我。

我就这么躺着，看着，阴郁如同篝火的滚滚浓烟围困着我。我意识到，是时候了。痛苦如此之深，我确信自己没有复原的可能了，我的生命再也不会有什么快乐可言。那一刻，我只能看到唯一一种结束痛苦的办法。

我使劲儿盯着窗户，窗户周围的一切都模糊成了黑色，一股寒意流过血管。结束了。而后，寒意变成了灼烧。肾上腺素在体内猛烈喷涌，不适感让我几乎要吐出来了。为了在站起来之前让自己平静下来，我吸了一口气，开始倒数。

10、9、8、7、6、5、4……妈妈……3……我要见妈妈……

在下意识的求生本能和对自己命悬一线的意识之间的某一处，我看到了她的脸。我想都没想就拿起手机，翻开通讯录，找到了她的名字：妈妈。

妈妈是个身材矮小的女人，就像"霍比特人"一样。她住在一艘从荷兰买来的驳船上，那是她和爸爸分手后买的，那年我19岁。她穿羊毛袜子，喝用脏杯子泡的黑醋栗热茶。她有一双好奇的蓝绿色眼睛，以及和我一样的小圆鼻头。她给埃塞克斯的黑水河里大部分的鸭子都起了名字，但又为此后悔了。因为指名道姓地说"马克"不见了，只会让她更难过。她来我的小学教过我们瑜伽。在运动会上，她的欢呼声盖过了其他所有孩子的妈妈。她每天打坐冥想，焚香时从不考虑防火措施。她做的烤蔬菜世界第一。她喜欢看足球比赛、听演唱会。她看电视剧《霍尔比城》（*Holby City*），一晚上能抽掉三管卷烟。妈妈认为，狗就应该有狗样，于是鼓动她的狗雷吉在驳船驾驶室里冲着过路人吠叫。当我们几个孩子还小的时候，她经营着一家素食店，后来发现保姆偷偷给我和我弟弟萨姆递咖啡和香肠，于是对着保姆大吼大叫。她有差不多1000张DVD，但并没有最喜欢的电影。她是三个孩子的母亲，总是让我、萨姆和我妹妹弗兰克感到自己被她无条件地需要着和爱着，那感觉就好像我们是她的世界中心。"喂，臭小子。"她接了电话。我几乎可以看到她皱着鼻子，眼睛里闪着顽皮的光。

片刻停顿。我的心在碎裂。

"喂。"我说，声音低沉、刺耳、心碎。

"杰克？"

"……"

"你没事吧？"

我在哭，我正在粉碎。

"我不知道自己怎么了。"我结结巴巴，声调混乱。

然后是沉默。

"我很担心……我会伤害自己。"我抽泣着说。

如果你因为心理健康问题而挣扎，人们常常会劝你"找人聊聊"。这个建议好是好，可惜事情没那么简单。要搞清楚自己的脑袋里到底在想什么，还要把痛苦对着另一个人讲明白，这种困难让很多人实在开不了口。你感受到的那些东西既混乱又矛盾，像是无稽之谈，想来根本不可能有第二个人能够明白。于是，你把它压了下去，觉得既然没人能明白，也就没人能帮得上忙。但在跟妈妈通话的那一刻，我忽然明白了：打开一扇门，让他人知道你心里的事情，并不是为了找到答案，而是为了结束孤身一人在痛苦中的绝望。某种程度上，让妈妈参与进来，减轻了我心头的重负。她爱我、关心我，这种力量冲破了我心里的那一团浓雾，迂回挺进，在我的心上打开了一条缝隙，让一道光照了进来。我忽然意识到了自己想要做的是一件什么样的事，开始不确定：它真的是解决一切问题的正确答案吗？毫无疑问，那通电话救了我的命。

　　我跟妈妈的电话打了可能有 20 分钟。我一直在哭，要么就不说话。挂上电话之前，她给我布置了两项任务。第一，把我跟她说的这些事告诉我的老板：我很焦虑，觉得自己无法胜任这份工作，承受不了管理工作的压力，而且总是想着有几百号人正排队想要得到这个职位，肯定每个人都会比我干得更好。一想到要跟我的两位老板说这些，并且他们很可能同意我所说的话，我就觉得这件事太难了。我紧张极了。然而，当我拿起电话打给老板时，收到的是真诚的关心，除此以外别无其他。给妈妈打的那个电话，让我仿佛拧开了一个瓶盖子，之后再往外倒东西就容易了一些。尽管我还是想不清楚事情，也没能力做什么决定，但现在我想努把力了。如果离职，我反而更会有大把时间沉迷在那些情绪里。

所以我和老板商量，打算减少我的工作时间，每周只工作 30 个小时。这样我中午就能下班了，然后就有时间去做妈妈交给我的第二项任务：看病。还是那句话，我从来也没想过要找什么心理医生，所以心情复杂。有必要吗？他们能做什么？这不是浪费大家的时间吗？

午饭前，我要给诊所打电话预约时间，必须在电话里简短地描述自己内心的挣扎，这让我坐立不安。但我还是打了电话。接待员问我有什么事，我直截了当地脱口而出：

"我感觉想自杀。"

听到这句话从我的嘴里冒出来，我意识到自己泄露了一个秘密。我曾立誓永远不把这件事告诉任何人。我又慌又怕，面无血色，胳膊和胃里都在颤抖。话一说出口，我才意识到，其实那天早上死亡已经离我近在咫尺了，这让我忽然头皮发麻，被一阵负罪感压得喘不过气来。2016年 3 月 29 日，星期二。这一天差点就成了所有爱我的人永远的伤痛。此后他们会不停地问自己：假如他们多为我做点什么，我会不会活下来？为什么他们没注意到我出了问题？他们会一直用这些问题折磨自己。想到这里，我羞愧难当。

当天下午，我走进全科医生的诊室，脑子里一片空白。我不知道要说什么，也不知道见医生能有什么结果，但我觉得的确应该做点什么，这是我所需要的。我注意到医生没让我自己随便找把椅子坐，而是拉了把椅子让我坐下。接着他坐到我旁边，跟我坐在书桌的同一侧。我当时满脑子麻木和空白，他问我找他有什么事，我跟他对视着，一句话也说不出口。他的眼睛里充满善意，但我也看得出来，他有点不知所措。他应该和我差不多大，穿着一件熨得整整齐齐的衬衫和一条紧身裤。这样尴尬地沉默了一会儿之后，我开始讲自己的事情，谁知话一出口便停不下来了。

"今天早上我差点自杀，我觉得我是疯了。长久以来，我不知道该怎么办，不知道自己是谁。我已经不记得快乐是什么感觉了。有好几年，我一直很挣扎，因为我没自信，很自卑。我讨厌自己，在所有的方面都讨厌，真的。有时候我可以假装成讨人喜欢的样子，但我做不到一直那样。我把一切都藏了起来，不让人看见，觉得被人看见很危险。我希望周围的人能对我微笑，因为只有他们的微笑能让我打起精神，暂时觉得生活没那么黑暗。但是我其实有社交焦虑。我做不好工作，睡不着觉，天天喝酒嗑药。我跟这个世界格格不入，没人像我这样。我可能是疯了。生活中就好像有一团雾，把一切都罩在里面，让我迷迷糊糊的。我实在不知道该怎么说了。"

他全神贯注地听着我滔滔不绝。

那感觉就好像我在揭开事情的真相，虽然难受甚至恶心得让我快要受不了了，但直觉告诉我，我做得没错。当我终于停下来喘口气时，感到畅快淋漓。我确实平静下来了，也轻松了很多。有那么一会儿，医生一直盯着我。

沉默了半天，他问了我一个问题，一个对我来说最重要的问题：

"杰克，你是真的想死，还是不想像现在这样活着了？"

正是那一天在医生的办公室里，我幡然醒悟：我原本以为唯有自杀才能摆脱内心深处的痛苦，却没想到这两件事是可以分开的。结束痛苦和结束生命是有区别的。意识到这一点，让我混沌的大脑中有了一点思路。在接下来的几个星期里，我一直想着医生提出的这个问题，一点点重建破碎的生活。我也不知道为什么，拒绝了医生的建议，没有去吃一个疗程的抗抑郁药。也许我是觉得，吃药只是在表面上缓解症状，并不能根治我的问题。我倒是觉得有必要去看心理治疗师。有人为我介绍了一个叫艾琳的认知行为治疗师，给了我她的电话。

有三个星期，每星期两次，我去找艾琳做治疗。她的办公室在 11 层，跟楼下拥挤的街道拉开了距离。大部分谈话内容我都不太记得了，只记得自己当时相信心理治疗对我很必要，也很重要。艾琳确实帮助我很快改变了原先看问题的角度。她让我明白，我的种种表现不过是正常的人类行为，是许多人遭遇创伤后都会有的反应。我对这些话题很感兴趣，而艾琳的见解也给了我很多启发。但这些交谈并未改变我内心深处的感受。虽然现在能感受到周围有人在帮助我了，但我仍离群索居，疲惫不堪，找不到方向，也无法进一步"改正"我的问题。

抑郁不是很痛苦，而是极度痛苦。背负着这种程度的痛苦，比什么都累。那个生死危机的早上之后过了一周，我明显病得没法工作了。我心情沉重，感到很失败。我辞去了井桶酒吧的工作，跑回了家。

02

回到家乡再出发

📍莫尔登

辞职结束了工作上的压力，但想到自己曾经经历的那些事情，我仍然轻松不起来。我想逃避的不是某个具体的地方，也不是某个具体的人或者情况，所以没法靠一走了之来解决问题。我想要逃离的是我自己，问题存在于我的内部，仅仅换个新环境还不够。我回到了家乡，埃塞克斯的莫尔登，在那里感觉好了一些。在熟悉的环境里，我平静下来。在海边的码头，退潮时仍能闻到熟悉的泥土味道，那是我记忆中的一种独特的气息。一到春天，诸圣堂就被包裹在粉红色花朵的海洋里，那也是我熟悉的。我还知道怎么在那座叫"冰岛"的房子顶上，找到那句臭名昭著的"欢迎来到莫尔当"的涂鸦，虽然它已经模糊得让人难以辨认了。那句涂鸦的创作者故意写错了"莫尔登"——这更说明他是个当地人，因为他显然知道怎么惹恼莫尔登人。在这里，我感觉有什么东西在酝酿，帮助我重启自己的生活。也许是河口的空气里传递着什么，也许是教堂那响彻小镇的高亢悦耳的钟声，也许是大街上那些熟悉的面孔——我从未与那些人说过话，但随着时间的推移目睹了他们慢慢变老。莫尔登也是我的父母、外祖父母、祖母、叔叔婶婶和两个堂兄弟的家。在莫尔登，我能感受到整个大家庭拥抱着我。在人生的这个时刻，这正是我需要的。我需要一个拥抱。

在我成长的过程中，家里人的关系总是很亲密。父母很年轻的时候就生下了我和弟弟萨姆。1999 年，妹妹弗兰克出生，那时我 13 岁，似乎已经什么都靠自己了。如果我讲述的是一个从一开始就充满挣扎的故事，我后来的感受都源自一个童年时期受尽折磨的孩子和他不正常的原生家庭，一定会很精彩。但事实是，我很享受童年生活。

全家人一起在户外度过的时光，是我最美好的回忆。我们戴上帽子和手套，穿上宽大舒适的套头衫，开车去林子里玩。在那里，我和萨姆会折下欧洲蕨，一头扎进树林深处去"探险"和"寻找线索"。那是个绝佳的地方，激发了孩童无限的好奇心和想象力。那片地方为我打开了一扇大门，让我去尽情地发现，享受自由和冒险。虽然长大以后，全家人一起去那里散步的次数减少了，但我仍然很怀念当时的感觉。不过，也正是那些漫步在自然中的回忆，让我总想逃避现实生活。

我的家庭充满了"户外精神"，我一直为之自豪，尤其是看到很多朋友的家人整天规规矩矩地待在家里，爸爸像模像样地打着领带，卫星电视和用微波炉加热的晚餐是他们的标配。我的父母不一样。在两个年轻嬉皮士的家庭中长大，我颇为骄傲。即使他们在我 19 岁时分手了，我们还是很亲密。爸爸卖掉了当时全家住的房子，换了一套公寓，我和萨姆跟他住。那套公寓在上莫尔登街，楼下有一家日光浴沙龙。妈妈则从荷兰买了一艘驳船回来，停在黑水河口的码头，弗兰克一直跟她住。妈妈给这艘船起名为"黑鸟"号。这些年来，莫尔登逐渐发展成了一个繁忙的小镇。虽然"黑鸟"号挨着熙熙攘攘的海滨公园（当地人称这个公园为"舞会"①），但如果你来到这里，会发现"黑鸟"号是个闹中取静的地方。考虑到弗兰克去上大学了，而爸爸的住处比较小，我决定投奔妈妈，希望在她的陪伴下让自己慢慢好起来。

在妈妈家，我很快成了客厅里的主角。所谓客厅，实际上是一个15英尺宽、12英尺长②的船舱，内墙上镶着深色木板，舱室一端靠墙搁着一个烧木柴的小炉子，对面是红色的沙发，虽然破旧，却是全世界最舒服的。地上是妈妈从印度带回来的色彩斑斓的地毯，铺满了整个房间——妈妈去过很多次印度。墙上和窗台上挂着一些装裱好的照片和小装饰品，包括几座佛教建筑的照片和一张鲍勃·迪伦（Bob Dylan）的旧海报。这些墙上装饰完全不同于我在肖尔迪奇区的住所，那里的墙上贴满了肮脏与荒凉。电视旁边挂着一个牌子，上面写着："猫王会怎么做？"这个问题恰好符合我当时的心境。那段时间，我终日舒舒服服地躺在沙发上，嚼着糖果、薯片和松饼，沉溺在短暂的愉悦中，不去想长远的未来。

在船上待了大约一个星期后，日子一天天变得重复。无业，无聊，无固定作息，我唯一的任务就是早晨下床、夜晚上床。我整天看电视，任由无穷无尽的保险广告、一遍遍重播的情景喜剧和观众笑声淹没我，就这样一直看到上床睡觉的时间。我已经不知道自己到底对什么感兴趣、到底对各种东西有什么看法、到底什么能让我快乐了。看搞笑的节目，我笑不出来；看时事新闻，我也完全不会生气。妈妈每次跟我说话，我

---

① 海滨公园的英文"promenade"开头为"prom"，是毕业舞会的意思。
② 1英尺约合0.3米。

都只想哭。她拥抱我，我却什么也感觉不到。她在大多数日子里都要外出工作，出门前，她总会建议我去做一些事情——散散步，洗个澡，写写心情。然而每天晚上她回来时，我都觉得自己让她失望了，因为她说的我一样也没做。当然，她从来没有表现出失望的样子，但这并不能减轻我的负罪感。我估计我要是继续这样待在她身边，她最后一定会崩溃的，这个想法让我难过得要命。我比以往更迷茫了，不知道自己是什么人。经历了过往的人生，我已彻底绝望。我回不去了；更可怕的是，我竟然也不在乎了。我认定自己就这样了，只要给我一条羽绒被，就能这样过一辈子，虽然内心悲苦，但至少能蒙头躲在软乎乎的被窝里，用不着更多努力。抑郁有一种力量，能把你拉进一个洞里，你只要进去了，它就一直抱着你不走。舒舒服服地躺在它的怀抱里，你压下了改变自己的渴望。奇怪的是，这种与抑郁相拥的舒适感，成了你大脑里唯一的快乐源泉。随着时间的推移，这种舒适的感觉会上瘾，会让人满足。同样，做出的决定是不是对的，未来，钱，朋友们是不是还喜欢我……不考虑这些问题，也会带来诡异的满足感。

又过了几周，我终于有了一丝改变自己的动力。一开始，动力微弱，就好像遥远的地平线外一个模糊的小点。但它从那遥远的地方慢慢靠近，我开始觉得确实应该做点什么了。我已经厌倦了像个奴隶一样，总是被心情牵着鼻子走。抑郁情绪一天到晚都控制着我，而我终于想要做些事情来结束这段关系了。我想重新掌控自己。就这样，在妈妈提了无数次建议后，我终于答应带雷吉出去散散步。

外面很暖和，但风里仍夹杂着一丝寒意。我和雷吉沿着河边散步，偶尔停下来看看鸭子。这很快就成了我和雷吉的例行活动。一开始，我不愿意走得太远，因为在妈妈的船周围转悠才能让我感到心里踏实。但大概过了一个星期之后，我逛腻了周围千篇一律的风景，于是穿过镇子，来到利奇花园。这座花园看着很不起眼，但其实维护得很好，从这里能望见镇子边上的林地。这座花园里充满了我的童年回忆。爸爸妈妈就是在这里告诉我和弟弟，我们要有个小妹妹了。我和邻居还曾在这座花园里发现过一只羽翼未丰的八哥，我们花了整整一个下午"教"它怎么飞。我们在田野上来回奔跑，手里小心翼翼地捧着那只小雏鸟，像乐队指挥一样挥动双手，教它扇翅膀。经过几个小时的"训练"和几次俯冲之后，邻居把小鸟放走了。我们俩欢呼着，看着它飞过花园尽头的灌木丛。它飞远了，开始了我们想象中的新生活。

每天的散步都是一段怀旧的时光。日复一日，我越发期待外出散步，也越发看到自己在往好的方向转变。我每次下船时的姿势似乎更帅了一些，这说明我找回了一些自信。早上沿着河边散步时，周围的一切如此安详。我凝视着静静的水流，赞叹自然的美丽与质朴。偶尔，水面平静得出奇，仿佛能令我入眠。水中倒映着的天空蓝黄相间，映出每一只飞鸟轻快掠过的身影。我找到了内心中的平静，那是一种久违的感觉，我没想到自己还能找回这种感觉。这样的时刻越来越多了。这种内心的宁静与美好，逐渐扩散到了散步时间之外的活动里。白天，我不再腻歪在羽绒被里，开始洗衣服，睡眠也规律了，也不天天往嘴里塞十字面包了。我开始研究做什么饭吃，为此要买什么食材——想吃牛油果酱，就要买牛油果；想吃香肠和土豆泥，就得买土豆。我不想再像以前那样，一进超市就冲向冷冻比萨和膨化食品了。我终于开始回复手机信息，甚至偶尔会主动跟一段时间没有联系的朋友聊上几句。我开始重新找回自己——A 面的自己。A 面的杰克能照顾自己，也能干点事。我想要 A 面。

一个灰蒙蒙的下午，在利奇花园里，像往常一样，我一给雷吉解开绳子，它就欢蹦乱跳地奔向树林。不过这一次，它被一只苍蝇或是蜜蜂吸引住了，锲而不舍地追了上去。雷吉对着空中狂吠不止，笨拙地朝那个小东西发起进攻。我不禁大笑起来。我已经习惯了过去那种为了让别人高兴而强迫自己制造出来的虚伪甚至带着绝望的笑声，但这回显然不一样。我真的笑了，为了自己而爆发出一阵阵大笑，这是我几个月来第一次开怀大笑。我感到身体里有一股暖流。如今我每次跑完步，都会感到这股暖流。我想起当年去外祖母家，离别的时候，看着她站在门口向我挥手，那个时刻也有这样一股暖流在我身体里涌起。那仿佛是一道光，洒遍我的全身，虽然在空中飘舞，却如此真切和实在。我静静地坐了一会儿，既不向前看也不往后瞧，不在意我到底是谁，也不在意这个世界上到底有没有我的位置。我只是简简单单地坐在长椅上，让雷吉放心地靠着我。我全然地感受着、享受着此刻的自己。是的，我在这里，关键是我属于这里。我的心灵拥抱着此时此刻一切感官传递给我的欣喜。很长时间以来，我觉得自己是一个不受欢迎的外人，不管在哪儿都是如此。但此刻，我终于找到了内心的归属。

寂静之中，我的心渐渐舒展，与周围的一切和谐交融，远离嘈杂和忧虑。我发现了一件事——我竟然状态不错。四周洋溢着鲜活的色彩，我和雷吉都充满能量，彼此感染着，我们对彼此是多么忠诚、多么热情。

我的身体呢？我的身体也在重新活过来。我坐在那儿，感受着身体，它几个月前差点儿被我毁了。但现在，它好好的，活着、能动，它能做多少事啊！我开始回想自己是如何走到现在这一步的。是的，现在感觉好起来了，但我还是有点迷惑：我到底是怎么从无边的黑暗深渊里爬出来，找到光亮、找回乐观的呢？我想到了妈妈：想到我向她呼救的时刻，想到她从深渊里把我拉出来，想到回家，想到小镇的亲切让我找回自己。我也想到了雷吉：因为它，我走出船屋，来到户外；它每天陪我散步，让我不再无所事事。我还想到了自然的力量：走进自然是多么简单的一件事，但它给了我巨大的治愈力量。留意太阳散发的温暖，捕捉空气中的一丝凉爽，看风中起舞的树，看水里倒映的天，这一切都让时间停顿下来。想起小时候，我总是在户外玩，怎么都不想回家，即使下雨或天冷也挡不住我。我终于明白自己失去了什么，这是对我的心灵极其重要的东西，我却抛弃了它，现在必须把它找回来。在户外，我收获的不仅仅是新鲜空气和泥土的清香。广阔的天地让我的心也变得宽广了，不再紧抓着那些消极的想法不放。走到这一步，我发现自己其实从未真的想要去死，即使是在痛苦中煎熬时，我真正想要的，其实是重新找回活着的感觉。

于是，一件预料之外的事情开始萌芽了，或者说，一个想法，至少是一个想法的苗头冒了出来。我一边给雷吉拴上绳子，追着它赶回镇上，一边满脑子嗡嗡作响，酝酿着这个想法。我在一家书店门口停下来，把雷吉拴在门口，进去在书架上搜寻。终于找到了，就是它——英国地图。在柜台付款时，我一闪念想到，估计没有人会因为买了一幅自己国家的地图而这么兴奋。

回到船上，踢掉运动鞋，我把地图平铺在客厅地毯上，从厨房桌子的抽屉里抓起记号笔，开始激动地圈出每一处我所知道的自然景观，也就是地图上那些有大片绿色而又没有很多道路汇集的地方，像是国家公园、"国家杰出自然风景区"①、徒步道和海滩。我浮想联翩，仿佛看见了自己，作为一个游牧者、一个背包客，前往那些最质朴的乡村和野外，皮肤晒得黝黑，头发则晒得发白。我仿佛看见了自己行走在崎岖的康沃尔海岸，穿越湖区和苏格兰高地。想着想着，我不禁感慨万分。

我是怎么让事情发展到现在这个地步的呢？我一直待在原地不动，就这么捆住自己，任凭自己沉沦下去。我对自己都做了些什么呀！那个曾经自由穿行在森林里的男孩，那个专心致志采摘欧洲蕨的男孩，我竟任凭自己离他远去，一味地适应别人，努力过上别人眼中的有意义的生活。我拼命工作直至病倒，购买那些自己根本不需要的东西，以为这样就能对抗负面情绪。生活本身并没有给我制造什么难题，反倒是我自己，从来没有让自己停下来想想：我究竟想要什么？有没有照顾好自己？我已经很长时间不曾充实过自己的灵魂了。我需要逃离这样的生活，重新做回自己生活的主人。

低头再次看着手中的地图，那上面挤满了我在激动中写下的笔记和圈圈点点。地图上一片混乱，但我的心里却异常清醒——没错，我要去那些地方。这些混乱的标记下面，是我想要寻回的自然的天地。我要去

---

① Areas of Outstanding Natural Beauty，简称 AONB，英国政府立法认证的英国境内独具特色且尤为出众的自然风景区。

那些最美的地方，再次感受自然万物——那个我已经渴望了太久的世界。然而，地图上那么多地方，该如何取舍呢？想到最后，我画了一条又粗又黑的线，把所有的圈圈点点连了起来。眼前出现了一个巨大的圆圈，圈住了整个英国。

我盯着这个圆圈，脑子里做起了关于四处漂泊、逍遥自在的白日梦。很多天，很多个星期，就这样漫游在田园诗一般的天地里，不占有任何物质，不心怀任何忧愁，大口呼吸最纯净的空气，看一路上的风景从海岸变成森林，从丘陵变成高山，就这样一直走下去。这将是一种全新的生活。我想象每天在不同的地方看日出日落，在满天星斗下安然入睡。最后，我想象自己站在高山之巅，广袤而美丽的天地从我的脚下延伸向无数的方向。我沉醉其中。

置之死地而后生。有些人必须坠落谷底，才能发现自己的潜力，反败为胜。在人生的最低谷，我已一无所有，可以说是再次回到了人生的起点，没有期盼，没有计划，也没有什么可失去的。但这也给了我机会，让一切重新开始。我要开始书写真正属于自己的生活，一切就从我的离开开始吧。是的，又是一次离开，但这次我没有放弃任何东西，反而更像是向着什么东西迎上去。也许这个设想太过宏大，不切实际，但我实在忍不住。正是在那一刻，我决心徒步环游英国！我要去重新发现生活的不可思议。

异想天开的旅行

实际上，快要被负面情绪淹没时，暂时远离一切反而是最有效的解决方案。这样就能清空大脑，接着才能有脑力去想明白到底要改变什么。搞清楚了想要改变的是什么，那么剩下的就是：为了自己，努把力，付诸行动。如果改变不了现状，那就试着寻找其他途径，或者改变看待现状的角度。能够这样想，生活就会变得不那么不可控，人也不会再轻易被消沉的情绪淹没。还有一件事毋庸置疑：如果一个人真的能够享受当下的生活，就不会再整天幻想着全速逃离。

站在妈妈的客厅里，脚下还是那张地图，我开始在脑海中规划行走路线。我打算从布赖顿出发——毕竟，在搬到东伦敦之前，我在那儿住了 8 年，那里已然是我的家了。起点是布赖顿码头，一路向西几乎是一条直线，包括了大约 300 英里 ① 的海岸线，这条海岸线连接着南英格兰各郡——萨塞克斯郡、汉普郡、多塞特郡、德文郡和康沃尔郡，然后抵达英国的西南角——兰兹角。从这里往东北方向走，又是 400 英里的海岸线，途经坐落于北德文郡的埃克斯穆尔国家公园，再穿过萨默塞特郡

————————

① 1 英里约合 1.61 千米。

和格洛斯特郡，到达布里斯托尔。接下来，绕着威尔士走上大约 700 英里，穿过布雷肯山、彭布罗克郡海岸和斯诺登尼亚那些史诗般雄伟的山脉。再转向东，进入英格兰中部地区，继而向北，沿着奔宁道走 200 英里，穿过皮克山区和约克郡河谷国家公园。

我思考了一会儿，要不要把这个旅行计划公开，因为这个活动也许能给一些人带来希望。带着人们去领略英国那些最令人惊叹的自然景观，也许能激励大家亲自去户外体验大自然的治愈力量。我被这个想法迷住了，它仿佛是我毕生追寻的那个终极答案，而现如今它就在门口，等着我走过去揭开谜底。我抱着双臂，试图让自己平静下来，紧闭双眼，感受着阳光从窗外射进来，洒在脸上，然后再次睁开眼睛，手中的记号笔继续移动。接着刚才的路线，笔尖划过位于湖区的坎布里亚郡。到这里为止，有多少英里了？我快速计算了一下，发现大概有 1200 英里。第一次，我犹豫了：是不是太夸张了？

我沿着从索尔韦湾畔鲍内斯起始的那段 84 英里长的哈德良长城继续规划。这个时候，我忽然开始意识到这次环游英国的旅行意义重大。这是个疯狂的主意，就算我把自己的计划讲出来，也不会有人当真的。但不知道为什么，这却更让我觉得一定要完成它。想象一下，一个像我这样的人竟然真的做到了——一个超重、平足、药物成瘾、被诊断得了抑郁症的酒保。这个强有力的想法完全占据了我的大脑，我不再想是不是可行，而是决心单纯地相信自己一定能够成功。即使是状态最好的时候，我也绝对没有这么自信过。虽然当时病况稍有缓解，但仍然在跟抑郁症斗争的我，竟会迸发出这样的信心，现在想来，真是个奇迹。

继续规划。我的手指移动到地图上英国西北部的海岸线，沿着海岸公路向北来到了英格兰与苏格兰的边界，整个英国最让我激动的地方就是苏格兰了。沿着边境线向北走到东海岸，沿海继续往北大概 150 英里，就来到了爱丁堡，从这里往西是格拉斯哥，从格拉斯哥再往北就是著名的西部高地道。走过 96 英里，穿越重重湖泊与高山，到达威廉堡，从那里沿着大格伦道走 79 英里，绕着尼斯湖岸来到因弗内斯，之后折返向南，依次经过凯恩戈姆斯国家公园、苏格兰东南沿海、北约克高沼区、英格兰东部、东安格利亚、埃塞克斯、伦敦，也就 1000 英里的路吧。哇，我回来了——布赖顿码头，点上一杯啤酒，再来一包热乎乎的甜甜圈。

　　眼前的地图似乎描绘出了我的未来，但一切太不真实了。我简直就是在天马行空地编造一个史诗般的冒险故事，还把自己安排成了主角。不过，如果能够成真，这必将是我一辈子绝无仅有的一段旅程。面对这样一次庞大而不切实际的冒险，我没有任何过往经验，这件事也没有什么实际效益，但我只是对自己说：去他的。就这样，我开始规划这次冒险。

　　差不多有一周时间，我没有把这件事告诉妈妈，只是在脑海里持续地酝酿、完善着整个冒险计划。妈妈一贯善于把我从那些过于"浪漫"的想法拉回到现实中来。19 岁那年，我大学毕业，想了一圈毕业之后的人生方向，觉得搬去尼泊尔参加僧侣的修行，是个相当不错的职业选择。我承认，我的想法经常会宏大且不切实际，而妈妈总能用她那明智的劝说，帮助我变得脚踏实地。不过这也让我不禁担心：这次妈妈会作何反应呢？环游英国，怎么听都觉得是一次浮夸的冒险，这主意跟去尼泊尔出家能有多大不同？想到这里，我觉得自己必须真的考虑清楚，全部想周全了，再公开这个计划。

一个星期后，我跟妈妈说了。神奇的是，她并没有多大反应——没翻白眼，没笑话我，也没问个没完没了。她微笑了一下，扬起眉毛，看上去挺高兴。可能是因为我说话的时候手舞足蹈，一改过去整天赖着她的样子吧。她甚至还在我一点点做计划的过程中，漫不经心地评论道："我一直想去你说的那些高原……"或者是在我选装备的时候问我："你打算用哪个口袋装玉米片？"

妈妈虽然也会质疑我行动的理由，但她所提的问题从来不是为了左右我的决定。对于严肃的问题，她会表现出一种真诚的兴趣。尽管她也有担忧，但不会让我觉得她想要干涉我。我知道她其实很鼓励我去尝试和犯错，只有在我说出一些实在太蠢的话时，她才会忍不住笑话我——即使真的到了那种地步，我也能感受到她对我满满的爱，让我没法对她生气。那天晚上，我让她坐下来听听我的计划，她的表现就好像我要申请一份新工作或是要买辆新车，为此来征询她的意见一样。她很开放，并不认为我的计划只是一个无业空想家的胡思乱想，而是把我的决定当作认真的、要实实在在去做的事。她给我俩泡了黑醋栗茶，在茶香弥漫之中，她用胳膊抱着膝盖，向我这边靠过来，一边听一边看着我的眼睛。

"嗯，你接着讲。"她微笑着说。

"嗯，好的。先不谈走路这件事本身，"我把烟压灭在桌子中央的瓷盘里，那一瞬间产生了戒烟的念头，接着说道，"我想告诉你我为什么要做这件事。"

她抬起头，显出好奇的样子。

我双手紧握，开始讲述："在伦敦出了那件事之后，我不知道怎么才能好起来。"

妈妈轻轻低下头，没有打断我。她知道我指的是什么。

我不停地搓着手指，继续说："你知道，我以前真的不相信自己还能好起来，当时我已经走投无路了。后来，跟雷吉每天出去走走，让我慢慢找回了一点原来的自己。我没吃过药，也没再做过心理治疗，是这里的环境、新鲜的空气，还有每天的散步帮助了我。我也不知道怎么就有了这个想法，但直觉告诉我应该去做这件事。现在的我想不出有什么阻力，但谁知道这股劲头能持续多久呢？至少当下，我觉得这是个机会，我应该抓住它。"

我忽然一阵惊讶。这段话像极了我数月前跟那个穿着紧身裤的医生之间的对话。我的脑袋里再次充满了一种说不清道不明的情感，不同的是，它不再是要摧毁我，而是在鼓舞我。说话的间隙，我感到自己的喘息美妙而有力，仿佛在期待着未来无限的可能。这番话甚至让我自己也激动起来，它仿佛在说：我的确在变好，我一定会通过这件事变好。

妈妈点了点头，说："这是你需要的，杰克，你需要去做一件让你全身心投入的事。没有什么比在户外生活 6 个月更健康、更能滋养你了。不过，你真的确定这件事会让你感觉好一些吗？"

"是的，我知道会的。"

"既然这样，"她说，"那就加紧干吧。"

在这个阶段，我很兴奋，不过也仅此而已。我还没有认真考虑过具体的问题，比如怎么走，怎么保证安全，我的身体素质行不行，要不要制订计划。A面的杰克就是这样，总是先做后想，喜欢兴高采烈地冲在前面。我想让更多人知道我的计划，不过我能想到的也只有在社交媒体上把它写出来。这段可以说是使命宣言的话，也许能让人们理解我的想法：

如今，电影、新闻和社交媒体都在提高着公众的意识。我很高兴地看到，有越来越多的人更深入地了解了精神疾病的复杂和痛苦。那些深受抑郁、焦虑等问题困扰的人，也有机会去接触到同样挣扎在世界上的其他患者了。我们都如此强烈地渴望改变，却常常难以启齿。我们可以相互激励与支持，帮助彼此增加改变的勇气。我相信，恢复心理健康的第一步就是重建信心。因此，我将开始一场冒险之旅，希望能通过它来激励人们重新掌控自己，过上自己真正想要的生活。

我叫杰克·泰勒，30岁，生活在抑郁和焦虑之中。今年3月，我经历了一段前所未有的黑暗期，持续的无助、孤独甚至自杀的想法几乎吞没了我。那真的是一段难以忍受的痛苦。我意识到，自己必须做出改变。我花了很多时间研究就医的选择，但最后决定从身体健康入手。长途散步，呼吸新鲜空气，使我的头脑清醒起来，也让我享受到了家门口的自然之美。就这样，我终于把自己从黑洞里拉了出来，也开始反思这段经历。

为什么没有更多的人这么做呢？为什么散步和欣赏美丽自然这么简

单的事情，却能让我恢复心理健康？

我的计划是走遍英国所有的国家公园，让人们看到，无论你住在这个国家的哪个角落，都能在家附近找到美妙的自然风景。这个活动不仅能锻炼身体，获得新鲜空气，让生活更丰富、更积极，最重要的是，它能让头脑变得清醒，从而帮助我们一步一步地恢复心理健康。

写下这些文字并不容易。我在客厅里走来走去，不断地删除、重写、编辑。这些文字曝光了我人生中有意并且有策略地隐藏起来的一面，我的另一面。现在，朋友和家人们都会知道我曾经想自杀了。我不知道他们会不会评判我，会不会说：一个看上去生活美满的人，怎么会这么不快乐？你是不是有毛病？怎么就不能快乐一点？或者，知道了我真实的情况以后，他们会不会因为我一直在假装正常，而觉得被我欺骗了？我意识到，从此以后，我将面对很多这样不怎么舒服但发人深省的对话。我不想给自己时间细想，生怕会改变主意。于是，我果断点了"发布"，接着就把手机埋到了沙发靠垫底下。我从未这么公开地曝光过自己脆弱的一面，紧张得想吐。

我们都喜欢假装一心要做自己想做的事，不在乎别人的想法，但我们确实在乎。我们都希望被他人接纳，都希望被认为是"正常"人，不管"正常"到底是什么意思。我知道，如果能获得支持，做这件事就会容易些。在船上焦急地踱了几分钟后，我抓起手机，打开屏幕，没想到竟然一下子就被鼓舞人心的回复淹没了——朋友们表示支持，家人们为我骄傲，到处都是亲切的话和鼓励的话。那些多年来从未联系的人，忽然之间似乎都准备好了要跟我分享他们最私密的想法；另一些我以为很熟悉的人，虽然看上去那么自信、那么自由自在，竟也向我祖露他们曾有过类似的挣扎。原来我并非孤身一人。长久以来，我一直觉得很孤独，而现在，终于能够诚实地面对自己、敢于表达自己的感受之后，我竟发现自己与他人之间的连接比以往任何时候都更紧密了。然而，我也同时难过起来：揭开盖子看到人们生活的真相，才发现原来几乎每个人都在挣扎，甚至经历过像我一样痛苦的人也不在少数。有那么一瞬间，因为有这么多过去并未发现的同伴，我感到了解脱，甚至是幸福。他们也曾同样被悲伤和绝望淹没，也曾同样有过自杀的念头，也同样有着不同侧面的自我，他们的家人也同样为此不知所措。这个问题比我原先想象的更为普遍：大家都活得很艰难。然而奇怪的是，没有人愿意谈论它。

　　路线已经计划好了，我的想法也已经真正成形，剩下唯一要考虑的就是装备和所需物品。除了白天要徒步，晚上还得露营，于是我列出了户外考察的标配：衣物、露营装备、医疗用品和地图。我浏览了无数的论坛讨论帖，记了无数笔记，一样一样地研究到底有没有必要在负重中加入这样那样的东西。最后，我决定携带下列物品：

- 野性国度牌西风 2 型户外帐篷　1 顶
- 二季帐兼三季帐的户外睡袋　1 个
- 60 ～ 70 升容量的背包　1 个
- 高质量登山靴　1 双
- 双层登山袜　5 双

- 防风雨夹克　1 件

- 轻质防水夹克　1 件

- 贴身上衣　2 件

- 中间层上衣　2 件

- 羊毛衫　1 件

- 防风防水手套　1 双

- 户外登山长裤　1 条

  （膝盖处有拉链，可以卸下裤腿变成短裤，还挺性感的）

- 防水袋　1 个

- 急救箱　1 个

- 头灯　1 个

- 1 升容量的铝制水壶　2 个

- 充电宝　1 个

以上总成本约 900 英镑

　　我不知道什么样的果子没有毒，也不知道怎么设置陷阱捉兔子，因此，我预计自己需要多准备些钱在路上购买食物，比我手头已有的钱还要多一些。在没有其他收入来源的情况下，很难估计这次旅行到底需要花多少钱。我非常粗略地估算了一下每天大概能走多远，也考虑了地形、爬升高度、天气对前进速度的影响，包括偶尔也需要拿出一天来休息。借助现代科技的奇迹——谷歌地图，我算出自己规划的路线总共大约有3000 英里。这意味着，如果每天走半个马拉松的距离（13 英里），这一整圈走下来要花 7 个月左右的时间。我想，保险起见，一天 20 英镑应该够用了——要维持碳水化合物和高蛋白食物的摄取，没法露营时还要住小旅馆，还得考虑到意外的开支。这样算下来，总共要花费 4260 英镑，还不算 900 英镑的户外用品。当时我名下的存款只有 1000 英镑左右，还差 4000 多英镑。在没有收入来源的情况下要筹集这么多钱，意味着得让我认识的所有人以及相当数量的陌生人为我捐钱。为了自己的冒险之旅伸手要钱，这种感觉可不太好。然而，大家似乎很乐意为我捐款，因为他们知道，我所做的事情会推动公众关注一个极为重要的议题。我还准备通过这 7 个月的徒步旅行为一家心理健康慈善机构募捐，只是当时还没有确定是哪家机构。

似乎是过于野心勃勃了，但我感觉良好。从一开始，我把脆弱的 B 面展示出来，到发起这个精彩的自我发现之旅，引来很多人的关注，再到鼓励大家重视自己的心理健康，积极行动起来，这些事情似乎都引发了人们的共鸣。人们相信我，因此也愿意给我捐款。

在三个星期里，我就筹到了所需的数目。众筹结束前，这个被我暂时称为"出来走走"的项目，总共募集到了 4232 英镑。我惊呆了：这个疯狂的主意竟然变成了现实！一次遛狗时的突发奇想，一个从天而降的幻想，一个让我告别生命中最深重痛苦的计划，就这样变成了现实。靠着所有人，包括我的两位前老板的倾囊相助，我踏上了旅程。

04

出师不利

沃辛

很多人觉得自己一辈子怎么也能干点有意思的事。就拿我来说，虽然最终放弃了去尼泊尔当喇嘛，我也还是梦想着去做一些激动人心的事情，过上精彩纷呈的生活。比如，买辆面包车开遍美国，学画画然后为我最喜欢的人画一幅巨幅肖像，前阵子我还想着要是能游遍冰岛的海岸就好了。但我们从来都是只说不做，其中的道理大家都明白：这些跟"上学、找工作、结婚、买房"没关系，属于"分心"的事。慢慢地，我们都培养出了一种能力，一旦想得太"大"了，就会及时打住，纠正自己，回归地面。不过我感觉，这回的情况很不一样。我对这次旅行充满感情，看到它的意义深远，我已经下定决心不会"打住"了。我给了自己两个月的时间，从在地图上画下徒步路线的那天开始，持续完善计划、添置装备，每天做仰卧起坐和俯卧撑、长距离步行，不再像过去那样一天一包地吃甜甜圈。我定在 6 月 26 日出发，这一天距离我想要结束自己生命的那一天仅仅过了三个月，毛衣上，酒精、毒品与食物蘸酱的味道尚未散尽。我意识到，只给自己两个月的时间来提高体能，实在是太仓促了，但我告诉自己，只要坚持锻炼，体能一定会不断提高。就这样，我每天跟雷吉一起步行几个小时，效果还是挺明显的。我睡得更香了，脑子更快了，而且非常享受这样单纯地为了一件事期待着、激动着的感觉。

出发当天早上，我和妈妈坐在驳船的厨房里喝粥，听着外面的鸭子叫。我并不觉得紧张或者担心，但心里还是有些依依不舍——对妈妈依依不舍。经历了人生中最动荡和混乱的两个月，妈妈就好像我生活里的船锚、我的主心骨，而她那条小船已经成了我的避难所。妈妈开车送我到火车站，我要从这里出发去布赖顿。下车前，我紧紧地搂住她。望着她的车开远，我喉咙哽咽，深知这份思念会一直伴随着我。

上了火车，我把背包拴在行李架上，找座位坐了下来。埃塞克斯的青石板路在眼前匆匆掠过，不到两个小时，我便来到了布赖顿。我不大喜欢盛大的送别，宁愿悄无声息地出发，一个人踏上冒险之旅。但我最好的朋友弗里曼可不答应。

我和弗里曼是中学同学，我们在初中第一天放学回家的校车上就成了朋友，从 1997 年 9 月直到现在。那时，我们从学校回莫尔登，路上要花 40 分钟。我俩专爱坐在双层校车的上层第一排，当校车转弯时，我们就欢呼叫嚷着故意撞在对方身上；每当遇到路面颠簸，我们就用还没变声的嗓子高声尖叫。这里的座位竟然没人抢着坐，真是难以置信，没有比这更好玩的回家方式了。我们得意极了，过了一个星期才意识到，要想显得很酷，得坐到最后一排去。

上学时，弗里曼和我形影不离；23 年后，我们仍情同手足。当我告诉他，我要放下一切去环游英国时，他毅然放下手头的事情来见我，因为他不愿看着兄弟孤身一人踏上旅途。

弗里曼不喜欢布赖顿，他戏称这是一个"抽 K 粉的流浪汉坐满了海滩"的城市。我住在这里那么多年，他几乎天天打电话给我，但极少从伦敦来布赖顿找我，除非有什么非来不可的理由，比如现在。弗里曼说，他没法不送我一程就放我去勇闯荒野。而对我来说，踏上 3000 英里征途的第一天，如果真的没有好朋友来送别，我也会觉得遗憾。从这里就可以看出，弗里曼是我的最佳搭档：很多时候，他比我自己还清楚我需要什么。

我们在啤酒馆外的长椅上坐了一个小时。弗里曼穿着牛仔裤、套头衫，戴着太阳镜，一副自在的样子；而我正在测试自己的新造型——一件蓝色打底衣（这是户外登山的专业名词，指的是轻便的上衣）、一条骚气十足的能卸下裤腿的登山长裤，以及一双崭新的登山靴。我不知道弗里曼是怎么看待"环游英国"这个想法的，也不知道他是否明白我做出这个决定的前因后果。我们平时在一起干的最多的是听摇滚、互相逗乐，他最了解我天生在运动上没什么耐力。但这会儿，我们舒舒服服地坐在那儿喝着啤酒，谁也不提我即将做什么，就好像那只是一件捎带手的事。我们都知道，不管发生什么，走完了这段旅程，我们仍会是最好的朋友，所以似乎也不需要再讨论什么了。弗里曼很久以前告诉我，他觉得我有点神秘，有时候不是很明白我或者我所做的事情。我猜他对这次徒步旅行也是这种感觉。他大概并不完全理解这件事，但即便这样，他仍然义无反顾地支持和鼓励我。来找我这件事本身，就足以说明他对我的重视。关于这次旅行、关于我自己，我俩并没有深聊。他人在这儿，就让我觉得背后有人支持。这是我最需要的。

喝完酒，我们溜达到码头，没想到太阳还很大。走在老斯泰讷街上，周围的花草被喷泉打湿了，在阳光下闪闪发光。如果能写一写我现在如何紧张、兴奋、不知所措，应该会更有意思，读者一定觉得我现在应该有这些感受吧？然而，真实情况是，我并没有什么特别的感觉。我只是沉浸在当时的情境里，并没有感慨过去，也不曾展望未来。我只是单纯地在那里，经历着正在发生的一切，就像经历生命中的任何一天一样。然而，当弗里曼和我走到码头时，我的身体里涌起了一股暖流，就在那短促的一刻，我感到内心和外在的一切都原原本本地呈现出了它们本来的样子，一切都真实而且刚刚好。我想，正是在那一刻，我的旅途真正开始了。我们拥抱，又拍了自拍合影。然后，我向西出发了。

金斯威街我走过有几百遍了。它是一条被海鸥粪便搞得黏黏糊糊的柏油路，也是布赖顿海滩的地标，跟主干道并行，紧挨着海滩。我穿过一波又一波晒得黝黑的游客，颇像个幽灵。我不是游客，至少今天不是。耳边响起当地的海鸥那特有的带着几分傲气的叫声，如同我出发时的鸣笛。第一天，我的任务是完成 10 英里的步行，到达海滨小镇沃辛。虽然背着崭新的帐篷，但我估计今天不必在那里扎营。我的朋友亚当坚持让我住在他那儿——号角酒吧的楼上。前几天他问我出发时间时，我说了第一天就会到沃辛。很巧，他最近在沃辛这家颇具人气的酒吧当上了总经理，就住在店里。

我不爱做计划，可能有一点原因，那就是当我不知道未来会发生什么时，心里反而会更踏实。也许正因为此，我才能对环游英国的计划说干就干。不过，既然这是一个大工程，决定了我未来 7 个月将要怎么生活，那么安排好第一周做什么、如何适应，还是有必要的。经过沃辛之后，我就开始每天给自己定下目标：天黑前要走到哪儿，在哪里扎营。第一周结束，我就开始规划下一周的计划，就这样一周一周地走下去。

从金斯威街走到阿尔比恩街，离开了那些招摇撞骗的旅游商贩，我走进埃德河畔那片无人工业区。第一天的行程至此没什么吸引人之处，直到走到肖勒姆，远远望见了地标建筑金斯顿·布奇灯塔的铜顶，我才开始感到东苏塞克斯的海滨确实有点意思。这座灯塔是用来自刘易斯河谷的石灰石建造的，它守护着肖勒姆港，已有 150 多年历史了。金斯顿·布奇灯塔像是我整个徒步旅行中的第一个标记点，就像电影《指环王》（*The Lord of the Rings*）中的山姆一样，我忽然意识到，在布赖顿生活的时候，我从未走路到过这么远的地方。

跨过埃德河，我继续沿着海岸前进。现在我可以站在不远不近的地方，回头看一看布赖顿这座城市了。我首先认出的是高耸的 i360 塔。这座花里胡哨的瞭望塔是布赖顿海边最烂的建筑，难看到不忍直视，跟周围的环境永远那么格格不入。那一瞬间，我想象它代表了生活中一切我想要甩开的东西。

我在住宅区的街道上漫步了一个小时，再次走回海边，觉得差不多应该已经到沃辛了。我花了每月 5 英镑在英国地形测量局开发的应用上购买了正规地图服务，并用这个应用规划了 10 英里的徒步路线，正好从布赖顿码头到号角酒吧。计步器显示，我从码头出发后，已经走了9.2英里。我想好了，第一天上路，10英里足够了，这个距离对我来说有难度，但还可以接受。果然，一个小时前，我就开始觉得腿和后背隐隐作痛。眼看只剩下1英里了，我切换到谷歌地图，想找到亚当那家酒吧的具体位置。但这时，谷歌地图却显示我离最终目的地还有3.3英里。看到这个数字后，腿和后背的疼痛突然都加剧了，我只好坐下来喘口气，不禁感慨：真是不可思议！心理上的失望，竟能让身体产生这么大的反应。

我又看了一眼地图。这是怎么搞的？怎么可能在一个应用上是10英里，而在另一个应用上是12.5英里呢？

一眨眼的工夫，我从爱德华·韦斯顿（Edward Weston）变成了拉布·内斯比特（Rab Nesbitt）。在此解释一下：爱德华·韦斯顿被称为"史上最伟大的步行者"，他用了77天的时间从洛杉矶走到了纽约；而拉布·内斯比特只是一个絮絮叨叨还爱骂人的蠢货。我对自己的导航技术很失望，但选错了工具只能怪自己。但愿我能记住教训，不过我对自己并不抱太大希望。

虽然不好意思说，但最后3英里走得真痛苦。我想当然地以为，只要说走就走就可以了，忽视了提前进行专业的训练和计划，现在自食其果。一小时后，我一瘸一拐地摸到了海军游行街。这时已经是傍晚6点了，从布赖顿出发5个小时后，我终于走到了沃辛。我精疲力竭，整个人都废掉了。可真够丢人的。

又过了半小时，我看见了号角酒吧，远远就听到里面人声鼎沸。如果背着这硕大的背包挤进去，想不碰翻若干啤酒杯是不可能的。于是我绕到酒吧后面，发现有个露天的啤酒花园里没什么人。我给亚当发了短信，叫他出来在那儿见。我仍旧一瘸一拐地进了花园，卸下背包往地上一摔——想到要一直驮着它走遍英国，忽然感到很绝望。我的大腿疼得要死，后背也是，就像抱着一头死牛爬了好几层楼那么累。脚底的酸痛，让我觉得自己好像是在布满砾石的海滩上一路光着脚走过来的。

我突然开始担忧起来——后来证明，这只是整个旅途众多烦心事中的第一件而已。原先，我一直幻想着要完成一次完美的旅行，朋友和家人们的掌声更是让我飘飘然。不知不觉中，对于这次旅行，我已经养成了一种无忧无虑的心态，却忘了它实际上是一次难度多么大的活动。想到这些，我忘掉了身体上的疼痛，陷入更大的心灵折磨之中。巨大的焦虑似乎一下子冲进了我全身的皮肤和血管里，像触电一样——是的，我严重低估了这次徒步旅行的挑战。

过了一会儿，我听到亚当向后门走来的声音。我试图站起来，但大腿疼得不行。天啊，我完蛋了。

门开了，亚当拿着喝了一半的啤酒走了出来。看见我这副样子，根本用不着问我这一天过得怎么样。他举起酒杯，调皮地一笑，说："来吧，伙计，这杯我请。"

酒精的温暖笼罩了我。酒，会带走所有焦虑、所有恐惧，如果运气好的话，甚至还能带走所有身体上的疼痛和心灵上的痛苦。我想起了那些老牌的酒广告，还有那些老牌的酒，太经典了。

号角酒吧比我想象中大，内部装修还行，一看就是典型的新装修过的老酒吧，是的，已经算是不错了。

我把背包放在后门，瘸着腿进了酒吧。一眼看过去，里面应该都是常客，全都是社会中坚的模样。男人到了一定年龄似乎都这样——不那么在乎举止是否文雅了，想肆意大笑或是闷头喝酒，都随自己的便。他们一水的 Polo 衫，腆着啤酒肚，手臂上还隐约能看到文身的痕迹。想到要花一番力气才能进到里面喝上一杯，我有点发愁。谁知，亚当跟着我一进门，就向全场讲了我的故事，而且让我恼火的是，他宣称我的徒步旅行是被"赞助"的。我在心里暗暗说：这可不是我们莫尔登那种有人赞助的、又是美食又是广告的年度徒步活动啊！不过经他这么一说，大家纷纷要请我喝酒。酒一杯接着一杯端到了我的桌上，最后，整个晚上变成了斗酒大会。弗里曼也来了，只比我晚了一个小时。他显然为自己考虑得很周到，没跟我一起走 6 个小时的路，而是选择坐 20 分钟的火车来沃辛。他还带了一帮人来一起庆祝我第一天徒步旅行的完成。今天是值得庆祝的一天！这么想着，我就有了充分的理由，一杯接一杯地畅饮起来。

没过多久，烂醉如泥的我已经忘记了刚才在花园里感受到的所有身体上的疼痛，甚至也忘记了我刚刚开始的这场徒步旅行。

我常常觉得自己很差劲，也没有真正的友谊。在人生的这个阶段，我应对这种心理状态的方式就是把自己灌醉，或者跟气场强大的人混在一起。那些人自信、能说会道、安全感强、不怕别人谈论他们的是是非非，靠近他们，似乎也能让我沾染上些许他们的心态。跟很多人一样，四杯啤酒和两小杯烈酒下肚，我瞬间变成了社交达人。但是，说出来大家都明白，这种寻求快乐的方式并不能持久。事实上可以说，虽然喝酒能让我放松下来，但每一次都让我付出了代价。接下来的两天到一周里，痛苦、精神紧张、偏执和悔恨都会来折磨我。既然这样，我究竟为什么还是没法放弃酒精呢？

我最早在酒吧工作，是在上莫尔登街的一家美国餐厅，那是一家相当高端的家族企业。现在距离那时已经过了很长时间了，但我仍清晰地记得，我一下子就爱上了酒保的工作。我尤其喜欢做这份工作时的自己。我喜欢调酒师那一套酷炫的调酒表演，喜欢吧台前小剧场一样的人生百态，也喜欢尽我所能让顾客感到轻松惬意、远离压力、释放真我。当然，那其实也是我希望自己能体验到的感觉，所以我也顺理成章地开始喝酒了。对我来说，每个沉醉在酒精里的夜晚，不仅是轻松惬意的好时光，也让我可以暂时逃离自己的生活。

没过多久我就意识到，几杯酒能让我的酒保工作干得更带劲——我谈吐风趣，笑料不断，大家纷纷给我涨小费。这让我发现了酒的妙用。于是，跟大多数 18 岁的年轻人一样，酒精很快成了我社交生活中不可或缺的一部分。

喝酒能让我瞬间展现出 A 面的杰克——也就是我喜欢的一面。它让我能接受自己，我对此一直无比渴望。更重要的是，有了它，我觉得人们更喜欢我了。然而众所周知，有利就有弊。那时候我仗着年轻，不像现在这样每次宿醉都难受得要死，但头一天喝多了，第二天还是会感觉格外抑郁和孤独，满脑子都是糨糊。这种时候，我会吃两片布洛芬，喝一瓶葡萄适[①]，再来两包零食，但这些从来也不管用。这种情况一直持续到了我二十几岁的时候。随着时间的推移，我喝酒越来越多，也越来越频繁，抑郁成了我的日常状态，但那时我还没有碰过毒品。

2007 年夏天，我第一次接触到了可卡因，那时我刚搬到布赖顿。现在回想起来，我觉得可卡因绝对应该被严格禁止。可卡因一脚把我踢进了我头脑中最黑暗恶心的角落，在那里，似乎有无数个小小的我，惊恐万状，四处乱跑，互相大喊大叫。任何人吸过可卡因之后，都会变成最无聊、最神经质、最烦人的人。然而不可思议的是，在英国，有大批酗酒者都离不开它。

就这样，每次喝酒时我都会吸点可卡因，与此同时，我的心理问题明显加重了。我的思想变得阴暗、混乱，就像是纠缠不清的线团。可卡因里藏着一种说不清的邪恶力量，让我原先从喝酒中获得的快乐荡然无存，转而被一种阴郁的、不祥的焦虑感牢牢包裹，全无摆脱的可能。

可卡因这种强大的化学物质会让人深深地上瘾。直到如今，每天晚上我都会有那么一会儿，仍然想要去回味那些吸可卡因的夜晚。一想到可卡因，我就对任何正在做的事情兴致全无。不得不说，这就是此刻，我第一天徒步环游英国的晚上，我真实的内心挣扎。

第一天晚上我就失控了。不用说，这让我很内疚。我本可以不写出这段鲁莽的经历，但其实它完美地解释了我的心理问题的恶性循环是怎么发生的，可以说这就是一切问题的核心。回想整个晚上，一开始跟亚

---

① Lucozade，一种主要成分为葡萄糖的软饮料。

当在啤酒花园里碰面时，我心烦意乱得要命，于是就想找些东西（酒精）来对抗这种不好受的感觉。像往常一样，酒精没让我失望，但过了一会儿，酒劲儿便过去了，于是我又继续喝，毕竟大家都排着队地给我敬酒。就这样，我喝高了。接下来的 6 个小时，我一直都在喝酒，还嗑了药，就是想持续留住酒劲儿上来以后那种把疼痛和焦虑全部忘记的感觉。但每喝一口，每吸一口，我便越陷越深，到最后只是一味地想要更多更多。天终于亮了，在深深的懊悔和抓狂中，我感到鼻孔堵塞，神经疲惫。已经是旅行的第二天了，但我连觉都还没睡。

亚当带我去了一楼空着的房间，早晨的阳光透过没有窗帘的窗户倾泻进来。他指着角落里毫无生气的米色蒲团提醒我，我们度过了一个多么美好的夜晚，然后关上了门。

几个小时后，我从咳嗽中惊醒，口水飞溅。已经下午 1 点了，太可怕了，我必须马上动身！

我下楼走进酒吧，没见到亚当。我用不怎么通气的鼻子顺着酒味模模糊糊地搜寻了一会儿，还是没找着他。沮丧之中，我深吸了一口气，装作很有主意的样子，大步走向前门。我轻轻地推开门，站在那里，向着旅途的前路望去，一阵湿冷的风打在了我的脸上。

第二天，又是 10 英里，不过走的是内陆，深入南部丘陵的白垩岩山区，前往阿伦德尔。我跟弟弟萨姆约好了在镇上见。萨姆几天前刚刚决定，要从伦敦坐火车跟我碰头，然后跟我一起走第三天的路线——穿过丘陵地带，前往阿伦德尔以东大约 15 英里的奇切斯特。想到很快就能见到萨姆了，我当然很激动，但是现在，我充血的双眼直勾勾地盯着路面，半颗心在祈祷，是不是能发生点什么——随便什么都行，好让我今天无法出发。我其实只想躺下，蜷成一团，用柔软的毯子裹住自己，再也不跟任何人说话。那一刻，我想念起妈妈船上的那条羽绒被。我盖了一个月的羽绒被啊，可舒服了……

我一边呻吟，一边侧身走出了酒吧的门，咬紧牙关，可怜巴巴地上了路。

抑郁症的症状中有一种复杂却十分常见的表现，就是破坏性的行为。多年来，在很多状态低迷的时候，我做过各种各样伤害自己的事情：酗酒、吸毒、争吵、毁坏东西、取消计划、暴食、不吃饭、规定时间内完不成工作、不跟任何人讲话、不刷牙、不打扫房间、熬夜、不起床、不运动、拖延、做事不顾后果、大手大脚、自闭、从做爱中寻找安慰、回避亲人、维持对自己有害无益的情感关系……总之你懂的。

这些破坏性的行为让我崩溃，但我反而会故意去做这些事，可能是因为这样一来，我就能通过伤害自己，得到一些对自己的掌控感。又或者，我是觉得如果自己伤害自己，别人或别的事情就没有机会伤害到我了。既然已经跌到谷底，就不会再跌到更低的地方了。这就是我让自己赢的逻辑。

人在情绪低落时最容易陷入恶习，因为坏习惯总能带来享乐的快感，即使那感觉持续不了多久。根据以往的经验，我觉得整天躲在羽绒被里封闭自己，总归比戴上"一切都好"的假面具轻松得多。这就是为什么我需要提醒自己，虽然不下床、不见人、不回短信，停留在抑郁的"舒适"区里，看上去正合我意，但我必须有意识地让自己去做一些力所能及的小事，来纠正这种失衡的生活状态。我相当清楚，到了真正深陷抑郁的时候，哪怕只是想到要走出家门，都会让你害怕得想吐。但其实还是有些不那么吓人但仍然有益的小事可以尝试的，比如整理床铺、做点简单的饭菜、开动洗衣机洗洗衣服、回复一封电子邮件、梳梳头、开窗通风、呼吸点新鲜空气，等等。

对于那些被抑郁压垮的人来说，这个过程很重要，因为每完成一件这样的事情，都是一次胜利，证明你是一个有着正常行为能力的人。不管大事还是小事，只要做有帮助的事情，做需要付出努力才能完成的事情，就都是胜利，都应该表扬自己。这就好比，能在3个小时内跑完马拉松的人固然厉害，但那些用了7个小时才跑完的人呢？他们花在路上的时间要长得多，他们一直坚持着不放弃的时间也要长得多，从这个角度看，应该给他们更多的掌声。

对我来说，有太长的时间，我一直在做那些自我伤害的破坏性行为，却从未因为小小的胜利而表扬过自己。最后，情况发生了转机：不愿出去社交时，我不再那么自责了，也能够为自己洗了个澡这点小进步而表扬自己了——连着6天，我表扬了自己6次。我发现自己需要的只是一点自律，从而重新找回掌控生活的感觉。为此，必须给自己一点压力，去做我不情愿或嫌麻烦的事，比如带雷吉出门散步。到底该给自己建设性的批评，还是更多的表扬？似乎很难权衡取舍。但知道自己该做什么，就足以让我对自己多了一些信心。

天淅淅沥沥地下起了雨。在这个沉闷的下午，我心情忧郁地向着下一个目的地跋涉了一小段路之后，不得不停下来考虑：到底要不要冒雨走 10 英里，尤其还都是上坡路？我思考着怎么做才是明智的选择：如果回到亚当那儿，我估计自己能睡上 15 个小时，这样明天早点起床出发，一样可以走到阿伦德尔去见萨姆。这个想法也不算太糟糕。

05 第一次露营

伊尔瑟姆森林

早上 6 点，闹钟响了。我竟然真的睡了整整 15 个小时！感觉确实休息得不错，我决定趁早出发，去见萨姆。最近一段时间我发现，早起的确更能让我精力充沛。早先在酒吧上班的那几年，我很嫉妒那些习惯早起的人，他们能够静静地、有条不紊地完成一件件事情。比如我的室友，早上会在厨房里一边沏茶、烤面包，一边打开广播，把音量调到不大不小。能够早起的时候，我都会在这个没人打扰的时间段里完成一些工作，所以人们在中午之前会一直见不到我。现在又开始早起，让我再次感觉时间似乎一下子变多了。

整个沃辛都还在沉睡着。我启程向北走去，感到双腿和后背都不怎么疼了，早晨清新的空气似乎让我的内心中再次充满了使命感。第一天犯的错误已经是过去时了，旅行才刚刚开始，难免会考虑不周，不算什么要命的事。

从号角酒吧向北小跑三英里，就到了芬登村，这么走是进入南部丘陵的最佳徒步路线。我将从芬登向西前往阿伦德尔，途经君主之路中的一段，这似乎是英国最长、最曲折的小径。传说，查理二世在伍斯特战役（Battle of Worcester）中就是通过这条小径丢人现眼地逃到了欧洲。

我不禁想，也许是在内战之后英国南部不断发展的过程中，人们开始越来越相信这条小径真的就是查理二世当年的逃亡路线了，就好像人们相信梅尔·吉布森（Mel Gibson）在电影《勇敢的心》（*Braveheart*）里呈现的是历史上真实的威廉·华莱士（William Wallace）的故事一样。即便我这么怀疑，这里仍算是一处古迹。我一边沿着君主之路穿过南部丘陵的白垩岩山区，一边思考着脚下这条路的历史意义。这可以说是我第一次如此投入地体会历史遗迹。

我继续往西，走在威彭森林漫长而曲折的马道上，悉心感受着周围的一切：英国野外特有的那种清晨的湿气，微风中树丛沙沙作响，天空是灰色的，但周围的树林却充溢着极尽绚烂的色彩。我已经走了很远，远到看不见任何人类文明的痕迹。我独自一人，静静地站着。空气无比纯净，我贪婪地呼吸着，周围的树丛、地上的落叶，一切气息都如此清新，如此美味。我想要感谢这一切。一瞬间，似乎这个清晨，还有这一切自然的造物，都是为此刻的我而准备的。

大自然对心灵的益处人所共知。对我而言，大自然提醒着我，这个世界在我出生之前数十亿年就已经存在了，在我死后数十亿年还会继续存在，这样想改变了我看待问题的角度。日升日落，潮起潮落，自然的变化让我们感到世界如此奇妙，我们自身也一定是造物主最独特的创造。此时、此地、此景、我们自身，一切都近乎完美。然而与此同时，这些令人惊叹的自然景观对大自然本身而言又是极为平常的，每日每夜、随时随地地上演着，即使在我们不注意的时候依旧如此。

刚过中午我就到了阿伦德尔，尽管双腿感到了长途跋涉后的疲累，但并不疼，似乎还有劲儿可以继续往下走。

阿伦德尔很吸引我。这座集市城镇散发着英国式的古雅魅力，弯弯曲曲的街道两旁全是小旅馆和商店，坚固的黑色横梁把这些建筑连接起来，商店里出售的都是本地商品。

我拿出地图，这是我的朋友菲尔买给我的礼物——一幅崭新的英国地形测量局出版的《阿伦德尔和普尔伯勒地区地图》。我本来打算在徒步时使用手机上的地形测量局地图，但菲尔是个一丝不苟的人，他坚持认为我必须学会如何正确地看地图。那天晚上，他邀请我去他家，给了我一捆地形测量局出的地图，还有一个多功能地图指南针——这玩意儿我还是头一回见到。我坐在阿伦德尔车站等弟弟时，他花了整整一个小时教我怎么使用它，但最后证明纯粹是浪费时间。我除了茫然地来回摆弄，什么也没搞懂。于是我放弃了指南针，转而研究地图。这回有了点成果：我终于在地图上找到了接下来要去的地方。虽然我和萨姆现在出发有点晚了，但我还是提议再走 13 英里到奇切斯特，尽管难度有点大。

萨姆乘坐的火车到站了。我把地图放回它性感的塑料套子里，然后把套子挂在脖子上。我估计自己现在这副徒步的行头会让萨姆觉得很有趣，于是故意装出很专业的样子，虽然过去这两天的真实情况实在并不怎么专业。

萨姆朝我走过来，上下打量着。

"嘿，兄弟。"我说。

"嘿。"他傻笑起来，对我说，"你看起来就像户外用品店海报上的男孩。"

每次跟弟弟萨姆在一起，我都有种感觉，好像我是父母烙的第一张饼，完成了我这个试验品之后，他们调整了面粉和水的比例，又调整了火候，然后烙了第二张饼，这就是萨姆。萨姆比我帅，比我聪明，比我反应快，也比我更善于社交。我并不是嫉妒他，而是真心佩服他——他很棒，我作为哥哥也感到骄傲。

萨姆当时正在伦敦菲尔兹电台主持一个每周播出的节目。大约一周前他对我说，很想在我徒步中的不同时间点上，跟我一起走几段路，录下我们的对话，希望能做出一期有意思的节目。我觉得这个想法不错。想象一下多年后，重听我和弟弟在旅途中对话的录音，重温这段经历，可能会比看到当时的照片更能打动我。

我俩出了城，走在通往阿伦德尔公园的路上，又研究了一下地图，觉得如果能穿过公园，找到南部丘陵步道，就可以一直沿着徒步道走到奇切斯特。虽然细雨绵绵，但进入公园，我再次感到自己完全被自然包围了，内心无比平静。一望无际的草叶泛着碧绿的光，铺满了起伏的山丘，就像斯诺克台球桌面。这里远离人类文明，没有任何其他人。置身在这座山谷里，恍惚之间，仿佛地球上只有我和弟弟两个人。

萨姆明智地把握住了这个时刻，拿出录音设备，调试了一通后开始录音。他问了我一些关于这次徒步旅行的背景信息，也就是我为什么想要徒步。突然间，我意识到，自己从未告诉过他我都经历了什么。

当时，我还不太习惯公开谈论抑郁症，也并没有完全想明白抑郁症对我来说到底意味着什么，以及在东伦敦那段时间，我到底是怎么了。我也没有想到，有一天要在自己的亲人面前重新翻出这些东西，帮他们用他们能够理解的方式，接受我那一段创伤经历里的种种细节。在情绪最崩溃的时候，我跟妈妈和医生谈过，后来又跟我的认知行为治疗师艾琳谈过，但从那以后，我再也没有跟任何人深入地谈过我的抑郁症。

我小心翼翼地跟弟弟谈起了自己的心理健康问题。我俩从来没谈过这类事情，不知道他会作何反应。我担心说起自己差点自杀的事会吓到他，但又不想对自己的痛苦经历有所保留。

萨姆很善于倾听。他的习惯是，除非绝对必要，一般很少插话。他给了我足够的时间来充分表达自己的想法和观点。庆幸的是，那天我心情很平静，能畅所欲言地谈论自己的心理健康状况，但又不至于纠缠在那些痛苦经历的细节之中。虽然一开始还有些不安，但随着我把话说开，我感到萨姆并没有被吓到，反而变得更亲近了。

这些对话要在他的节目里播放，反而让我感觉更轻松一些。相反，要是搞得像一段对亲人的忏悔和自白，那就该让我犯难了。况且，我们随时都可以停止录音，所以我其实是想到哪儿就说到哪儿，不需要限制自己只谈抑郁症这件事。

萨姆和我经常一聊就是几个小时，但过去我们聊的更多的是一般意义上的人性，或者是音乐和足球之类的话题。像现在这样袒露内心的深谈，我们都有点不习惯。不过随着我们越聊越深，我意识到这场讨论并不需要得出什么最终结论。显然，我们谈论的是一个沉重的话题，但其实最难的并不是谈论它，而是开始谈论它。这就好比想要出门去跑步，最难的不是跑步本身，而是出门。既然对于有心理健康困扰的人来说，开始谈论这个问题是最难的，就要让门一直开着，不要好不容易打开了，过一会儿又锁上，因为这是一扇很沉重的门，每次打开都要花费很大的力气。

当人们觉得话题太沉重时，往往就会不愿意敞开心扉。这也许是因为，我们都担心一旦说出问题，我们所感受到的重压也会落到倾听者的肩上。但事实上，说出自己的问题并不会把问题转移到倾听者身上。当然了，向别人倾诉自己的心理问题不是一件轻松愉快的事，但这也证明了这些人爱着你，在为你担心。你是那个经受伤痛的人，分享伤痛的经历并不会让别人也承受同样的伤痛。你应该给那些关心你的人机会，因为现在正是你需要关心的时候，正是你生活中最艰难的时候，此时此刻你最需要他们的关爱和支持，这是身为朋友最起码应该做的。你可以有很多熟人，但真正关爱你的人，是那些能跟你一起经历困难的人，你的苦乐与他们有关，他们也乐意如此。

雨下得大了一些，公园里的路变得越来越泥泞了。我们不再聊内心情感，而是开始担心地势的安全问题。我们滑倒了一两次，每次都很危险，最后终于走到了公园另一端的门口，这个门对着一条大路。看到这个门，我俩都挺意外。到现在，我们已经走了好几个小时，有点转向了。接下来该往哪个方向走呢？我们没了主意，只好再次停下来仔细研究地图。

我指了指地图上一条我们没有注意到的大路，那条路与山谷平行。我们现在在一个叫"怀特威小屋"的地方，紧挨着 A284 公路和 A29 公路交会处的大环岛。可恶！

"没办法了，是不是？"萨姆问，"今天的收获就是学会了看地图。"

我低头看了看手里的地图，不久前还是崭新的，现在已经被雨水淋得软塌塌的，几乎快被我揉烂了。

现在想要走到奇切斯特是没希望了，这已经不是努力不努力的问题。我和萨姆不情愿地承认，我们现在只有一个选择，就是掉头返回阿伦德尔。

回去的速度似乎比来时快了一倍。赶在萨姆上火车回伦敦之前，我们甚至还来得及在当地的一家酒吧里喝上一杯热威士忌，庆祝今天这一番虽未成功的努力。我们都很累，但并不泄气。其实，尽管没完成今天这场定向越野任务，我还是很高兴，因为这个下午，我和萨姆聊了很多内心深处的事情，还一起经历了艰辛和磨难。跟他挥手道别的那一刻，我忽然涌出一股冲动，决心再次出发，就是现在。与其接受失败，把第一个在野外露宿的晚上献给阿伦德尔的郊区，还不如重返南部丘陵，在那远离人类文明的大自然中度过这个夜晚。我收起地图，再也不要假模假式地拿着地图装样子，不要为了向弟弟炫技而张口闭口就是"等高线"之类的术语，不要声称自己时时刻刻都知道自己在哪里。现在就剩我一个人了，这一次，我要认真地走完这段路。

回到阿伦德尔公园，我沿着正确的徒步道走上一处陡峭的河堤。草地湿漉漉的，每一步我都使劲用登山靴踩实地面，以防滑倒。登山靴很沉重，我的双腿突然开始感受到了今天一整天的疲惫，热流像火山熔岩一样从大腿一直传到小腿肚。整个下午一直投入地行走，让我忘了自己刚刚从沃辛走了一个半程马拉松过来，而此刻，我的身体重新替我想起了前面走过的每一步路。之前，我一直不觉得徒步有什么问题，但现在我忽然很讨厌这件事。每次拼尽全力冲刺一段路之后，内心的焦灼就更深了一层。我越走就越不想走，停下来坐坐的愿望一点点瓦解着离开阿伦德尔的决心。现实又一次打击了我：环游英国的现实版本根本不同于我之前想象中的《指环王》式画风——安详寂静的大陆风光，史诗般的英雄冒险……现在，我真的在路上了。看啊，我正拖着自己的身子，一步一挨地往前挪动。7个月走完3000英里？挑战难度适中？简直荒唐！

现在回想起来，如果我当时强迫自己更务实一点，认真估计一下给自己立下的挑战到底有多大，那么最初几天我会做些什么呢？我可能不会第一个晚上就在沃辛喝得不省人事，可能会花些时间提升必要的技能，这样我就不会和萨姆花一个下午在阿伦德尔的郊区没头没脑地瞎逛了。我一直太专注于这次徒步在心理上的意义，却忽略了一些关键而实际的考虑。

几分钟后，我气喘吁吁地爬上河堤，眼前出现了平缓的地势，终于松了口气。一阵凉风吹过我的头发，我感到筋疲力尽，但强忍着没有蹲下来。我知道，一旦蹲下，就再也站不起来了。我打起精神，疲惫地拖着双脚继续前进，走完了一段平坦的徒步道。道路两旁，风吹拂着长长的草叶。一股冷风席卷过那些地势较高的地方，草丛随之起舞，我身上的湿衣服也被风吹得鼓了起来。我又看了看地图，确定自己的路线无误，继续朝着霍顿的方向艰难行进。今天已经走了将近20英里，身体的感觉也在提醒着我这一点。一想到明天还要赶进度，我就心生沮丧。我小小地同情了自己一下，然后还是对自己说：走吧。就这样，我又适度地放慢速度走了半个小时，到达一个岔路口，再爬上一段非常陡峭的台阶，走到了南部丘陵山道上。我一阵手脚发麻，缓过来之后继续走，几英里过后，终于来到了伊尔瑟姆森林。真是想不到，我的身体竟比我想象中更能走。到如今，我总算找到了一些自信，对自己放心了一些——也许我真的能走完全程。我似乎看到胜利正在前方召唤。

然而短暂的自豪感消失之后，已经是晚上 8 点，暮色降临了。我开始紧张：这是我第一次独自一人在帐篷里过夜。我找到了一小块空地，应该算是比较合适的扎营地点，何况这时天已经几乎全黑了，根本没法再去找别的地方。虽然我的徒步旅行准备工作有点漫不经心，但在选择帐篷上，我可以很满意地说，我还是做足了功课的。我花了好几个小时浏览各种户外用品网站、露营论坛，以及视频网站上那些令人难以忍受的用户测评视频，总算为自己挑选了一顶可以在环游英国期间当家住的帐篷——野性国度牌西风 2 型户外帐篷。顺便说一句，视频网站上的那些测评千篇一律，开头似乎全是一位 38 岁的老处女身穿黄马甲，一脸认真地跪在一个已经完美搭完的帐篷旁边，对着观众喊："各位……"

为了同视频网站上那些对各种装备的全称倒背如流的"户外达人"拉开距离，我决定给自己的帐篷起名为"跳蚤"——出自红辣椒乐队的《西风之歌》（*The Zephyr Song*）。随着时间一周又一周地过去，"跳蚤"这个名字听上去越来越顺耳了。

虽然南部丘陵的这一夜是"跳蚤"的第一次公开亮相，但其实一个月前我在莫尔登跟雷吉散步的时候，已经把它拿出来摆弄过一番了。我花了足有 20 分钟，检查确认了所有配件齐全，帐篷上没有破洞，还研究了一下怎么把它搭起来。这么谨小慎微，对我来说还是头一次，完全不同于过去在音乐节上搭帐篷时的糊弄——以前我要么是一边就着几听啤酒胡乱搭一下，要么就是迟到后匆匆了事，急着去赶乐队的演出。

充足的准备工作得到了回报。只花了几分钟，我就把所有杆子、钉子和牵索都装好了。一切就绪，跨进门槛——到家了。实际上，我是爬进去的，脚还伸在外面。就这样听着帐篷顶上叮叮咚咚的雨声，我笑了，慢慢脱下登山靴。知道那个让你许三个愿望的故事吧？你会要什么呢？要我说，与其要长生不老、10 亿英镑、世界和平，我首先想要的就是这种慢慢脱下靴子的感觉，希望这种感觉永远不要消失。真的，一天走了 20 英里路之后，什么都比不上这个感觉。

我不慌不忙地钻进新睡袋，躺了下来，把胳膊枕在脑后，大声长吁了一口气：这一天，够累的！

一整夜我都紧张兮兮的，帐篷外的每一次小动静都像是出自什么能要我命的东西。第二天早上，我终于踢掉睡袋，拉开帐篷的拉锁门，想看看自己到底在哪儿。

昨夜的黑暗中，似乎一切都离我很近，一切都压迫着我，但天亮以后我才发现，原来四周是这么空旷。清晨的空气传递着夏日的温暖，得有上百只鸟叽叽喳喳地随缘组合，欢快地围着我啁啾不绝。在静默中站了一会儿后，昨夜的惊惧已如同沙地上的素描，被乡间的美好一扫而光。就这样，我开始了未来旅途中的每日清晨例行活动——在静默中赞美自然。没有什么事能比这样做更让我踏实和专注了。接下来，我收拾了行李，拆掉帐篷，把所有东西塞进背包。虽然睡得不算很安稳，但此刻的我迫不及待地想要上路了。快速看了一眼地图，确定了方向后，我就扛起背包，沿着徒步道出发了。在我身后，留下了一小片比周围更干、草也压平了一些的地面。

我真心相信，花几天时间徒步旅行，是最能让人类热爱生命的事情之一。在树林和田野间走上几英里，找地方露营，在野外过夜，第二天起来收拾好所有东西接着走。这项活动最能让我们体验到作为人类，我们生来所具备的一切功能。我曾经采访过作家马特·黑格（Matt Haig），他说："人类本质上是一种已有 3 万年历史的硬件，却试图运行 21 世纪的软件，难怪我们会时不时地死机。"那天早上我就是这种感觉——好像做了我生来本该做的事情。

接下来的几天，我在美丽的西苏塞克斯和汉普郡的村子间埋头前进。我感到时间紧迫，于是加快速度，跟着天上的鸦群，找最短的路线向西行进，想弥补头几天里耽误的时间。在位于奇切斯特以西 4 英里的海滨小村博舍姆，我走过湿漉漉的海草、数百艘闲置的船，还有一群互相追逐撒欢的狗，穿过海湾，走向村子的另一头。

在去哈文特的路上，走过西苏塞克斯和汉普郡的边界大概 5 英里时，有个人叫住了我，问起我的背包。我注意到这人穿着一双破旧的登山靴。他说他叫尼尔，是个徒步旅行老手。他看上去很平静，皮肤饱经风霜，似乎也验证了他的话。他穿着一件纯黑的 T 恤，那衣服松松垮垮的，像是已经穿了一整年。尼尔问起我的徒步计划，当他得知我计划走多远时，眼睛瞪得连鱼尾纹都不见了。除了去找亚当时在酒吧里遇到的那群老小孩（严格地说，他们也不算数，显然他们当时都激动过了头），这可以说是我第一次见到了别人对我这个徒步计划做出我所期待的反应。我又向尼尔介绍了我的路线，以及旅行的目的。他告诉我，他走过我想去的苏格兰的好几个地方，比如西部高地道、大格伦道，以及凯恩戈姆斯森林。他还告诉我，因为母亲最近去世，他又开始徒步了，希望这样能让自己振作起来。当时我还没有意识到，在随后的几个月里，我还会遇到更多像尼尔这样素不相识的人，一次又一次地经历这样真诚而敞开心扉的对话。在这种交流中，至少在当时那个时刻，我感到一种精神上的近似——我们都带着内心的伤痛，迎着前方的高山，想要坚持走下去，不放弃。

接下来，我继续向西进入汉普郡，沿着朴次丘陵的山脊前行，从这里可以俯瞰朴次茅斯港。远远望去，我只能隐约辨识出港口附近的三角帆塔，尽管对我来说它有点煞风景，但放在朴次茅斯的海岸线上，它看上去还是比 i360 塔对布赖顿的破坏力小得多。走到南安普敦和费勒姆之间后，我决定花钱在露营地安稳地睡上一晚，前几晚在帐篷里睡觉实在是精神紧张，总担心自己会突然遇到暴力袭击。

估计还有 20 分钟就能走到露营地了，天突然下起雨来。我加快步伐，想快点赶到，但也是徒劳。这时一辆汽车在我旁边停了下来，驾驶座一侧的车窗摇了下来，是一位老妇人，好像很担心我的样子。

"天哪，你要去哪儿？"她问。她白发稀薄，像云一样，搁在方向盘上的手看起来是那么柔软和精致。

"哦，就在前边。"我回答，"在下一个路口那儿，有个营地。"

"我开车送你过去吧。你都湿透了！"

她没说错，我的身上正在往下滴水。到营地真的只有几分钟的路而已，搭一下便车应该不算犯规。想到这里，我就把背包塞进了她车的后备箱，跳上副驾驶座，然后以每小时 15 英里的速度，慢悠悠地朝我今晚的家开去。路上，我对她讲了一点我徒步旅行的前因后果，但没时间讲得很细，所以当她开到露营地时，看得出她很多地方都没听明白。等了一会儿，她问："你晚饭有什么安排吗？"

我有点吃惊。我还从来没有像这样被陌生人邀请过，尽管这个邀请还不至于当场吓到我，她这个人看着也不吓人，但这件事本身还是让我有点慌。为什么会有人无缘无故地邀请一个流浪汉去自己家呢？

我不想回答是或否，于是问她可不可以一个小时之后过来接我，因为我还要搭帐篷。她的邀请应该是很真诚的，她本人看上去也相当友善好客，但我还是无法排除心里那一丝对危险的担忧。她的邀请一定是有原因的，但原因是什么呢？她以前也做过类似的事吗？她提到过她有什么家人吗，还是我幻听了？如果我遇到了一个曼森家族① 可怎么办？会不会她的两个儿子已经在家里磨着刀，还戴好了性虐待的面具？

我又想和一个善良的人共度一个从天而降的美好夜晚，又怕自己成为变态杀人老妇挂在壁炉上方的一件"艺术品"。最后我还是决定赴约，但想好了 4 件事以防万一。我可不想真的变成恐怖僵尸电影里的情节。这 4 件事是：

---

① 美国 20 世纪 60 年代的一个邪教组织，犯下了 9 起连续杀人案。

1. 拍下她的车牌号。

2. 打开我手机上的地图，到她家门口时截个屏。

3. 把这两张照片都发给我妈妈。

4. 让妈妈在我上了老妇的车一个小时后打电话给我。假如我那时感觉
   不对劲，就可以假装是营地打来的电话，说我的帐篷被抢了，叫我
   马上回去。

　　有了这4项准备，我的心里踏实多了，直到我到了那位女士家里……
当然了，一切正常。女主人接上我，开车5分钟就到了她家。一下车，
她十分友善的丈夫和十分友善的女儿就过来跟我愉快地打招呼。来认识
一下布朗一家吧——女主人伊莱恩、男主人格温、他们的女儿菲莉帕，
以及宠物狗韦林顿。我的天！他们可真是懂得招待客人——拿出橄榄和
红酒，带我参观了一圈他们的房子和花园，给我介绍他们养的鸡，接着
又请我吃了一顿人间美味农家炖土鸡。一个小时后，妈妈打来电话，那
时我正喝得微醺，专心致志地跟格温聊天，完全忘记了我的应急预案。
接完电话，我觉得自己竟大费周章地设计防备可爱又无害的伊莱恩老大
妈，真的是太差劲了。我很快挂了电话回到厨房，又吞下一颗橄榄，把
这个接电话逃跑的锦囊妙计告诉了布朗一家，他们都乐坏了。

　　和大多数人一样，我在成长过程中学到，如果天上掉下来一件太美
好的事，八成有诈。人们做好事总是要求回报的，从根儿上说，人人为
己是世间公理。于是，面对伊莱恩的慷慨，我的直觉立即激活了那种对

政客、陌生推销电话和中介公司使用的警惕性——这真的很可悲。吃完晚饭，喝光了最后一滴酒，伊莱恩开车送我回到营地。躺在帐篷里，我浑身暖洋洋、醉醺醺的，肚子里满满的都是土鸡肉。听着帐篷外的雨声，回想着整个晚上，我从未这么感激不尽，从未这么佩服过什么人的慷慨友善。不知道伊莱恩邀请我是因为今天心情特别好，还是一贯如此，无论如何，我都要对她的善良大书特书。刚离开布赖顿 6 天，我已经看到，世界向我敞开了大门。

大海捞靴

斯塔兰德半岛

虽然在布赖顿我一直干的是酒店业，但我搬到海边的初衷其实是为了实现梦想：成为一名音乐家。我从小学六年级起就想要加入乐队了。那时，每当我从学校回到家，都会看见爸爸坐在老家的客厅里，弓着身子用他那架勇士吉他扒谱子，旁边的音响里播放着绿洲乐队的最新CD。发现我在看着他，爸爸就会暂停CD，把吉他递给我，耐心地把我笨拙的小手指头摆在琴弦上，告诉我这样按就是E大调。第一次拨弄琴弦，我就着了迷。不出几个月，我又自学了几个和弦，并和我最好的朋友以及班上的一个新同学一起，组建了一支"乐队"。离暑假还有一个月时，我们说服了校长，让我们在年终的学生大会上表演。凭着一个麦克风、一把原声吉他和一把电吉他，我们"震惊"了全场。我还清楚地记得，我的视线穿过礼堂，看到我当时的（六年级小学生眼中的）女朋友坐在后排，头埋进大腿，双手狂抓后脑勺。这次近乎创伤的经历，让我的信心惨遭打击，留下了多年的心理阴影。

十几岁那阵子，我仍然热爱音乐，经常去听演唱会，但已经不敢幻想什么组建乐队的事了。但我一直没有放下吉他。2007年我搬到布赖顿的时候，已经终于走出了阴影，恢复了重建乐队的信心。一开始，我说服了我的朋友兼同乡丹加入。有那么几年，我们一起玩乐队，写了不少平庸的歌曲。后来丹和妻子妮可搬到南安普敦去了。2016 年，从布赖顿码头出发的第 7 天，已经走了 80 英里路的我，又来求丹帮忙了。不过这一回我是来借宿的。

我和丹在我 19 岁那年才算真正认识。成为朋友之前我就知道他，但也仅限于"那个流行朋克乐队的灵魂贝司手"。想想就心塞：后来摇滚乐被挤出了英国主流音乐圈，埃塞克斯的那些乐队也难以幸免。不过在那之前，重金属摇滚乐风头正盛的时候，当地活跃着好几支相当不错的乐队，现场音乐也异常精彩。丹所在的乐队叫"堂兄乔伊"，在当时可是整个埃塞克斯巡回乐队中的传奇。他们劲爆的现场表演很出名，几位乐队成员个个气场强大，个性十足。但我认为在他们之中，台风最具魔性的还是丹，而且不止我一个人这么说。当若干乐队同时出现在演出单上时，"堂兄乔伊"绝对是压轴的，而丹则是现场表演中的灵魂人物。他在台上疯跑的样子，就像是一个喝多了橙汁的小男孩。

那时候，丹是当地的传奇人物——一个快乐、矮胖、轻佻的朋克摇滚歌手，穿着翻边牛仔裤，喝着莫尔登·戈尔德啤酒。无论他去哪一家酒吧，都是人们关注的焦点。不在酒吧里吸引粉丝的目光时，他在自己开的一家录像出租店工作。我俩都是恐怖电影的忠实粉丝，就是这样交上了朋友。丹是我认识的牛人之一，能住在他家我真是太激动了。

从费勒姆沿着一条主干道走过相当乏味的 12 英里，到达丹和妮可的家时，已经是下午比较晚的时候了。我们已经有一年多没好好聚聚了。丹开了门，一副灿烂的笑容，我高兴地一头扑向他。他看起来状态很棒——少年时代的婴儿肥已经荡然无存，他从几年前开始练习拳击，所以变得精瘦又结实。现在的他留着浓密的大胡子，光头是新剃的。

安顿下来后，我们三个人在一起吃饭喝酒，聊起了旧日时光。那感觉太好了。我更详细地对他们解释了自己徒步旅行的原因，说起我在伦敦感到的困顿和痛苦，又说起徒步旅行让我感到多么自由自在。我很好奇和丹谈论情感问题会是什么感觉，因为过去我们虽然是朋友，但并不怎么聊起这个话题。更多的时候，我们喜欢在一起搞笑。丹很善良，我也觉得对他讲任何事都很放心，但我从未谈起过那些难以启齿的内心情感。我过去一直觉得，如果感到心慌、郁闷或迷失，最好的办法就是玩玩闹闹、轻松恶搞，别那么在意自己，以及任何人、任何事。

我当然主张与关爱自己的人开诚布公地谈论自己的心理健康状况，但对我来说，总有些时刻，或者在某些地方，我不想谈起这种事情。有时我会有说出内心真实状态的冲动，但又抗拒着这种冲动，因为我讨厌收到太多同情。人们会说："没事的，你能讲出来就很勇敢了。"虽然在适当的时候，这种同理心让我很受用，但也有些时候，我感到那里面透露出一丝可怜我的味道，这样真的没什么帮助。如果是我非常了解的人，我就会更加期待他们能偶尔改变一下策略。比如，如果家人或朋友注意到我有点情绪低落，但又不想说这事，那么跟我聊点有趣甚至恶搞的话题，常常能让我笑起来。这时，我可能就会放松一些，继而放下"我很好"的敷衍，愿意讲出"我现在其实有点难"。

我总是压抑情绪，粉饰伤痛，害怕暴露真相后被外人贴上"这人很丧"的标签。所以，我过去一向擅长对内独自沉沦，对外插科打诨。

虽然现在我有时还会这么做，但随着年龄的增长，我越发觉得，单纯寻开心并不足以安抚内心的狂风暴雨。于是，我一改过去习惯的交流模式，想试着跟丹说一些对此时的我更有意义的话。没想到的是，那天晚上，我把最近几个月乃至几年的心理状态都对丹讲了，竟然感到出奇地容易。我们并没有谈到很深的地步——毕竟我们主要是想知道对方的近况，一起开怀畅谈。不过，我们在某些话题上分享了很多内心感受，那感觉真不错。彼此心灵相通的交流，似乎巩固了这份友谊。

"你说你现在是活在当下。"丹说着，喝了一口酒，轻轻把杯子放下，向后靠在沙发上。

"是的，"我说，"不担忧过去，也不焦虑未来，只是活在当下，体验此刻周围发生的一切。"

"嗯，"丹有点迷惑地说，"但我觉得我一直都是这样的。"

丹在现实中一向如此，这一点对我来说很新鲜。我以为活在当下对每个人来说都是一件可望而不可即的事。我是说，以丹的性格，不难相信他就是这样生活的；但对我来说，我很难想象一个人能真的全心全意专注于某一时刻。我很高兴丹能做到这一点。同时，他也让我对别人的心理是如何运作的，有了一点领悟。未来的几个月里，我将会在这方面收获更多惊喜。

第二天早上，我又出发了，离开南安普敦，蹦蹦跳跳地朝着新森林进发。昨晚的酒劲儿让我依然有点迷糊，于是我决定，如果真要徒步走遍整个英国，估计得少喝点酒，改为从大自然中寻找享受与乐趣。这里可真是个开始新娱乐的好地方啊……

征服者威廉（William the Conqueror，又称"威廉一世"）在 11 世纪圈出了这块供他猎鹿的地方，起名为"新森林"。这里不仅有森林，还有牧场和石南丛生的荒野。几个世纪以来，这片 220 平方英里的土地，已经成为数千种植物、鸟类、爬行动物和哺乳动物的家园。其中最引人注目的是野马——它们是新森林的护林员，在林地和开阔的荒地上自由地漫步、吃草。我四处张望，看见前方的徒步道上，有几头鹿疾奔而过。继续走下去，我发现在森林的东北部，靠近阿什赫斯特那边，树木变得更茂密了。老树和新树的树根争夺着空间，厚厚的树冠把林区笼罩在一大片长长的暗影里，有点阴森恐怖。它们相互攀缘在连根拔起的树木上，奇形怪状的树瘤，盘根错节的枝干，像极了蒂姆·伯顿（Tim Burton）电影里的场景。再过几天，我就会走上西南海岸步道，之后很长时间都不会再见到这样的森林了，所以现在我要充分享受这段路。

沿着徒步道走了 10 英里，来到一个叫布罗肯赫斯特的小村庄。村里很多房子的车道前面都有围网，因为总有小马从树林里出来，到村里闲逛，顺便买包烟。好吧，它们不买烟，但它们确实是随时都在村镇里闲逛，这里的人也都轻松自在地由着它们。

有时我想，我要是有辆自行车就好了。从布罗肯赫斯特到新米尔顿是一段很长的土路，徒步走起来又长又无聊，但这段路仍可以算是风景如画。我试着回忆小时候和萨姆在树林里玩的游戏，折欧洲蕨让我们多么满足，而找到一根真正好的木棍又是多么爽。你永远也说不清"好木棍"应该长什么样，那更多的是一种感觉，反正你只要看一眼就知道了：

就是它，一根好木棍。

我用了两天时间，走了差不多30英里，从南安普敦到伯恩茅斯，可以说是相对轻松地走完了新森林。在这段路上不难找到适合露营的好地方，只是法规不允许在此露营，但路上的各种生物和风景一直让我目不暇接，完全不觉得无聊。我发现自己看地图已经越来越在行了。我还惊讶地发现，自己竟然已经能每天走这么远的路了——到达多塞特海岸时，我总共已经走了将近100英里。在一里又一里、一步又一步的移动中，注意着大地景观的逐渐变化，除了像我这样的徒步旅行者，估计很少有人能有这样的体验。

很快就又能回到海边了。从第一天向着沃辛行进后，我就离开了海浪的声音和空气中的咸味。虽然我很享受这段时间在丘陵中的行走，但在内心深处，我始终想念着大海。从布赖顿出发之前，我也好久没在海边生活了，但就是因为第一天在布赖顿见到了海，现在我深深地渴望再次走到海边。好在我已经快要实现愿望了，很快就将走到西南海岸步道。那是一条630英里长的国家级徒步道，沿着曲折的海岸线，连接着多塞特郡、南德文郡、康沃尔郡、北德文郡和萨默塞特郡。要我说，这条路是难中之难。然而从规划旅程时看到这条路的那一刻起，我就一直盼望着与它相遇，一试身手。

离开布赖顿的第10天，我从纵横泥泞的农田中间跋涉而过，沿着杂草丛生的埃文步道，来到了伯恩茅斯的海滩。跟我家那边的粗沙子不同，这里的沙滩上全是金色的细沙，一点也不硌脚。于是我抓紧机会，光着脚在沙滩上悠闲地漫步起来。

出发前，我下载了一款名为"沙发客"（Couchsurfing）的社交网络应用，需要找地方住宿的旅行者可以在那上面搜到目的地有哪些人愿意提供临时住所，比如客厅的沙发。几年前我独自在欧洲的几个国家旅行时曾经用过这个应用，觉得挺不错。它能让你跟一些从没见过的人成为朋友，带你去逛你从没去过的地方。有一次，我在瑞典的马尔默当沙发客时，认识了一个叫约瑟菲娜的人。她带我匆匆逛了当地的几家重金属酒吧，然后又去参加了一个万圣节派对。在那个派对上，有个人打扮成被钉上十字架的耶稣，在我去上厕所时，强行用安全别针在我的耳朵上扎了个洞。虽然这样莫名其妙被穿了耳洞，实在不是我计划中的事，但仔细想想，既然我能接受自己随随便便睡在陌生人家的沙发上，那么真的发生什么诡异的事情，我也不该大惊小怪。所以，就算旅行时睡陌生人的沙发很方便，我也并没有天真到以为永远不会发生意外情况。

我查了一些关于伯恩茅斯和普尔的资料，然后在"沙发客"上发了几条信息。这还是我第一次在英国用这个应用。几年前我在巴黎旅行时，倒是曾经通过它住到了一个叫巴尼的英国瘾君子家里。但除此以外，我不是很确定本土的英国人对本国游客的信任和包容程度。不出意料，在"沙发客"上回应我的不像是个英国人。她叫瓦娜，讲英语时带着外国口音。她回复我说，她住在普尔，很乐意让我在她家过夜。于是，补充了食物储备后，我不慌不忙地沿着海滨的路，往她家走去，在下午 6 点多抵达了。

瓦娜是罗马尼亚人、旅行博主。罗马尼亚 2007 年加入了欧盟，从那以后，她几乎走遍了欧洲的每一个国家，在罗马待了两年，接着又在多塞特海岸住了两年。如果我估计得不错，她应该还不到 30 岁，这么算下来，她活到现在，三分之一的时间都在旅行。这一点让我印象颇深。我发现她跟我一样，都很看重在人生中让自己不断地去往新的地方，获得新的体验。瓦娜提议去码头走走，从那里可以俯瞰普尔港。我们来到码头。这时空气已经变得凉爽了，太阳正渐渐向地平线下降，把天空染成了橙色、红色和粉红色。港口附近的海面上，渔船的剪影调皮地摇曳着，橙色的阳光打在水上，如同无数跳动的小火苗。此时此刻，能够欣赏着眼前的风景，融入周围的环境，而不是一直闷头向前走，对我来说真是一种享受。

第二天一早，我收拾好东西，再次启程。前一晚，瓦娜指着港口对面的那些小岛，神奇地一一说出了它们的名字。后来她又为我指出了斯塔兰德半岛的方向——那是西南海岸步道的起点。她说，要去那里，得搭收费渡轮去南黑文角，最早的一班早上 7 点 10 分出发。

我一边走向沙洲的方向，准备去搭船，一边难过地想着，我就要离开普尔了。跟之前走过的其他地方相比，普尔似乎给我留下了更多的记忆。日落时分的码头，海水的气味，风中桅杆的轻微撞击，都让我想起莫尔登。于是我给妈妈发了短信，问她要不要来跟我一起走一段。之前她曾说想去康沃尔那边的海岸，当时我们商量着，过几周等我靠近康沃尔时，她就会来加入我的旅程。

到了南黑文角，渡轮的锚链开始收紧。我仔细看了半天，才确定它真的停了下来。渡轮的最快速度估计不超过每小时 1 英里，我真心觉得世界上的其他任何交通工具都比它刺激。虽然看着不贵，只花了我 1 英镑，但曾有人告诉我，以单位时间成本来比较，渡轮是英国最贵的公共交通工具。下了船，我沿着柏油碎石路往前走，前面 50 码处的一个红色电话亭吸引了我，它是那种标准的"伦敦红"。我也不知道为什么这里会有这么个电话亭，不过感觉很有趣，因为按说它放在这里应该很突兀，但事实上又没有。

我向西看去，环顾了一圈这里的海滩。斯塔兰德半岛真美，阳光下的沙滩闪闪发亮，全无人工的痕迹，被北面的一大片沙丘守护着。整片沙滩向内陆凹了进去，就像一把长长的镰刀。那些陆地突出但没有沙子的地方，让我想起了多佛尔那些有着白色悬崖的海岸。

我太喜欢沙滩了，于是便想光脚走完第一个英里，纪念这段路程。我脱下登山靴，用从妈妈的船上卸下来的蹦极绳子把鞋绑在背包上。因为蹦极绳看上去已经足够结实了，我就没有再把鞋带系在背包上，虽然那样会拴得更紧些。

光脚站起来的瞬间，身体里涌起一股能量。温暖的太阳，吹进头发里的风，空气中海水的咸味，都打动着我的心。迈步走出去，我感到沙子涌入了我的脚趾间。我迷醉在大自然中，飘飘欲仙，身体和周围的一切和谐交融，无忧无虑。我想，这就是我的极乐世界。

漫步到海滩的尽头，离开始的地方大概有一英里左右，我发现灌木丛中有一小块空地，还有一段台阶，大概是通向悬崖上方的。我朝那里走去，看到悬崖延伸到大约 100 码远的地方，然后拐了个弯。我猜想如果从悬崖脚下绕过去，应该可以走到另一处海滩——说不定还是一处无人知晓的秘密海滩呢！我查阅了地图，越发确认了这个推测——在地图上不难找到你想找到的东西，即使是在这种地形测量局地图上也不例外。我回头看了看台阶，笑了笑，然后朝着悬崖脚下奔去，盲目但又坚定地想：我这个决定太英明了！

　　脚下的沙地很快变成了砾石，光脚走在上面，硌得生疼。不过我还是懒得穿鞋，想着坚持一下就蹚过去了，毕竟水深才刚刚没过脚踝。但是接下来，涨潮了，再往前走，脚下触到了海草和滑溜的石头。此时，沙滩已经彻底被海水覆盖，水已经没过了膝盖。我一改最初兴奋的步伐，难为情地缓慢跋涉。一个浪头打来，我慌忙踮起脚尖，以免背包底部被打湿。现在，我开始怀疑一刻钟前自己站在台阶那里时的推断了。

　　继续蹚水前进。此时已经看不清水下了，我只好用双脚摸索着地面。又走了几步，左半边屁股湿了——潮水涨得很快。我张开双臂保持平衡，向海岸的方向望去，想看看悬崖脚下有没有露出来的石头。谢天谢地，的确有，于是我向悬崖脚下走去。越靠近悬崖，脚下的岩石就越锋利，终于走到岸上时，我感觉自己仿佛是在踩着碎灯泡的玻璃碴。我一瘸一拐地走上附近的一块岩石，解开背包放在地上，翻过来一看，惊恐地发现上面竟然只挂着一只登山靴。

　　我全身发热，大脑一片空白，但仍旧锲而不舍地在背包周围摸来摸去，不想承认这个木已成舟的事实。明摆着，另一只鞋在我蹚水的时候掉落了。我绝望地转过身，想看看我是从哪里走过来的。潮水涨得更高了，要不了多一会儿，就会淹没现在我所站的这片崎岖不平的岩石。我瞠目结舌，却不知道应该看哪里、做什么。我双手使劲抱头，就像是要用一副老虎钳子挤破脑袋，仿佛这样就能挤出一个办法来。没戏。我只好本能地把背包和另一只鞋放在悬崖脚下，然后一脚深一脚浅地蹚水回到海里，在灰黑相间的海底岩石间搜寻我那只灰黑相间的登山靴。太难了，就连长在岩石上的海草都是黑色的，真是没有任何希望。要是有一副游泳镜就好了——此念一出，我立马一头扎进水里，以最快的速度游回海滩。一个念头清楚地浮现在脑海中：涨潮我是拦不住的，抓紧时间才是关键。

海水冷得让我难以呼吸，但现在已经顾不了那么多了。回到海滩上，我从水里爬出来，猛冲向人群。那伙人大概30多岁的样子，似乎是来海边度假的，我盯着他们的箱子和旅行包，估摸着里面应该有我想要的东西。

我走过去，衣服都湿透了，眼中显然充满了绝望。

"伙计们，抱歉打扰了，但我现在遇到一个很棘手的情况，需要你们帮个忙……"我用最简短的方式解释了目前的状况，最后问，"谁能借我一副游泳镜？"

"这儿，伙计，我有游泳镜。"一个晒得黝黑、戴着墨镜、穿着红色短裤的年轻人说。他伸手到包里拿出游泳镜，毫不犹豫地递给了我。

我可怜巴巴地对这个年轻人表示感激。"我很快就还给你。"我说着，大步朝大海走去，背上仍能感受到那众目睽睽的炽热目光。我一直走到水没过膝盖的地方，然后潜入水下。忽然想到，要是刚才那群人以为我就此消失了，那就好玩了。我怎么也得找回点东西证明自己。

在水下，我暂时放下了丢鞋的压力，想到在游泳时，仿佛整个人都来到了另一个世界，这是其他任何活动都无法带给我的体验。水里的一切都跟平时在陆地上不同，连身体移动的方式都不同。妈妈决定住到船上，也是因为她在内心深处想要住在水边，或者像她现在这样——住在水上。在这一点上，我和妈妈很像。对我而言，海洋不仅能疗愈心灵，还能赋予生命。它是一个充满生命、充满能量、神秘却又有形的存在。大海永远吸引着我。

但接下来，我又回到了现实，产生了一种彻底的失败感。尽管最初的挫败情绪已经没有了，我已经变得更加平静，但这也很气人，因为正是那种挫败情绪激发了我想方设法的动力。而现在，我正在一点一点地平静接受我的鞋已经……啊，它在那儿！前方20码水底的一块岩石上，不就是我的鞋吗？我锁定目标，朝它游过去，一丝得意的笑爬上了我的脸——一场悲欢离合终于要落幕了，这回可以继续踏踏实实走我的路了。等等……什么……我抓起那只靴子站了起来，都不用再看第二眼，就知道不是我的鞋。看来是另一个蠢货在同一个地方弄丢的。我向后一仰身，用尽全部力气，把那只又笨又臭又恶心、估计还住着半只螃蟹的烂靴子能扔多远扔多远。

"滚——蛋——！"我的吼声伴着它划过天空，落在离悬崖脚下大约10码远的地方，就连它落水时那"砰"的一声都让我气得不行。

我面向大海，干瞪了几秒钟，又回到水里。看了下手表——我已经借用人家的游泳镜40分钟了。我开始担心那个穿红色短裤的家伙以为自己被我坑了。但我还是想再找找，不想就这样失败而归。

我游到悬崖脚下我放背包的地方，没有；我又游回沙滩，像寻找猎物的鹰一样直勾勾地搜寻海底，还是没有。我又往更深的地方游，然后又游回悬崖那里，反反复复累得够呛，能找的地方都找遍了。不用说，鞋是彻底丢了。但不管怎样，我还是得游回海滩，因为要把游泳镜还给人家。于是我想：算了，至少先享受一下游泳镜吧。我潜入水中，一心想着好好游一段蛙泳。就这样在沙地和海草间穿行时，忽然——我的天，它在那儿！

我的登山靴，我那结实可靠现在却一脸沮丧的徒步伴侣，正窝在前方的海草间。难怪我一直没找到它，它陷得太深了，只有鞋底露在外面，真是难以置信。我满怀爱意地把它从海草里拽了出来。露出水面后，我把鞋举到面前，再次心里一沉：不是我的。我又捡回了刚才被我扔掉的那只别人的鞋。真想哭……这一次，我只是放开了它，看着它沉入海草间，就像在《泰坦尼克号》（*Titanic*）的结尾，露丝放开了杰克。

我赤脚穿过碎石地去拿背包，心情无比沮丧。刚一举起背包，用蹦极绳拴着的另一只鞋也掉了下来。我把背包放下时，一直盯着这只鞋，直到我腾出手，把它捡起来放在旁边的石头上。后来我回去还了游泳镜，没跟那些人多说什么。没什么好说的，我空手而归，还是光着脚，一脸的丧气。没有人会那么坏，还要问我找得怎么样，那简直就跟当面嘲笑我没两样。

那天晚上，我睡在老哈里岩旁边的悬崖上。老哈里岩由三座巨大的悬崖组成，位于珀贝克半岛上的汉德法斯特角，是海岸边一片非常酷的白垩岩。要我说，它可以算是多塞特海岸的第三大标志性景观，仅次于拉尔沃思湾和杜德尔门。经历了一个混乱的下午，我应该补偿自己一点惊喜，找一处风景好的地方露营就是个不错的主意。临睡前，我在地图上搜了一下最近的能买到登山靴的地方。我光着脚从海滩过来，爬了很多台阶，还走过了悬崖，但总距离并不长。再往下，我可不想继续光着脚了。好在再走上 5 英里，就能到斯沃尼奇了。

我边想着 5 英里的路程，边翻背包，想看看还有多少双袜子。4 双双层袜子，凑合可以算是 8 双……我为"意料之外的紧急情况"准备了三个塑料袋，现在从中抽出两个，把它们和袜子摞在一起，放在帐篷里的一角。

"只要不下雨就行。"我对自己说，然后躺倒在睡袋里。真是相当疲惫的一天啊。这么想着，我倒头就睡着了。

我在迷迷糊糊中醒来。晚上 11 点左右的时候，起风了，导致我之后整晚都没睡着。"跳蚤"在风中摇来摇去，那声音就像是一辆手推车蹭着混凝土做的救生楼梯掉下去。我心里暗暗说，吃一堑长一智，要记住：

1. 别再在悬崖上睡觉了。
2. 得买副耳塞。

我拉开帐篷门，看见天空中笼罩着厚厚的乌云，高高的草丛在风中狂舞，当然，还下了雨。我抓起帐篷角那堆准备好的袜子和塑料袋，一个接一个地套在脚上。穿最后一只袜子之前，我先在脚上套上了那两个塑料袋。看着我的脚，我愣了半天，真心感到自己是个笨蛋。

这就是我 3000 英里徒步旅行的开始。现在看来，我恐怕得花上快一年的时间才能搞定，然而刚上路两个星期，我居然就把鞋弄丢了。

走到斯沃尼奇花了两个小时，在此期间我的脚在悬崖上被狠狠地磕了一下。上午 11 点，我终于抵达了卖鞋的商店，又累又气，浑身是汗。在这家"侏罗纪户外用品店"门口，我往里窥视，等店员看见我了，就大声喊起来："我不穿鞋进来，可以吗？我是来买鞋的，买完就穿着走。"店员向我看过来，我从未见过这么茫然的一张脸。

我咬了咬牙，对着店里的空气说："我要进来啦。"我悄悄地走进商店，径直走向似乎是卖男鞋的区域，挑了一双款式不错的登山靴，翻过来看价格——150 英镑。我默默把它放回跟鞋差不多大的塑料鞋架子上，小心翼翼的样子，就像在放一只费伯奇彩蛋。继续逛，又看上另一双也还行——60 英镑，这个价格好多了。不管怎么说，这双鞋都将跟着我走遍英国。

我穿着明显湿透了的袜子试了鞋，但店员和我对此都没吭声。尴尬地试完鞋后，我付款走人，找了一家青年旅社。这又是一笔开销，但没办法，我得烘干袜子，洗点衣服，还需要来个热水澡。过去漫长的 24 小时，是我迄今为止压力最大的一天。我亟须结束这一切压力，放松下来，这样明天便能重新开始了。

来自妈妈的鼓励

兰兹角

接下来的几天里，我穿上新买的鞋，准备征服侏罗纪海岸。让我后知后觉的是，在那些天里，随时随地，只要向左瞟一眼就能看见大海。只要能看到大海，我就会感到放松。不仅如此，大海还让我头脑清醒，静下心来思考未来。美国作家、海洋生物学家华莱士·尼科尔斯（Wallace Nichols）认为，人类有一颗"蓝色的心"。按照他的说法，当我们置身于水中或在水附近时，会进入一种半冥想的状态，感到平静、安宁、和睦，觉得生活幸福和满足。从这个角度来说，我算是幸运的，就算在海里把鞋搞丢了，我也并没有记仇，还是能够感受到大海的治愈作用。

木头做的路标，沿着海岸步道一路指引方向，我继续西行，像蜗牛一样背着全部家当。侏罗纪海岸的道路坑坑洼洼的，经常走得我筋疲力尽。我翻过一个接一个的上坡、下坡，如同走在一条声波曲线上，剧烈的坡度变化让我的大腿肌肉疼得像在灼烧一样。但就是这样，我沿着多塞特狂风呼啸的海岸线，走过了一个又一个地标——黑洞、舞蹈岩架、西科姆悬崖……这一路很艰苦，但也有不小的成就感。这是一种让人变得强大、让人觉得值得的艰苦。

我到达了圣奥尔德赫姆角，地图上标着下一段海岸是"危险区"。菲尔教我看地图时讲过，一般来说，这种标记意味着国防部会在这儿搞演习。如果附近还有红旗的标志，那就肯定是禁止普通人穿行的。见此情况，我决定改变坚持走海岸线的计划，提前往内陆走。我选了一条狭窄的支路，穿过金斯顿村，向着科夫堡遗址前行。这将是我在两周内第二次邂逅征服者威廉——是的，跟新森林一样，科夫堡也与这位国王有关。

到英国来一趟"城堡游"是个很棒的活动，其中最值得看的是东北部的诺森伯兰郡海岸。虽然大多数城堡都只剩下了废墟，但仍散发着高贵庄重的气息，傲然耸立在海岸边。一路上，我对这些城堡以及其他历史景点产生了浓厚的兴趣。想想看，历史遗迹能让我们窥见一个遥不可及的时代，以及那些遥不可及的生活方式，而那时的人们所体验到的自然，却跟我们今天所见的并没有什么不同。

天色已晚，头顶上的云整个下午都没什么动静，现在却已变成了黑压压的一片。得想想晚上在哪里扎营了。

在英国，要找到合适的野外露营地，颇需要点技巧，因为大部分乡村的土地都属于私有——归农民、国民信托①或贵族后代所有。即使你很晚才在一个地方扎营，早上一早就离开，而且离开时地面几乎跟原来一模一样，总还是有可能撞上某个愤怒的地主，抓着你逼问："你知道自己在干什么吗？"由国民信托负责管理的海岸步道倒是让我完成了一个又一个打卡任务，但到了晚上，我必须走出他们的地盘才能扎营。我走过一片接着一片的野地，寻找能扎营的地点——既要僻静，又要避开

---

① 英国国民信托是世界上最大的保育组织和慈善团体之一，致力于保护英国的自然和人文环境。

私人领地，这样才不至于被轰走。一个小时后，寻找依然无果，我不得不开始一边找地方，也一边找人，看看有没有谁能帮我。最后，我遇见了罗比，在他家住了一晚。

遇见罗比的时候，我正走在科夫堡往西大约两英里的一条僻静的 B 级路①上。罗比是个 55 岁左右的乡下人，又高又瘦，一头蓬乱的黑发，皮肤红润，穿着打了蜡的厚外套和破旧的奶油色灯芯绒裤子，脚上蹬着一双快穿烂了的威灵顿长筒靴。不管从哪个角度看，他都像是个真正的乡下人。在此之前，我曾在城堡附近跟一对疯疯癫癫但挺可爱的老家伙聊了一会儿，之后走了有 20 分钟，再也没有遇到什么人，直到遇见罗比。时间越来越晚了，我估摸着，之后也越来越难遇到其他能帮我的当地人了。

"嗨，伙计。"我走近他说。

"哦，你好。"他回答。他的眼睛是灰色的，看着挺友善，说话的口气蛮像邻家大哥。我一眼就看出他人应该不错。

"我想找个地方露营……但在海边步道附近怎么也找不到……因为——"

"对，我记得他们今晚会在那边开炮。"

"是啊，我都找了半天了，这一带好像到处都是私人领地。我猜你也不知道哪儿能让我扎营吧？不知道有没有人不介意我睡在他们的地盘上？"

这么问会不会太直接了？

---

① 英国的公路有 A 级路和 B 级路之分，相对而言，A 级路比 B 级路要繁忙一些。

"你要去多远的地方？"

"哦，我是从布赖顿走过来的。"我说，"我要走完这段步道，到迈恩黑德去。"

这段时间，我一般只告诉别人我在走西南海岸步道，而不是要走遍全英国。想到前方的路还很长，少说点会显得更可信。而且就算这样，似乎也足以让人觉得我挺厉害了。

"哇，"那人说，"真厉害……嗯，你说的没错，这附近没有什么像样的露营地，但你如果愿意的话，倒是可以在我的花园里搭帐篷。从这儿到我家只要 10 分钟。"

我十分感激，心里的一块大石头总算落了地。接着我很快就激动起来，那感觉就好像得到了当地人的邀请，要去森林里参加即兴派对。我凑过去和那人握了握手。

"顺便说一下，我叫杰克。"

"我叫罗比。"他伸出一只手，高兴地转着眼睛。我对罗比的感觉从"不错"变成了"棒极了"，更加确信我们会成为朋友。

罗比是第二个邀请我到家里去的陌生人。就像一周前在布朗夫妇家一样，有机会招待我这个流浪汉，罗比似乎也很高兴。他家的房子是一座美丽而古老的灰色石头小屋，静静地坐落在林子边上，橱柜里摆满了有趣的小玩意，不怎么规整的房间里布置着用旧的家具。他做了一桌子家常菜，让我洗了个澡，热情地不断给我斟酒，跟我聊了一晚上各自喜欢的音乐。罗比的待客之道真是没得说。

愿意接待陌生人的人都有一些共同的特质。首先，显然是要有足够的信任感和好心肠，但同时，还得比常人多一些好奇心。这就跟在路边招手搭便车的情况差不多。大部分愿意载人一程的人，跟那些搭便车的人多少都有点像。我逐渐开始注意到，那些邀请我到家里去的人，都有些微妙的相似之处：虽然有着年龄、国籍或性别的差异，但他们都心态开放、有着强烈的好奇心、容易信任别人。那天晚上聊到最后，罗比给我"升舱"了，叫我别去花园里露宿，直接睡他家空出来的那间屋子。

第二天早上，吃了几轮培根和煎蛋，喝了几杯热茶，又闲聊了一阵后，我就离开了。当时我在想，可能以后再也见不到罗比了，甚至都不会再通话，想到这里，我觉得很不舒服。我并不想这样，但这也许就是我现在的生活方式决定的。在这种生活中，我经历过的一切都转瞬即逝，我对它们而言也是一样。这有些伤感，却也无拘无束，就好像是对生活说："那太棒了，现在让我们继续往前走吧。"一般来说，跟一个人相处的感觉不错的话，我是不会想要抛弃这段关系继续往前走的。跟一个人建立内心亲近的关系很不容易，所以我自然会本能地想要努力去维持这样的关系。但大概是因为我现在的生活改变了，旅途上的一切人和事都是暂时的，所以离开罗比家对我来说并没有很艰难，我也没觉得自己是在抛弃什么。我当时并没有意识到，在那个时刻，我的感受和情绪也都变成了暂时的，它们就好像匆匆过客，不再像过去那样让我不可自拔地深陷其中了。就这样，在这个早上，我启程了，注视着前方的路，走向神秘而不可知的未来。

我沿着俯瞰诺尔教堂的山脊，向西走了大约一个小时，又遇上了国防部的"危险区",被迫改变方向。查了下地图,绕过这片地方最快的办法,是走一条叫哈代路的步道。既然手机还没收起来,那就顺便再查查这条小路有没有什么故事吧。原来这是一条不算太古老的步道,它始于20世纪90年代,由一位名叫玛格丽特·马兰德(Margaret Marande)的徒步爱好者命名,显然这人是托马斯·哈代(Thomas Hardy)的铁粉——她设计的这条长途步道,串起了哈代的小说和诗歌中描绘过的几个地方。我记得当时我想到,要是提前查查将会经过的一些徒步道的源起就好了;还有,要是我走过这条以哈代命名的步道时,带上一本他的书来读该有多好。虽然这么说,但我又提醒自己:别忘了好好享受行走的快乐,别忘了此行的真正目的。

哈代路的路边有一些木桩,木桩上钉着别具特色的绿色圆盘。沿着这些标志物,我一路向北走到了斯托伯勒村。接着,我继续向西,贴着"危险区"的边儿,一直走到可以向南折返回海岸的地方。这样又走了几个小时,我到达了拉尔沃思湾。站在水边凝视眼前的风景,我的心中充满了敬畏之情。周围山丘上的一片片青草,覆盖在白色的白垩岩峭壁上,就像是绿色的熔岩环绕着湖水。在海湾口,石灰岩上有一个缺口,如同通向海洋的大门。这里宁静而庄严的氛围,堪称英格兰南海岸的代表。离拉尔沃思湾只有几百码的地方,就是有名的杜德尔门,那是一座拱形石灰岩,威武地俯视着海滩。在我模糊的童年记忆中,我曾来到过这里,当时我和弟弟专注于往海里扔石头的比赛,几乎没有意识到周围令人惊艳的风光。

走过这些标志性的风景区,我又回到了西南海岸步道上。作为回归正轨的奖励，我沿着弯弯曲曲的台阶，费劲儿地下到杜德尔门海滩，卸了背包，脱得只剩下短裤，一头扎进海里。水不太冷。我潜入水下，能游多远游多远，直到不得不换气才浮出水面。在太阳底下走了一整天，现在能在水里给皮肤和酸痛的肌肉降降温，真是太舒服了，俨然有种度假的感觉。此刻，我感到自己的身体很健康、很强壮，精神状态也相当好。我不担心接下来还要走多久、多远，或是现在几点了，也不质疑我为什么会决定未来几个月都要以这种方式生活。在这个绝无仅有的时刻，我只是体验着当下的每一分每一秒，感受着、享受着自身的存在。那天晚上，在奥斯明顿附近的一座小山上，我扎下帐篷，睡了迄今为止露营时最香的一觉。

除了丢鞋、偶尔迷路，以及宿醉的情况有点多，上路的头两周还算顺利。我找到了适合自己的步伐节奏——但更重要的是，我发自内心地感到快乐，体验着新的生活方式，不断探索新的地方，一切都仍然激动人心。每天在地图上查一查自己走了多远，给我带来了极大的成就感。这样积极的状态，让我觉得自己仿佛变了一个人，我甚至像是在充满惊奇地看着另一个人，羡慕他那完美无缺的生活状态。我相信，只要一直努力前行，享受健康的状态，敞开心扉，勇敢迎接未来不可预测的各种情况，我就会持续感受到快乐——就在不久前，我还完全无法想象自己能找回这样的感觉。

这段时间里，我的皮肤也渐渐晒成了古铜色。这让我意识到，我已经很久没有满意过自己的外表了。住在东伦敦时，只要在什么东西上看到自己的倒影，我就觉得反胃——看看这个人，苍白、浮肿，眼睛下面永远挂着一副又大又沉的眼袋。不再讨厌自己的长相，绝对可以证明我的情况正在好转。但最重要的是，我发现自己真心喜欢待在户外，一天到晚都不觉得腻。我喜欢一觉醒来，发现自己又来到了一个新地方；喜欢早上打开帐篷的拉锁门，听外面婉转的鸟鸣；喜欢在树叶间穿行，沐浴着它们散发出的香气；喜欢在夜幕降临时，一眼找到天空中出现的第一颗星。我也很喜欢自己现在的心态——不管走多少里路，不管有多累，我都不后悔这次旅行。从布赖顿到杜德尔门，120 英里，不仅让我远离了抑郁，更让我开始对活着充满感激、充满幸福之情。

天气越来越暖和了，也没什么值得着急赶路的事。唯一让我偶尔担心的是，万一受伤了该怎么办。接下来的几天里，我小心翼翼地沿着海岸步道行走，但整天走在悬崖顶部那种坑坑洼洼的路上，真让人吃不消。一天天过去，翻过一座座小山丘变得越来越费劲。如果每天只遇到一个大陡坡也就罢了，谁料侏罗纪海岸上上下下的坡道没完没了，再这样下去，撑不了多久我的腿就要废掉了。几乎每天夜里，我都会全身疼到醒来，然后不得不做一些腿部的拉伸运动，否则就难受得没法继续睡觉。

我经常想，如果本可以避免，却因为大意而受了伤，导致无法完成这次徒步旅行，那我能怪谁呢？只能怪自己。要是因受伤而中断旅行的话，回去又少不了收到一大堆的同情——"高兴点，小伙子，换成我也不会比你强多少。"他们保准会这么说。为了不至于沦落到那步田地，我开始每天早上做拉伸运动。听说在冷水里游泳有助于缓解腿部酸痛，所以我几乎每天晚上都下海去游泳。

日子一天天过去，走在悬崖顶上，不断地上坡下坡，让我变得强壮了，腿上和背上的肌肉变得又厚又硬。没花几天，我就走完了整整 40 英里的海岸，尽管免不了气喘吁吁、汗流浃背。马上就要到德文郡了，这是继东苏塞克斯郡、西苏塞克斯郡（没错，它们是两个郡）、汉普郡和多塞特郡之后，我要走过的第 5 个郡。走了不到一个月，看着白色的悬崖变成砖红色，我第一次想到了时间的流逝——显而易见，我实际要花的时间会超出原计划的 7 个月。但那种需要精确计算时间的生活方式，已经离我越来越远了。我不再受到时间的影响，不急着盼望时间过得快一点，不需要截止期限，不需要时间表，也不去假装这些东西对我很重要。

走在德文郡的海岸上，左边是大海。到达布兰斯科姆时，我才意识到，好像已经好几个星期没见过云了。虽然我自我感觉良好，但架不住热浪袭来。以前，我会管这种天气叫"吃冰棍儿的完美天气"，但如今，要在这样的天气里背着 20 公斤重的背包，走上几英里的路，可真不好受。我每天会去一次内陆那边，给手机充电，给水壶灌水。虽然每天要喝超过 6 升水，我却没有太多尿，这显然说明我的身体正在用每一滴喝进去的水帮我降温。此外，还必须注意防晒，我格外小心地往皮肤上涂了 SPF30 的防晒霜，还戴了帽子遮脸。

晚上很暖和，也很安静，在海滩上露营正合适。海浪的催眠效果，让我能连续睡足 8 个小时。早上我会醒得很早，精神焕发、斗志昂扬地去攀登陡峭山路，就这样一天一天接近康沃尔。每天都很漫长，山路起伏不平、无穷无尽，晚上则会收获一双肿胀的膝盖。德文郡的红色峭壁似乎比多塞特郡的白色悬崖更长、更陡、更多。在烈日无情地炙烤下，有几次我真的以为自己要晕过去了。

我决定暂时离开海岸路线。一方面是为了找荫凉，另一方面也是为了换换口味。不论什么事情，经过一段时间的重复，都会让我感到厌烦。在托基郊外，我遇到了一个叫斯泰茜的美国女孩，她请了两个月的假飞到英国来——用她的话说，"就是想走路"。我提议我俩走到内陆去待一两天，这样她也能感受一下真实的英国小镇，而不是海边这些只卖水桶和铁锹、99 美元住宿一晚的地方。

　　斯泰茜看来很高兴有人陪她，也很喜欢这个主意。于是我们往内陆走去，向西直奔南德文郡的小镇托特尼斯。这个小镇悍然宣称自己和纳尼亚①是姐妹城。走了三四个小时后，我们经过一条铁轨，铁轨上挤满了留着发辫的人，都住在货车里——这似乎说明我们快到了。斯泰茜显然看出了我俩的共同需求，她说我们应该在镇上找个合适的露营地，能洗澡的那种，还要附带功能齐全的厕所。后来证明，她这个建议在接下来的几天里救了我一命。

　　前一天，我怕自己会走得脱水，就在一条小溪里给水壶灌满了水，还很得意自己当了一回野外生存专家。然而，因为没有净水药片，又不懂得如何鉴别安全的水源，我只好孤注一掷，让老天来决定这壶水到底是会帮我解渴还是让我拉稀。到了托特尼斯，找到露营地后，我开始有种不好的感觉，而且不是一般的不好，是相当不好——在没有正经的住处、正经的床和正经厕所的情况下的不好。众所周知，无论何时何地，拉肚子都不是什么好体验，但如果在住帐篷的时候拉肚子，那真是活脱

---

① 奇幻小说《纳尼亚传奇》（*The Chronicles of Narnia*）中的虚构世界。

脱的一场惨剧。整个晚上，我每隔一个半小时就在热汗中慌忙惊醒，攥紧拳头急匆匆地冲向露营地的厕所。就这样一直持续到了早上大约 9 点，斯泰茜过来敲门。"我不舒服。"我隔着帐篷门网呜咽道，接着就给她简述了我在这一晚的肠胃活动。

斯泰茜坚持要进城给我买些吃的。她走后，我想起老家的朋友马特说过，如果我需要，他愿意为我出些住宿费。我们打电话聊了一下，他觉得我现在的窘境很搞笑，但还是给我订了一家当地的旅馆，还包括早餐。他可真是我的及时雨！

斯泰茜回来了。我感谢她回来看我，但还是坚持让她别等我了。我站都站不直，更别说走路，而她再过几周就要飞回家了。另外，我要是把帐篷敞开，散散一晚上的屁味，绝对会影响到我们的友谊——迄今为止我们相处得多么轻松愉快啊。想到这一点，就更不能让她留下了。我们交换了电话号码，我付了她给我买零食的钱，然后她就走了。之后差不多一个星期，我们互相发短信保持着联系，还经常提到"回国前咱们要再聚哦"，但最终，我们没有再见。

我在马特找的 B&B①旅馆住了两晚。这次波折把我打回了原形，觉得自己弱爆了。心情沉重、屁眼酸疼的我，思前想后，决定不回海边悬崖继续走了，而是乘火车去往 24 英里外的下一站——普利茅斯。从那里开始，我要步行到魔鬼角，然后按照原计划乘船渡过塔玛河，到达克雷米尔，再从那里继续沿着海岸步道进入康沃尔。虽然选择坐火车是因为

---

① Bed and Breakfast，指提供床和早餐的住宿。

身体出了意外状况，迫不得已，但我还是很后悔，毕竟这就像是在作弊。从出发到现在，这是头一次，我感到身体发出了警告。

不过，能够走到康沃尔，又让我的精神振奋了一些。这一带我老早就想好好游历一番了，今天总算如愿以偿。一顶帐篷、一个睡袋，除此以外，就只有前方仍在等着我的几百英里海岸线。康沃尔和英国的其他地方太不一样了，以至于今天仍然有些人（主要是本地人）认为，它应该算是英国的第五个地区 ①。康沃尔有着自己的风格和生活方式，我期盼着马上亲身体验一下康沃尔式的待客风俗。

我心无旁骛地走在西南海岸步道上。途中在雷姆海德露营了一宿，一早就被野马的嘶鸣吵醒。继续走，穿过锡顿和波尔佩罗两个村庄，到了彭里角。

波尔佩罗是个迷人的小渔村，美得令人惊叹。我暗地里想着，旅行结束后，可以考虑在这一路上的几个地方选一处定居，波尔佩罗就是候选者之一。我并没有考虑将来要做什么，仅仅是"可以在这里住下来，在那家小酒馆小酌很不错"，更详细的就没想过了。思考未来似乎意味着一种损失，因为它要求我把注意力从当下移开，而我正乐享其中——事实上，此刻的我，仅仅是因为走在康沃尔的海边，就感到无比幸福，身体里孕育着无穷无尽的能量。

三天后，我又沿着海岸线走了 50 英里，快到卡弗拉克村了，它就在蜥蜴半岛的北边大约 10 英里处。

---

① 英国由 4 个地区组成，分别为英格兰、苏格兰、威尔士和北爱尔兰。

我找到一家酒吧，进去买了一杯酸橙苏打水，找了唯一靠着电源插座的座位，好给手机充电。房间角落里有一张台球桌，两个年轻人正在那儿打台球。其中一个正是我心目中典型的康沃尔范儿——蓬乱的头发散发出海水的咸味，完美的古铜色皮肤，斜纹粗棉布短裤，超大号法兰绒衬衫，一副20世纪90年代的垃圾摇滚风，颇招人喜欢。另一个要比他苍白憔悴一些，黑色帽子、黑色T恤、黑色牛仔裤。这一个显然是喝多了，一副醉态，逗得他那个晒了不少太阳的朋友乐得不行。我有预感，我一坐下他们就会过来跟我搭讪。

离近点就能看出来，他们大概20岁出头，是典型的冲浪和搭便车爱好者，可以说正是我来康沃尔想要遇见的那类人。幸运的是，无论走在英国任何地方，只要让人们注意到你背着硕大的背包，他们就会欢迎你来搭讪。我喜欢告诉人们我是从布赖顿走过来的，然后看他们的反应——眼睛瞪得圆圆的，嘴巴张得大大的，身子忍不住向你凑过来。我想，可能所有人都想对那些不走寻常路的人多一点了解吧。

这两个年轻人介绍了他们自己：一个是爱冲浪的汤姆，另一个是气哼哼的戴夫。

"这背包是干什么用的？"戴夫问我，有点口齿不清。

汤姆轻轻地笑了笑，擦掉下巴上的啤酒，也问道："你这是要去哪儿？"

"蜥蜴半岛，"我说，"我估计去那儿看日落会很不错。"

"日落前你是赶不过去了。"戴夫插话道。

"没错，今晚你就住在我们这儿吧，明早再走。就算你现在往那边赶，到了那儿天也黑了。"汤姆说。

根据我以往的经验，从"你好"过渡到"住在我这儿吧"总要花点时间，没想到在这两位这里，过渡如此之快。不过我感觉他们人应该不坏，并在那一刻决定，如果之后的旅途上有谁愿意给我个凑合过夜的地方，我都会欣然接受。

两个人喝光了剩下的啤酒，然后站起来和我一起离开酒吧，朝卡弗拉克走去，中途在一家当地人开的薯条店停下来买了点吃的。卡弗拉克是一个相当吸引人的地方——这点跟大多数海滨小镇倒是很像。在这儿你会发现，所有的热闹都在海边，咖啡馆和小吃店整齐地排成一排，面朝大海。现在大约是下午 4 点，太阳还高高地挂在空中。住在这种地方，应该会非常不错。

"你们的房子离这儿有多远？"几分钟后我问他们。一天下来，我的腿已经明显快要走不动了。

"不是房子，是大篷车。"汤姆说，"就这儿。"

"啊，好的。"我说，假装没有意识到他们原来是流浪者。

流浪者居无定所，结伴晃荡。我平生没怎么跟这个群体接触过，脑子里只有一些负面印象——靠不住、摸不透、爱打架，等等。然而凭直觉，我感到这两个人应该还行，他们说要给我地方住，应该也是出于好心和敬意。就这样，我跟着他们下了主路，走向一座停车场，里面停着三四辆大篷车——显然是非法停在那儿的。我的理性和直觉开始冲突，嘀咕着：跟他们走，到底是不是个好主意？

"地方议会已经赶了我们 4 年了，一直没让他们得逞。你看，我们就是要待在这里。"

我跟着他们走进了一辆敞着门的大篷车，还没进去就听见里面传来另外两个人的声音。我扛着背包笨拙地上了台阶，挤进车门，发现里面有两个人正坐在沙发上，一副康沃尔式的邋遢，比之前两位有过之而无不及。

"这是谁啊？"其中一个人问道。

"这是杰克，从布赖顿徒步旅行过来的，他今晚要住在我们这儿。"汤姆回答。

"好。"另一个人咕哝着，看起来他只要知道这么多就够了。

那一刻，我感到他把我当成了他们中的一员——一个四海为家的流浪者。也说不定他是嗑了药，没心思继续问我问题。不管怎样，我受到了欢迎，虽然感觉怪怪的。

大篷车里有一股烟灰和狗毛的味道，地上以及所有能搁东西的地方都堆满了衣服、啤酒罐、空酒瓶。夕阳从前门斜射进室内，让空气中弥漫着的灰尘无比醒目。我挺喜欢这几个人的，但说实话，无论是让我睡地板还是把我塞进什么别的地方，我都没有勇气睡在这里。随着夜幕降临，又有一两个人钻进了大篷车，一个比一个吵。

手机没电了，天也快黑了，我想不通为什么没人开灯。时间一分一秒地过去，大篷车里一片漆黑。我开始考虑最坏的情况——他们为什么不想被人看见？那个最后进来的人为什么不介绍自己，而且还用奇怪的眼神看我？为什么大家两眼一抹黑却对此丝毫没有意见？

最后，我憋不住只好开口发问了："对不起，伙计，这儿是不能开灯吗？"

"发电机的柴油用完了。戴夫他妈去搞了，几个小时了，还没回来。"

戴夫他妈？！

我一直以为这群人是独立生活的，没想到还有个负责他们生活的成年人。我震惊了，立刻对戴夫的妈妈感到万分同情。显然，这群20多岁的乌合之众让她没辙了。他们想干嘛就干嘛，想让别人干嘛别人就也得干嘛。发电机的柴油用完了，没关系，妈妈随时可以去跑一趟，再买些回来。我下意识地扒拉着散落在我周围的空啤酒罐，把它们拢到一堆，但又装作很随意的样子，尽量不让他们觉得我太爱干净。

几分钟后，外边来了辆汽车，车灯照过来，大篷车里终于透进了一点亮光。

"戴夫，你妈回来了。"一个人说。

戴夫起身去开门。我的脑海中闪过一种可能性：既然他妈回来了，车灯照着大篷车，里面也能看见东西了，是不是该趁着给发电机加油的工夫，借着车灯的光打扫一下卫生呢？但是并没有人动。我坐了起来，准备向可怜的、受尽压迫的戴夫妈妈介绍自己，想着如果她买了什么东西回来，我也正好帮她拎东西。这时，门突然砰的一声开了。

"这帮混账狗屎王八蛋玩意儿坑死我了！"

我的天。

"好了好了，南希回来了！"见到戴夫妈妈，这群人似乎打心眼儿里高兴，也打心眼儿里想听她往下说到底是为了什么事骂骂咧咧。

"这谁啊？"南希看着我问道，眼神呆滞，醉意蒙眬。

"对不起，我叫杰克。对不起。"

"妈，他为了情绪问题搞了个很长的徒步旅行，今晚要待在这儿。"戴夫说。

"情绪？我也有情绪啊。"南希说。

"哦？"我说。

我经常听人们说"我受尽情绪的折磨"或者"我有情绪"，就好像"情绪"跟"情绪障碍"是一个意思。然而事实并非如此。情绪是所有人都有的，但情绪障碍不是所有人都会有，它只是某些人在人生的某个阶段会遇上的事情，实质上是一种需要治疗的心理问题。你会快乐、悲伤、激动、恐惧、生气，是因为你有正常的情绪，有情绪说明你的心理是健康的；就像你有心脏、大脑、肺、肾、腿，说明你的身体是健康的一样。

那天晚上我太累了，发生的一切都让我晕头转向，以至于我现在一点也不记得南希当晚跟我说了些什么情绪问题了。但第二天早上我离开时，觉得那其实也并不十分重要。交谈之后，我意识到我们的生活如此不同，但在不同生活中各自感受到的痛苦，从根本上讲却又没那么不同。正是这种相似的感受，而非相似的经历，让人与人之间能够相互体谅、相互理解。就拿抑郁而言，即使我们从未经历过那些令彼此抑郁的经历，但只要描述各自抑郁的感受，就会发现彼此之间能够深深地理解。离开卡弗拉克时，我对流浪者有了新的印象。尽管我的个别经历不能代表整体，但汤姆、戴夫，以及他们那一帮人为我做的事情，99%的人都不会做。他们出于尊重，忍受了一个陌生人把完全不同的生活方式带进他们的住所，这一点对我来说已经足够了。

第二天晚些时候，我抵达了蜥蜴半岛。正像汤姆和戴夫保证的那样，如果我在天黑以后才到那里，会错过大半的好风景。即便如此——虽然这么说有点矫情，但我还是感觉这地方太像为游客打造的景点了，这一点让我不想久留。正好，我的朋友凯西跟我联系，说他明天要到赫尔斯顿看望父母，离我只有 15 英里远。自从在南安普敦见了丹之后，我一直没有再见过朋友。为了自己的心理健康，只要有机会，我就应该尽量多见见朋友。

我一直没有特别紧密的朋友圈子，更习惯于在几个不同的圈子间游走，通过这样认识一些朋友，然后再去发展一对一的友谊。即使是跟那些关系最好、认识的年头最长的朋友，我也经常很长时间才联系一次。这种交友模式也许可以称作低成本维护型——相互间的期待不高，也就不容易失望。但有时，像这样很长一段时间没见面的话，再见面时我就会紧张——真讨厌，本应该是很享受的时光，却被我搞得像是给自己找罪受一样。朋友们似乎并不介意我的焦虑，但我却常常会因为焦虑而退缩逃避。这时我就会提醒自己：社交焦虑并不受我控制。

说到底，我虽然控制不了社交焦虑，但要不要因为表现差劲而责怪自己，却是自己说了算的。只要我能像对待朋友那样对待自己，多一些理解，那么就算表现得过于安静或者是不自在，我也会觉得没什么大不了。不过话说回来，跟凯西倒是什么都用不着担心，和他见面总是让我轻松自在，心情激动。

我和凯西是玩音乐那会儿认识的。当时我们有个共同的朋友在为乐队招人，我俩都参与了这事，就被介绍认识了。那支乐队在布赖顿，起名叫"这座城市"，属于硬核后摇，2008 年与一支朋克乐队签了约。对方请凯西做乐队的新鼓手。虽然我擅长的乐器是吉他，但对方要换掉贝司手，我也勉强上了。经过几轮练习，我和凯西被录用了，准备跟着新锐舞乐队"哈都肯"参加为期三周的全国巡演。当时乐队的人还不知道，自从小学六年级在学生大会上首演失败后，这还是我头一次重回现场演出的舞台。在伦敦北边著名的"车库"①，我参加了一次大型临时演出，也是第一次为巡演热身。很多大牌摇滚乐队都在"车库"的舞台上亮过相，那天晚上跟我们前后登台的乐队中也不乏未来的巨星。我用的低音吉他是头一天找人借的，弹得还不熟练，但谢天谢地，整场演出下来，总算没出岔子。之后的三周，我们跟着哈都肯乐队巡演，也像在"车库"那晚一样场场爆满。到最后，我终于找回了在舞台上的自信。巡演圆满成功，我和凯西都很振奋。这段经历之后，我们也成了好友。

后来我渐渐远离了玩乐队的那种生活方式，但凯西还在坚持，而且发展得很好。我去找他的时候，他正在一支老牌情绪摇滚乐队做鼓手。能在他排得满满的巡演日程中抓住他一起待几天，真是很难得了。凯西很高兴作为东道主来招待我。我们见面后的大部分时间都泡在当地的酒吧里，喝着当地产的啤酒，跟当地人闲聊……总之，浸泡在浓郁的地方风情之中。虽然聊了很多，但我们在谈话中始终没有提及我徒步旅行的

---

① The Garage，一个举办音乐会的场地。

原因。也许是因为当时我俩的状态都不错，所以一时没想起来要"深入"探讨心理健康问题。有一个很了解你的朋友，知道你有时会陷入低谷，但不会去问到底是怎么了，这可能也是件好事。其实我常常没法回答"你怎么了"这个问题，在这种时候，朋友间的沉默也是一种支持，能让我自己慢慢把事情理清楚。

为了去赫尔斯顿见凯西，我稍微向内陆走了一点。告别他之后，我又走了几英里路，不久就来到了渔城波斯莱文，在这里重新踏上了海边的步道。到达康沃尔之前的一周，妈妈已经联系过我了。一路上，她经常问我的情况，叫我发照片给她，让她知道我在哪儿，还问我有没有遇到什么"好玩的动物"——这是她关心我的方式。如果我开玩笑地回答："我帐篷里住进了三只蜘蛛，它们都叫格雷厄姆。"她就知道我没事。如果我一直不回她，她就知道有情况了，接着就会打电话过来。这个联络机制运转得不错，而且所幸的是，到目前为止，她并没有打过几次这种紧急电话。妈妈想出来跟我走一段，弟弟萨姆也想再次加入我，这让我开始发现，如何熟练地管理时间成了我的一个挑战。要见什么人得提前订计划，安排好时间。偶尔事情会变得有点复杂，不过总算还能搞定，反正差不多吧。我提议妈妈和萨姆跟我在一个比较有意义的地点汇合。当时，我已经向西走了一个半月，正打算换条路，于是选了兰兹角，这个地方感觉上很适合家人小聚。

我建议我们在彭赞斯见面。从赫尔斯顿过去大概要走一天，我们可以在离海岸不远的地方找个露营地，然后沿着海边步道走上两天，晚上可以乘公交巴士回到营地。妈妈觉得这主意不错——她喜欢周到可靠的计划。离开卡弗拉克的第三天，我到了彭赞斯，见到了妈妈。她已经等在那里，一切准备就绪。虽然我还算是能制订计划也能遵守计划，但我们家真正擅长组织管理的还要数妈妈和我妹妹弗兰克。相比之下，萨姆、爸爸和我在这方面乏善可陈。所以……不出所料，妈妈准时出现了，脚上蹬着一双新买的登山靴，手里提着上周在网上买的二手帐篷；而萨姆则晚了4个小时才从佩卡姆搭顺风车赶到，除了一个大手提袋，什么也没带。我和妈妈在彭赞斯一间破旧的酒吧里苦等了他4个小时。

在彭赞斯郊区，靠近马德伦的地方，我们找到了一处小小的露营地。三人的帐篷围成了一个三角形。帐篷一搭起来，妈妈和萨姆就开始嘲笑"跳蚤"里面的臭味儿。第二天早上，我们从海边步道出发，经过保罗和鼠洞，然后又沿着步道走回悬崖顶上。面前是一片巨大的史前地貌，悬崖上覆盖着淡绿色的青草和紫色的石南花，俯瞰陆地，仿佛忠实的守卫者；海洋无边无际，似乎可以淹没整个地球。眼前的一切美不胜收。一边是英国与法国之间的海峡，另一边是广阔的凯尔特海。从海峡到凯尔特海，再到更远处的无限汪洋，我的视线一点点移动到天尽头。想起一周前蜥蜴半岛上那些成群结队的游客，对比现在的我，跟妈妈和萨姆在这片空旷无人的海岸上徘徊，真是相差悬殊。

就这样，我们从彭赞斯出发，三个人花了两天时间，走了15英里。经过了无数的上坡和下坡、海湾和悬崖，终于在第二天的下午4点左右，远远望见了兰兹角。就像是即将见到多年未曾谋面的老友一样，每走近一步，我的心里就更多了一分激动。想想看，从布赖顿出发至今，已是

49 天过去了。就在今天，我将抵达英国的西南角。这将是我整个徒步挑战中一个重要的里程碑。过去的 7 周里，我一路向西，穿过了 5 个郡、数百英里的美丽海岸线，终于走到了陆地的尽头，很快就可以转弯向北去了。

有些人能够体验到内心充溢的胜利感觉，我见过这样的人，但我自己从未感受过胜利的狂喜，也没有庆祝"目标"实现的那股子冲动。不过说实在的，能走到英国的最南端，对我来说绝非易事。大概在离兰兹角还有一英里的地方，有那么几秒钟，我定了定神，静静想着我这些天来为了什么、走了多远、做了多少事。忽然之间，我终于觉得有些自豪了。今天将成为我终生难忘的记忆——从彭赞斯到兰兹角，跟妈妈和萨姆一起走过那一路令人震撼的海岸风光。

这之后过了一段时间，妈妈写了一篇博客，发到了网上：

和杰克徒步旅行的两天让我看到，这次旅行既考验着他的身体，也考验着他的心灵。这次经历正在帮他撬动多年来积攒的压力，解开导致抑郁的心结。2016 年 3 月的一天早上，大儿子哭着给我打电话，说他的情况非常糟糕，甚至不知道自己还要不要活下去。他当时的状况，用"精疲力竭"来形容最合适不过。那个时候，对于任何事，他都只有消极和灰暗的想法，找不到自信，也不知道要做什么。面对这一切，他唯一能想到的就是再努力一些，扛得再久一些，好控制住实际上早已失控的局面。其他人，包括他的老板，都建议他不要再踩油门逼自己了，但他还是坚决不同意减少工作量，怕那样一来自己会更加失控。杰克放弃了所有能证明他的价值并让他感到快乐的东西——不再搞音乐，不再见朋友，不再看足球赛，不再吃健康的食物，不再到户外活动。那几个月里，他大概都没见过阳光。这一切都让他的情绪越来越糟。

最后杰克还是辞职回家了，但他也变得迷茫而无所事事。最初的两周，他似乎只想舔舐伤口，只想过简单的生活——很少出门，也不喝酒，整天睡觉，偶尔给我做顿饭。但慢慢地，他开始锻炼身体，似乎从中找到了一点乐趣。有一天我下班回家，发现他被一张英国地图迷住了。他说，他打算去徒步。我没太当真，不过还是为他感到高兴，因为我看到他的眼中闪烁着久违的热情。接下来的 4 个星期，他收到了大量众筹捐款，还有几百条信息，都是鼓励和支持他的话，充满了善意和认可。再往后，杰克真的发生了变化，他重新找到了生活的目标。

再次见到杰克，是在彭赞斯车站。这时他已经在外徒步了 7 个星期、350 英里——他的目标是完成 3000 英里。现在的杰克看起来就像一个丹麦来的背包客，金发被太阳烤得发亮，皮肤则晒成了古铜色，身体也结实多了，比上次见他时瘦了 10 公斤。杰克的变化之大，让我几乎认不出来了。他告诉我，他做了很多过去没有时间去做的事情，这让他热爱现在的生活。他正在学着从容面对挫折，就算遇到问题，也不让消极的想法主导自己。他开始接受一个事实：事情并不总是能尽如人意，有些事他也做不到强装喜欢，但没有一件事情是永恒不变的。他不再像过去那样对陌生人的好意过度戒备，比如请他到家里吃饭甚至提供住宿，这样一来，他就能更多地看到他人的善良，而不是对之熟视无睹。他学会了每天给自己制定一个容易实现的小目标，每天让自己感到一点成就和满足，从而恢复了自主与自信。他还懂得了，用不必要的压力强逼着自己做事只能适得其反，倒不如停下来想一想，可以做些什么来帮助自己恢复生活的平衡。

需要澄清的是，杰克并没有彻头彻尾地变成另一个人。是的，他还是原来的他，有着他原来的那些优点和缺点。住了7个星期的帐篷，并没有把他变成一个万事精通的户外运动专家——他仍然想不起来要等帐篷干了再收起来，仍会丢三落四，搞丢随身装备里一些重要的零件，偶尔还会迷路，也还是戒不掉玉米片这样的膨化食品。

杰克这个人，从来不喜欢别人自以为是地告诉他应该怎么做才是正确的。相反，他喜欢亲自体验，从中学习，不断尝试，直到找对路子。从这次对他意义重大的徒步旅行中就能看出是什么帮助了他——加强运动、对他人抱有开放的心态、欣赏生活中那些微小而简单的事物、培养成就感和目标感、清新的空气，还有能让人恢复能量的深度睡眠。这一切简直就是一本专业心理健康手册的核心内容，那些心理专家多年来极力推荐的也就是这些东西了。用心理治疗的专业术语来解读，可以说他的方法综合了行为激活技术、正念、认知行为疗法和焦点解决疗法。当然，对杰克来说，方法叫什么名字并不重要，关键是他找到了适合自己的办法，还进一步给更多人做出了示范。他启发了很多像他这样的年轻人，他们对贴标签和追究理论不那么感兴趣，只想知道当自己连床都下不来的时候，什么能让自己好起来。

不用说，我为杰克感到无比自豪，他如今所做的事情深深打动着我。我和他一起在西南海岸步道上走了两天，很有挑战性，甚至有时很痛苦，但对我而言，更多的是激动人心和真心的满足。然而，如果真的换作是我，我能连续几个月日复一日地坚持走下去吗？我想，杰克身上有些珍贵的东西是我没有的，也不是我能教给他的。这让我感到深深的敬畏。

妈妈写得真好……
但我并没有吃玉米片上瘾。

08 路边奇遇

康沃尔

又回到了独自行走的生活。西南海岸步道在康沃尔这一段，走下来还算轻松。连续几天，我行走在高耸的悬崖和广阔的田野上，远离尘嚣，真的很痛快。然而，接下来经过圣艾夫斯时，不得不挤过那些成群结队晒日光浴的度假游客，就不那么爽了。尽管如此，为了给手机充电、给水壶灌水，我还是得每天往人堆里凑。在我去的那些酒吧里，人们总是对我很好奇，跟他们交谈也让我感到满满的温情。经常有人请我喝啤酒，有时甚至会请我吃午饭。这也许就是我之前想要体验的康沃尔式待客之道吧，我不禁对康沃尔人的开放与热情感慨万千。这里的人们似乎总想为我做点什么，而且似乎总觉得自己做得还不够。听了我的故事，知道了我为什么出来徒步，他们就更是如此了。自从被抑郁所困，我就一直不相信有谁会真心愿意跟我做朋友，觉得自己配不上别人的真心实意。然而在康沃尔海边的这些日子，虽然大部分时间都是孤身一人，我却发现自己喜欢上了跟人交流。而且，在与他人建立连接的同时，我仍然能够做真实的自己。

继续前行，经过惠尔科茨矿井附近的小教堂遗址，穿过荒凉的波利乔克海滩。我已经在阳光下走了一个月，如今，天气开始转凉了。我知道，夏天快要结束了，而我只在英格兰南部走了400英里。不过，如果不那么在意时间，时间就不是个问题。另外，至少秋天和冬天几个月的装备和钱还是够用的。之前因为丢鞋，不得不在斯沃尼奇花钱买了双新的，但此后我把每天的预算减到了15英镑。此外，我还有足够的决心和耐心。我之所以能够意识到这一点，是因为有一天，一位精瘦的老先生跟我聊天时叫我"亚瑟王"。他说30多年前，他在自家厨房的地板下发现了亚瑟王的"圣剑"，现在他正在寻找仍活在世上的52000名"亚瑟王"的下落。用他的话说，"亚瑟王"指的是那些决心用尽一生来完成某项使命的人，只有他们才具备足够的耐心去实现人生的终极目标。听完我的故事，他大概就认定了我有资格当"亚瑟王"。我在康沃尔海岸真的是遇到了一些很有意思的人，他只是其中之一。

第二天，我走了15英里，到晚上已经相当累了。停下来看地图时，一个男人引起了我的注意。他坐在离我20码远的一张长椅上，看上去60多岁，身材高大魁梧，脸上的线条硬朗如风化的岩石。他抽着——坦率地说——一根巨大的大麻烟卷，手里拿着一罐"百年礼颂"（Tribute），那是一种当地的酒精饮料。发现我在看他，他的嘴里嘟囔了几句。我一般把这个反应解读为让我滚蛋的信号，但这回冥冥之中感觉不一样，于是我凑上前去，问他能不能告诉我他刚才在说什么。

"你那双鞋。"他说，"你要是不保护好脚，鞋再好也没用。"

"什么意思？"我问。

"我以前在海军服役，"他说，"当时我们也背着你这种大包，每天跑20英里。如果不好好保护脚，以后脚趾肯定会被捂坏的。"

"那怎么办？"我问。

没想到他把手里的大麻烟递给了我。"用滑石粉，"他说，"每天走路之前和走完之后，包括中间时不时停下来休息的时候，都要脱掉鞋袜，让脚透透气。你走路的时候应该经常想着这件事，最要紧的是让脚保持干爽，尤其是像你这样，走这么远的路——我估计你是想走完海岸步道吧？"

光看外表，你甚至可能会怀疑他有点精神错乱，但我还是被他的敏锐惊到了，于是决定全盘向他交代我的徒步计划。但吸了大麻之后，我有点难以自制，于是又交代了更多过往，包括想自杀的事，还有我徒步旅行的目的。就这样，你一口我一口，我们轮流抽着他那支大麻烟，我讲了自己的故事，尽量说得让他能听懂，有些地方觉得他可能会感兴趣，就多说一点。他仔细听着，等我说完了，他说：

"我有滑石粉，你可以来我家拿，走吧。"

他站起来，灌了四五口酒，又用手捂着嘴打了个嗝，然后招呼我跟他走。我有点犯难。坐在这儿一起聊聊天倒是挺好，但去他家合适吗？因为大麻的效力，刚才我觉得跟他分外亲近，但也是因为大麻的作用，我又开始一门心思地担心起来：我会不会说错话，惹他生气？我是不是不应该错怪人家的好意？……我勉强挪着步子，拿不定主意。

他转过身问我："你到底来不来？"

"来了，伙计。抱歉，你带路吧，我跟着你。"我说。只能跟着直觉走了。我也是服了自己，为了不跟人起冲突，我真是什么事都敢同意。

"你也不用露营了，今晚就住我那儿。"

完了，我心想，说出来的却是：

"好的！"

我开始思考如何逃跑。只要转身，往相反的方向跑……

"你一个人住吗？"我故作随意地问，想多收集点情报。

"不是，还有我妻子。"他说。

"伙计，你看，她也不认识我，"我说，"我不打招呼就这样去你家，是不是太唐突了？"接着我又绝望地补充了一句："其实我还蛮喜欢露营的。"

"别傻了。你来住，就这么定了。她要是有意见，那是她的问题。"

我绞尽脑汁，却无论如何也想不出一个足够好的拒绝理由，只能跟着走了。这么说很刻薄，但我当时认定自己将会走进一个跟卡弗拉克那辆大篷车气氛差不多的地方——室内混合着难闻的狗毛和烟味，遍地狗屎，桌上的杯子里盛着不明不白的棕色液体。但是，那人带我去的地方完全颠覆了我的预期。这儿虽不是栋豪宅，但相当让人喜欢。他一开门我就看清楚了，房子里收拾得又温馨又整洁。说老实话，要不是他有这里的钥匙，我绝对不相信这是他住的地方。

"麻烦脱一下鞋。"跨过门槛后，他对我说。走进房子里，一股薰衣草的味道扑面而来，混着刚洗完的衣物散发出来的气味，这真的是我几周来住过的最好的房子了。我正在脱鞋，就看见这个男人的妻子从大厅另一头走了过来——估计她是听见了响动。第一眼看到她，就觉得是个相当严肃的人，一副专家的派头。她穿着西装和高雅的鞋子，梳着被我称为"职场发型"的那种头发。给我 100 万年，我也不会想到把这一对男女放在一起。这位女士小心翼翼地走过来，一直盯着我，好像在俯视不慎掉进茶杯里的小虫。

"这是谁啊？"她直截了当地问，语气更像是在问"这他妈是谁啊"。我意识到，刚才我上下打量了半天她的丈夫，现在轮到我被上下打量了。我已经有一周没洗澡了，还背着那么大一个包，谁都能看出来里面塞着我的全部家当。可想而知，我被打量的结果不甚理想。更别说，一看就知道我和那个男人都嗑了药，他还一身啤酒味。在这种情况下，他带我回家，他的妻子对我能有什么好印象？这事办得真是糟心。

"这是杰克，我们刚在公共汽车站认识的，就让他住那个空着的房间吧。"

女人脸上的表情立刻严肃起来。"我能和你单独说句话吗？"她对丈夫说。

那个男人看着我，翻了个白眼。

唉，我的天，不行就算了吧，伙计。

"去冲个澡，杰克，洗完来厨房。"他说。

在我脱第二只靴子时，一大块干泥巴掉到了整洁的地毯上。我抬头看着那个女人，她快气炸了。慌忙中，我径直逃进了一个开着门的像是厕所的房间，连包里的肥皂和毛巾都忘了拿。跟那个女人擦肩而过时，我说了句自己都不知道啥意思的话，大概是"谢谢"和"对不起"的混音。进了浴室，我赶紧锁上门，可算舒了口气，但接着就听见门外炸了锅：

"你在搞什么，约翰？！"

"怎么啦？！"

"你想什么呢？把流浪汉带进家里，晚上抢了我们怎么办？"

说得也是。不过约翰肯定会替我说话的，他会让妻子知道我不是坏人。

"如果他偷东西，我就逮住他，打断他的狗腿！"

好吧，约翰有自己的想法。

我没招儿了。隔着浴室的门，听两个陌生人这么大喊大叫地议论我，别说脱衣服了，我连动都不敢动。我不禁想起了小时候去同学家玩，巧遇同学父母激情对骂。最后，我想了想，躲在浴室里其实还挺安全的，不如顺手把澡给洗了。毕竟过去两个月来，我都只能凑合着在海水里拿一块法兰绒布擦一擦，也就只有在别人家临时蹭住时才能真正洗上个澡。于是我脱了衣服，进了淋浴房，一边洗澡，一边在心里排练着待会儿出去跟他们说什么。花了 5 分钟，我差不多想好了一段教科书式的慷慨陈词："看起来你们确实不太方便让我住，我完全能理解，而且我本来也是打算去露营的，所以现在就告辞啦，谢谢你们让我洗了个澡。"

不得不用人家新洗干净的毛巾和看着那么高级的香皂，我自惭形秽地皱起了眉头。总算是洗完擦干，穿回了我的脏衣服，我蹑手蹑脚地开了门，去找厨房在哪里。厨房门关着，我轻轻敲门，大气都不敢喘。

"进来！"里面传来一声清脆的回答。

我有点诧异，开门进去，在里面见到了约翰的妻子，她竟然正忙着准备吃的。

"我们打算做鸡肉，杰克，你不是素食主义者吧？"

"呃，对，我是说，不，我不是素食主义者。我吃过一阵素，不过现在没有了……鸡肉，鸡肉好啊。"我说。

她变得也太快了，刚才还凶神恶煞，现在却满脸和气，真是吓死我了。我朝房间另一头望去，约翰正坐在餐桌旁，桌上已经摆好了两罐新拿出来的"百年礼颂"。发现我看见了他，约翰招呼我过去，顺手递了一罐酒给我。有那么一瞬间，我觉得自己不会活着走出这座房子了。

"给我们讲讲你徒步的事吧，杰克，感觉挺有意思的。"那个女人说。

眼前发生的一切相当魔幻。想想看：一转眼工夫，什么问题都没了。我一点也不放心，相反，我更紧张了。这是怎么回事啊？

接下来几个小时里发生的事情更是出乎意料——原本我很后悔突然闯入了这对陌生人的生活，但结果却是，整个晚上，我们仨竟然聊得火热，而且还都是些很深刻、很有意义的话题。原来约翰确实曾在军队里服过役，虽然我对创伤后应激障碍只是一知半解，但我估计他退伍后，留下了一些那方面的后遗症。除了刚开始有点尬聊的感觉外，接下来的整个晚上，我反而和约翰的妻子帕姆聊得最多，约翰每次想插话，还得举起手征得妻子的同意。他俩真是一对奇怪的组合，不过好像还是有什么东西，促使他俩成了一对儿。总之，聊到最后，我觉得他们两口子确实是各得其所，和谐互补，我竟然变得挺喜欢他俩了。中间聊着聊着，约翰突然没来由地问我喜不喜欢"艺术"。

"嗯，当然……"我说。

"给杰克看看你新画的画！"约翰一下子活跃起来，转头对帕姆说。

于是帕姆领我去了那个空着的房间，很是花了一番工夫，才在角落里找到了一幅小油画。我一看，是那种在土特产市集上随处可见的小油画，说实话，又便宜又土。对了，这幅画画的是唐老鸭电影里的一幕。这八成是他俩在我洗澡时，想出来的一个逗我的点子吧？但我又看了帕姆一眼，立刻收住了正要脱口而出的调侃，因为她的神情分明是在认真征询我的意见。

"哦，是唐老鸭。"我说。

"你喜欢唐老鸭吗？"

拜托……

"嗯，当然了，谁也不能不喜欢唐老鸭啊，是吧？"我忍住了。

"我们真的超级喜欢唐老鸭！"帕姆说。

"哦，那真好啊……"我说。

我就是在这个挂着唐老鸭大作的房间里过夜的。躺下之后，脑海里飞快地闪过整个晚上的经过，我笑了，笑着睡着了。

第二天，我继续沿着东南海岸步道行进。贝德鲁森台阶的悬崖峭壁崎岖难行，黑色的悬崖脚下，海浪无情地拍打着岩石。几天后，我经过哈特兰角的白色灯塔，进入海港村庄克洛韦利，这标志着我的康沃尔时光结束了。花了整整一个月时间，我走完了长达 400 英里的康沃尔海岸，依依不舍地回到了德文郡境内。

写下这些文字的这一刻，不知为何我的内心里升起了某种忧伤。也许是因为在康沃尔，人们的和善、热情和些许古怪，都深深打动了我。人类是社会性动物，即便我们的智力进化到了如此发达的程度（真的发达吗？），但归根到底，我们应该清醒地看到，我们渴望与他人互动的原始需求从未消失。在我病倒时，曾经一度遗忘了这样的需求，但我的心灵和身体依旧在渴望着。而今在康沃尔，我才重新找回了这种人与人之间的连接，这种回到人群中的渴望。对我而言，归属感的治愈力量，实际上远远超过了徒步、大自然，以及谈论感受的作用。

离开康沃尔让我难过，但再次来到德文郡，仍不失为一件快事。我想好了，走到埃克斯穆尔国家公园后，我就离开海岸线，换换风景。我打算走柯尔律治路，往迈恩黑德那边去。几周前在多塞特走过哈代路的时候，没能同时读一读托马斯·哈代的作品，这次我不想再错过机会了，于是决定带上一本柯尔律治（Samuel Taylor Coleridge）的诗集，边走柯尔律治路，边欣赏那些给他的作品带来灵感的风景。我在树林里走了三四个小时，遇见了一条宽阔的溪流，于是找了块大石头坐下来，打算在这儿读上几首诗，顿时感觉自己的学问渊博了许多。不料好景不长，打开书刚读了第一首诗的开头第一句，这种错觉就烟消云散了。很快我就坐不住了——看不懂。老实承认了这一点后，我放弃了读柯尔律治的宏愿，后来再也没拿起过这本书。即便如此，能买这本书，说明我的确重新开始享受生活了，这一点已经对我很是鼓舞了。要知道，在井桶酒吧上班那阵子，我可是一本书都没碰过。那时候，我对学习任何新东西、体验任何新事物一概没有兴趣，唯一能想到的减压方法就是喝酒。

用酒精对付严重的抑郁，就如同给癌症贴膏药。偶尔喝点甚至喝醉其实也没什么关系，但如果喝酒变成了生活中唯一的乐趣，而那些真正对你有好处的事，你一件都不再做了，调节心情全靠着喝酒，那么你就是在加速陷入越来越严重、越来越可怕的问题之中，别人也会越来越难帮得到你。这么说显得很俗套，但它真的就是一条加速下滑的不归路。

尝试阳春白雪失败后，我把这本新买的"看不懂诗集"塞到了背包的最底下，然后继续西行，穿过埃克斯穆尔那清新怡人的树林和原野，没过多久就来到了迈恩黑德。随着我一点点靠近西南海岸步道的终点，有一天早晨，我突然感到一股突如其来的焦虑。当时离波洛克只有几英里了，我刚把"跳蚤"收起来，就感到胃里打了结一样地不安。我没有立刻反应过来是怎么回事，只是想到这与前方的未知旅途有关。在过去的 6 周里，西南海岸步道让我感到安全可靠，有时候，我真的觉得沿着多塞特郡、德文郡和康沃尔郡那些崎岖不平的海岸线走路很累，但只要往左看，就总是能看到大海，这一点让我安心，也让我不会迷路。但不知道为什么，想到即将深陷埃克斯穆尔的密林，我的内心十分矛盾。一方面，我很期待走过这条全英国最长也最美的步道；但另一方面，想到真的要进入这片深山老林，我不由得惶恐不安。

过了迈恩黑德，我将沿着海岸继续前进，到达波蒂斯黑德，然后是布里斯托尔，再然后是英国的另一个地区——威尔士。从那以后，便要一直走到彭布罗克郡海岸，才能再次见到大海了。这期间要走的全是陌生的内陆徒步道，还都是人烟稀少的地区，想到这些，我开始紧张起来。

我提醒自己，我已经走了这么远了，身体也比以前强壮多了。我用实力证明了自己：就靠着两条腿，我走了两个月、800 英里的路。现在的我有动力、有信心，头脑也比过去很长一段时间都清醒得多。就在那一刻，我的内心经历了一次电闪雷鸣般的现实检查。

最终，我决定试着去享受穿行埃克斯穆尔的时光。林中的风景美得令人窒息——这是典型的英国乡村风光，有橡树、有绵羊，还有各种色彩斑斓的野花随意点缀着大地。要想游览这片诗情画意的地方，现在正是一年中最好的时候。我发现自己越是投入在周围的美景中，就越不会为了未来烦恼。

走了600多英里的海岸线后，换一种风景，似乎也能让我用更现实的思考方式，去回顾和展望我的旅程。

从波洛克走到迈恩黑德之前的最后几英里路，就像做梦一样。我沿着塞尔沃西灯塔旁的小路攀缘，不时停下来赞叹眼前的壮美风景。海浪猛烈地拍击着悬崖脚下那些粗糙的岩石，而在悬崖顶上，嫩绿的草地、粉色和黄色的石南花，一直延伸到视野的尽头。我感到全身充溢着能量，几乎想一路小跑完成这最后的几英里。眼看就要走到迈恩黑德了，我转过身来，最后看了一眼身后的海岸步道。6个星期以来，先是在普尔下了渡轮，踏上了斯塔兰德半岛的海滩，此后的一路真是风风雨雨。如今，走到迈恩黑德的路标前，那些曾经走过的海滩和小镇、那些遇到过的人、那些心灵深处的触动，还有那些诡异的遭遇、那些我曾信誓旦旦地认为将会终生难忘的人和事，竟然都已变成了遥远模糊的记忆。唯一明了的是，我的确完成了一件了不起的事，我为自己骄傲，甚至有点惊奇。

快到9月了，半年前的这个时候，我还满脑子想着自杀，而半年后的今天，我正过着当时完全想象不到的生活。看看现在的我，再回想当时的感受，从3月到现在，前后的对比让我惊叹不已。半年前的我完全不能相信，自己还能重新找回如此踌躇满志、敢于冒险的一面。

接下来的一个星期，我沿着萨默塞特海岸步道走了大约 60 英里，来到波蒂斯黑德，然后向内陆进发。

旅途中的时间过得很快。在此期间，我也花了很多时间来思考自己的生活。半年前，我不知道自己为什么要活下去；现在，我却无比珍惜生命。没错，现在我的身体确实很累，但没关系，心已经不那么累了。我发现归根到底，激励着我完成这次冒险的并非身体的强壮，而是心理的强壮。山穷水尽时，不自暴自弃；士气低落时，不自怨自艾；常常为自己鼓劲，时时提醒自己，不要忘记出发时的决心；剩下的就是专注于脚下的路就好了。

我从埃文茅斯走上塞文路，一点点靠近威尔士的边境。塞文河的河岸看起来有些缺乏维护，一副自生自灭的样子，但或许这只是由于阴天的缘故。总之，接近塞文大桥的一路上，风景似乎相当荒凉。在众多工业区的簇拥下，自然的纯净荡然无存。我对一路上经过的自然风光充满了敬畏，但在这里却很难找到同样的感觉。也可能是我对塞文大桥风光的想象过于浪漫了，我原以为，这座桥上铺着鹅卵石，高架在岩石上，俯瞰着运河，傲然屹立了几个世纪。但现实中的塞文大桥只是一座无聊的吊桥，桥上是 5000 码长的繁忙车道，直通威尔士。

越是走近塞文大桥，我就越发意识到，这将是整场旅途中一个特别的时刻。面对前方的路，我开始害怕了。我的内心中并没有期待着会有这样一个时刻，但当它真的来临时，我很惊讶它竟来得这么晚。我一边这样想着，一边朝着桥那边走，内心里却挣扎着不想上桥。那一刻，塞文大桥仿佛散发着死亡的气息——它那么长，6 条车道上满满地都是车。没有别的办法，还是得硬着头皮上啊，只盼车到山前必有路。这时，我看见在前面的桥上，有几个穿着醒目工作外套的工人，就在距我 50 码左右的地方，那里好像挺安全的，因为他们个个都显得很轻松。我松了一口气，这回看清楚了，在路的最左边，有一条贯穿整座桥的人行道。

起风了，雨水打在脸上。过桥的时候我才猛然发现，最近一直都没怎么关心天气。没事，我已经走过了这么远的路，马上就要进入威尔士了，没有什么比这个更重要。从布赖顿出发已经 82 天，走了大约 800 英里。我很清楚，这个速度是没法跟长跑健将黑·格布雷希拉希耶（Haile Gebrselassie）相比的，但这已经是迄今为止我人生中最大的成就了。老实说，从此以后，我开始把完成的每一英里都看作一个新成就。每一个明天都会带来一个新的人生最大成就，下一个明天也是，再下一个也是。不管每天平均下来完成了多少英里，我都当自己赢了。长久以来，我一直感到自己是个失败者，现在我终于能允许自己看到成就，并为之骄傲了。

战胜创伤

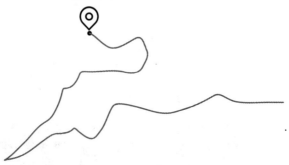

斯旺西

进入了一个新的地区，我相当激动。然而好景不长，下了塞文大桥，最后走过英格兰的比奇利角，正当我踏入威尔士的那一刻，头顶上积聚了一天的乌云终于绷不住了，倾盆大雨瞬间把我浇透——真是个相当经典的镜头。这让我想到，经过了夏天的炎热，接下来的几个月我将面临一个截然不同的挑战：潮湿多雨的不便。不过好在下雨也不会影响我今天下午的计划——心理健康基金会（the Mental Health Foundation，简称 MHF）邀请我去他们位于加的夫的办公室会面。

　　选择为心理健康基金会筹款，我并没有什么深思熟虑。徒步旅行开始前，我对心理健康相关的慈善机构知之甚少，于是花了不到 5 分钟在网上搜索，最后得出的结论是，每一家机构的工作都很重要，随便选一个应该就错不了。后来证明，选择心理健康基金会是个完美的决定，因为他们在全英国设有三个办公室，分别在加的夫、爱丁堡和伦敦，正好代表了我徒步路线上要经过的三个地区。我乘坐短途火车从切普斯托出发，来到了威尔士首府加的夫。心理健康基金会的工作人员见了我，满脸堆笑地端来茶和蛋糕，淋成了落汤鸡的我立刻觉得没什么好抱怨的了。

　　这些慈善机构所做的心理健康工作意义重大，他们的目标是帮助被现有的心理健康服务体系排除在外的人群。可悲的是，正规的心理健康服务体系本就资源匮乏——可想而知，有需求的人相当多。为了提高公众的心理健康水平，心理健康基金会一直在进行心理健康的科普宣传，并大力推广有效的自我管理工具和预防措施。他们的团队向我介绍心理健康基金会的目标时，我不禁想到，自己陷入心理危机的那段时间里如果能得到他们的帮助，该有多么不一样。当人们深陷内心挣扎时，他们能真诚地倾听这些人的需要，这真是太重要了。能帮助心理健康基金会筹款，我也很欣慰。我真心希望能通过自己的徒步旅行，为他们的事业出一份力。

虽然专门挑了把靠着暖气片的椅子坐，但几个小时后，我身上的衣服依然没干。离开办公室的时候，我盘算着，看来不得不破费一点，去住个旅馆了，毕竟好不容易进了城。现在，白天明显变短了，形势也发生了变化，最让人受不了的是那些下起雨来没完没了的日子。浑身湿透地走上一整天，然后搭起帐篷进到里面，要想不把帐篷里面弄湿，简直是不可能完成的任务——然而，我竟然苦练成精，最终做到了。诀窍就是，首先要以最快的速度把帐篷搭起来，把毛巾放在门口处，接着把衣服一件件脱掉，以迅雷不及掩耳之势钻入帐篷。显而易见，全过程的关键就在于铺毛巾。所以说，如果你想复制我这套方法，从包里拿出毛巾时必须极其小心，防止弄湿。当白天的天气不那么潮湿，或者哪怕有一丝太阳的时候，则要把毛巾拿出来挂在背包外面，让它干一干。这样，晚上你就可以继续使用我这个方法了——直到天气变好，不需要再这么折腾。不过有一个无解的问题是，如果你像我一样，在这种天气里一走就是一周、数周甚至数月的话，第二天就不得不穿上昨天脱下来的湿衣服，这些衣服经过一夜再穿上身时，总是会带着夜晚的寒气，让人冷得直哆嗦。此外，早上起来，帐篷还湿着，就不得不把它卷起来，背着上路，这么一来，潮味儿和霉味儿将与你形影不离——这就是我在威尔士徒步期间的亲身体验。虽然很烦人，但在这个季节赶上这种事，完全是意料之中的。要不是存在这个问题，威尔士的自然风光真的很适合徒步旅行。

我又坐火车回到了切普斯托，接着就开始往北走，前往 16 英里外的蒙茅斯。在威尔士的头几天里，我计划去黛比姑妈家小住。这条路有点偏，但瓦伊谷沿线还是值得一走的。瓦伊谷中密林遍布，倒是给避雨提供了极大的方便。我从来没跟黛比姑妈一起住过这么久——整整两天。她是我继祖父诺曼的女儿，虽然我还模糊记得小时候曾在奶奶和诺曼的花园里跟她一起玩耍，但总的来说，她对我的童年生活没什么影响。不过，虽然我们并不经常见面，也不是很亲近，但我一直挺喜欢黛比姑妈的。她的脸上总是带着隐隐的笑意，就好像暗暗品味着一个什么好玩的笑话。成年以后，能有机会再次跟她相处，多了解她一些，感觉挺好。这对我来说是件新鲜事——我过去可从不觉得有什么必要跟远房的亲戚加强联系。

那两天里，我也在为前往布雷肯山进行准备，它将是我在这次旅行中穿过的第 4 个国家公园。想到爬山时能穿着干净的裤子和袜子，晚上能待在干爽的帐篷里，不必再吸着霉菌睡觉，感觉真是好极了。

辞别了黛比姑妈，我全身散发着香波和衣物柔软剂的味道，一路往西，向着山那边行进。我花了两天时间，穿过蒙茅斯郡，跨过布雷肯运河，来到了布雷肯。布雷肯运河蜿蜒曲折，但十分平缓，让我想起了家乡的那条运河——它连接着我的家乡莫尔登和海布里奇盆地。跟姑妈一起住的这几天，确实唤起了我的思乡之情。我沿着运河，走过了一处处过船闸、一座座邻近的村庄，在疲累中不禁想起了家人和朋友。旅途漫漫，还要多久，才能跟他们再次相聚呢？还要多久，才能再次闻到妈妈的小木船那独特的木板味道？

就在这段日子里，我意外收到了一个家乡的老朋友发来的信息——我们已经有 10 年没联系过了。自从我开始徒步旅行后，老朋友突然联系到我的情况并不少见，但菲亚的信息有些不一样。她说她有个做电视节目的朋友正在策划一个项目，很适合我去参加。具体细节她也说不清楚，只知道那是个关于心理健康的电视节目。她主动向节目推荐了我。我告诉她我挺感兴趣的，但也着实有点糊涂，因为她问了我这样一个问题："你跑过马拉松吗？"

我回答说没有。然后就没下文了。

三天走了 35 英里，终于抵达布雷肯，我要做的第一件事就是找一家户外用品店。过去三个月来，几乎天天都要搭帐篷、拆帐篷，"跳蚤"明显需要修理维护了。老实说，"跳蚤"一直很给力，但用了这么久，它的支撑杆有点弯了，拉锁也有些卡。虽然帐篷布目前还没有明显的破损，但我看如果再来几个补丁，它也差不多要烂了。我想着，先找个行家修修，说不定还能撑几个月，到时候再买新的。

我找到了一家露营店，进去不到半分钟，店员就像蜜蜂见了鲜花一样，围着我展开了攻势。他肯定是把我当成了那种相当懂行的户外达人，就像我 18 岁在唱片店打工时就能分辨出谁是懂行的、谁是菜鸟一样——只有具备这种能力，才能迅速判断出该把推销的功夫花在谁身上、不花在谁身上。如今，我毕竟也走了将近 1000 英里，那个小伙子一定捕捉到了，我不可避免地散发着徒步高手的气场。我对这种变化很满意，这比在超市里被人们像看野人一样盯着，感觉要好很多。

"哇，您是打哪儿来的？"他一边问，一边上下打量我，似乎在尽量克制激动的心情。他的眉毛上打了个洞，手腕上戴着 20 条皮手镯，黑色染发剂和精心设计的发型弥补了他的秃头和白发。

"我，嗯，从布赖顿徒步过来的。"我回答，有点不好意思。如今，告诉别人这件事开始显得有点奇怪了——这个距离实在太远，听着像是在骗人。不过我看得出，这家伙相信了，或者至少是想要相信。

"哇哦！"一阵尴尬的沉默。他似乎忽然忘了自己在"顾客——店员关系"中应该扮演的角色。"对了，您需要点什么？"他缓过神来，接着问我。

我说了帐篷的问题，问他店里有没有修帐篷的服务。

"您的帐篷是什么型号的？"他问。

我差点脱口而出——"跳蚤"，还好控制住了自己。"野性国度牌西风 2 型。"我说。

"稍等一下。"他说，然后兴高采烈地跑进商店后面，进了一扇写着"员工专用"的门。过了一会儿，他回来了，眼里闪着亮光，手里拿着一件似乎也是西风 2 型的帐篷，不过因为上面没有挂着烂泥、树叶和杂草，我不是那么肯定。

"这是我们前几个月收到的展示模型，一直都没用过。你拿上吧！"他说。

"我，拿上……？"我迟疑地重复着他的话。什么意思，他要白送给我？

他把帐篷塞给我，然后后退了几步，举起双手，表示千真万确是白送的。

这个举动，再加上过去几个月来我收到的那么多好心，让我震惊不已。无论走到哪儿，都有人给我这样那样的便利：让我搭便车、给我地方住、为我做顿饭，现在——送我一顶新帐篷……我真心感激这些帮助了我的人。常常让我困惑的是，他们不求回报，就好像根本不算那笔账。"不管装得多么好心，人们总还是有所图谋的。"我心底里传来了似乎是爸爸当年的教诲。但细想那些好心人对我的善举，我越发觉得，他们帮我，单纯只是因为想帮我，因为认同我所做的事情。虽然过去我也知道人们尊重我所做的这件事，但直到现在我才打心眼里认识到，他们确实认同这件事的意义。看来，"心理健康"这个话题，深深地触动了人们的情感。我开始重新思考自己徒步的意义，它似乎从我一个人的故事，变成了一个更大的故事。困境中的挣扎，逼出了我徒步旅行的想法，也逼出了我没有意识到的自身潜能，这很可能也是许多人共同的经历。这是一种跨越性的认识。

这样的想法让我产生了一种站在人生巅峰的感觉。带着这种感觉，背着崭新的帐篷，我出了商店，向南方的山区走去。

布雷肯群山披着绿色的巨毯。但从远处望去，它们并不庞大，更像是一群小山丘。在布雷肯山的中心位置，坐落着佩尼范峰，它是南威尔士的最高峰，海拔886米。我真的希望人们有时间都去尝试一下登山，那种感觉真的很神奇。一步一步爬到最高处，站在山巅上四下俯视，会带来一种无与伦比的成就感和力量感，让人从心底里感动。与佩尼范峰相连的是另一座山峰，叫科恩度，虽然稍矮一点，但风景毫不逊色。连接这两座山峰的步道上行人颇多，路也很好走。

一到山脚，我马上开始寻找露营的地方，因为双腿已经累得打弯都费劲了，更别提左半边身体明显不舒服。这是我第一次遇到可以被我自信地称为"小麻烦"的事——我估摸着问题不大，毕竟已经走了900英里了才第一次感觉不适，不过从今往后，还是得留点儿心了。

天黑之前，新帐篷搭好了，地点就选在了科恩度峰脚下。我本想着这样可以早点休息，谁知一拉开帐篷的拉锁门，就有一只巨大的癞蛤蟆光临了寒舍。惊慌之中，我赶紧拉上拉锁门，任它吓得像弹球一样上蹿下跳，直到筋疲力尽。最后它终于消停了，我才拉开门帘，目送它出了门。好家伙，整整折腾了一个多小时！没想到迄今为止，整个徒步旅行中最累人的，竟然是这样一个晚上。经过这一晚，我干脆给新帐篷取名为"癞蛤蟆"。

沿着布雷肯路，我最后造访的山峰是范莉亚峰，接下来是斯旺西山谷。至此，花了一个星期尽享威尔士壮丽的自然风光之后，我又要回归文明世界了。

在城市里露营是徒步者的大忌。白天公园里看着挺安全，但太阳一落山，就完全不是那么回事了。夜间的公园是吸毒者的乐园，就算碰巧一晚上平安无事，还是免不了整夜忧心忡忡。即便如此，斯旺西仍然是个不错的城市。市中心的喧嚣让人感到充满活力，但不至于咄咄逼人。这里离我旅途中要经过的第一个国家杰出自然风景区，也就是高尔半岛只有 11 英里，风景已经相当宜人了，尤其是城市南边的那些沙滩，让人忍不住想在那里扎营。然而仔细考虑之后，我还是放弃了——这里连车都不让停，能让人扎营才怪。

天已经很晚了，从伊斯特拉吉莱走到斯旺西山谷所花的时间比原计划更长，所以当我终于抵达斯旺西大学旁边的海岸时，天已经全黑了，而我还没想好在哪儿扎营。地图上倒是有一片标为绿色的区域，但反复研究后，我觉得它离市中心还是太近了，扎营估计不安全。又查了几家旅馆和带早餐的住宿，但不是太贵就是没空房间了。这下麻烦大了。

我溜达回了市中心，一边找吃的一边想辙，好在市中心还不算太吵。胡乱吃了一顿麦乐鸡配薯条的城市大餐后，我想到的最好办法就是去酒吧跟什么人聊一晚上，直到他们愿意让我去自己家里住上一夜。这绝对是个馊主意，但也比冒险睡在公园的林子里、半夜被烂醉的小年轻吐脏了帐篷要好。于是我上网搜了一下本地的摇滚乐和重金属乐酒吧，找到了两家。之前在布里斯托尔，我去过一家不太像样（这么说算是客气了）的金属摇滚酒吧，遇到了四五个胡子拉碴的酒友，争着叫我去他们家过夜，好家伙，加起来邀请了我不下 20 次。他们的 T 恤上写着各种金属乐队的名字，一看就是重金属迷。在这个圈子里遇到特别好心的人并不难。想到这里，我看了一眼斯旺西的两家酒吧的评分，朝得分更高的那一家走去。兜里还有点钱，够买几杯酒，再加上我的魅力攻势和不卑不亢的气质，更别提我还能数得出一两个玩数学金属^①的乐队。这么一盘算，我立刻变得信心满满，甚至脑海中已经浮现出了自己舒舒服服地窝在一张旧沙发里，头顶的墙上贴着一幅"堕落体制"乐队海报的画面。

走近酒吧门口，里面传出 AC/DC 乐队的音乐，没错了，就是这儿。推开门，金属摇滚乐酒吧的特有味道瞬间向我袭来——男人的汗臭混合着脏啤酒杯的味儿。酒吧里正放着 AC/DC 的歌《雷击》（*Thunderstruck*）。我慢悠悠地遛达到吧台那儿，在等待上酒的空闲里，假装漫不经心地跟着音乐，对着空气打了几下鼓。坐在我边上的是两个脏兮兮的年轻人。一瞬间，我忽然心里打了鼓，感觉刚刚想到的那个计谋不怎么靠谱了——有多少人能跟一个陌生人聊得火热，然后就放心地带他回家留宿呢？这么一想，我忽然觉得这种做法很别扭，甚至有点瘆人。但就在这时，我又看到了希望的苗头——那两个年轻人中的一个瞥见了我的背包。当然，我故意把它放在了两个吧台椅中间的醒目位置上。我坐在那儿，看他们快聊完了，期盼着这人能往我这边看一两眼，而我正好与他目光交会，然后他估计就会过来跟我搭讪……

然而最后实际发生的是，我要去上厕所，请他们帮我看包，回来后

---

① math-metal，一种摇滚乐派别，以怪异的节拍出名。

向他们道了谢。我指望着接下来他们能对我产生点好奇，然后找我说话。果不其然，不出 5 分钟，他们已经给我买了酒，像大多数人的反应一样，瞪大了眼睛，激动不已地对我的旅行问这问那。他俩一个叫加斯，一个叫杰米，都是本地人。加斯比杰米更内向些，虽然他人高马大，但很低调，微笑起来带着点拘谨，黑色的短发有些稀疏，跟人对视从不超过一秒钟。他穿着黑红格子衬衫，旧牛仔裤已经很不合身了，鞋子更旧——我只能猜测那是双绿色的 DC 滑板鞋。他就是那种在任何一个西方国家的任何一个金属摇滚乐酒吧里都能遇见的人。

另一个人，杰米，中等身材，矮胖结实，他那无可辩驳的自信立刻吸引了我。他有一种巡回乐队经理的气质——精力充沛，能跟着乐队到处旅行巡演，能帮他们把鼓架起来，能喝 15 瓶啤酒，能讲笑话，而且讲笑话总是自己先笑。一句话，杰米是那种人见人爱的家伙。他留着个疏于打理的莫西干头，黑衣服穿得褪了色，被汗水浸得湿乎乎的。同样，他也是那种你在这样的地方一定会碰上的人。杰米和我很快就混熟了——我感觉他确实是个真诚正派的小伙子。我们聊了我的徒步旅行，又聊了我们都喜欢的那些乐队，半小时后，我们俩去外面抽烟。夜晚的凉意正浓，香烟的雾气和我们嘴里吐出来的热气混在一起，像浓密的云笼罩着我们。沉默片刻后，我不再犹豫，决定向他开口。

"杰米，我很不好意思说这个，但我现在有点麻烦。我今晚还没找到地方住……不知道能不能睡你家的沙发？"

杰米看着我，没啥表情，一口烟从他的鼻孔里缓缓喷出，消失在夜色中。过去一向是别人来邀请我的，今天是我第一次主动开口求宿。我一下子意识到了这两种方式的感觉有多么不同。在杰米打量我的目光中，我越发觉得不安。看得出来，他很纠结，也许他一般都会答应别人的这种请求，但在今天这个场合，他忽然觉得需要认真考虑一下。过了几秒钟，他举起双手，掌心对着我，五指摊开，喘了一口气，说：

"杰克，你看起来人不错，我们先在这里待一会儿，多喝几杯，然后再定？"

"当然可以。"我说。我俩互相尴尬地点了点头，掐灭香烟，回到了酒吧。他的回答没毛病，我也尊重他没有当场同意的谨慎。在酒吧里又待了20分钟，杰米提议我们别在酒吧喝了，省点钱，自己买酒回家喝。一听他这话，我顿时如释重负，心头涌起一阵清凉惬意。我赶紧喝干了最后一杯酒，准备出发。

去杰米家的路上，他一定要带我绕远走一个地下道，说那里能听到"完美"的混音。杰米绝对是个对声音上瘾的人，他在大学里学的是音乐制作，从那时起就在一家酒吧做全职 DJ。看样子，他是一个人住。他的房间里有一张沙发，对面墙上挂着一台巨大无比的电视，沙发和电视之间有张咖啡桌——跟我在布赖顿住的地方的那张桌子特别像，桌上散布着满溢的烟灰缸、空啤酒罐、游戏机手柄，所有这些东西上都沾着点儿干烟丝。墙原先可能是白的，现在已经泛黄了，上面什么东西也没挂，除了一张发旧的"堕落体制"乐队的海报。我笑了。

我和加斯坐下来，而杰米急着去厨房"拿点东西"。回来的时候，他带着三罐啤酒、一个木制的小烟盒和一袋大麻。不用说，接下来的五六个小时里，我们又变出了几个新花样——一开始是以光速疯狂地欢蹦乱跳，一个小时后，不但跳不动，连话也说不清楚了。凌晨 2 点，加斯撑不住了，撤回了自己家，剩下我和杰米两个人继续胡言乱语到了天亮。

让我羞愧的是，至今我仍然很容易陷入这种事情里。如果已经习惯了把毒品当作日常生活的必需品，即使明知道第二天你会废掉，或者像我一样，接下来的一周都会废掉，你还是很难对它们说"不"。读到这里，如果你觉得这桩交易实在是太不值当了，我完全同意。但是……有时候讲道理真的没用，尤其是喝完酒再接着嗑药的话，就像我跟杰米的这个晚上一样，到最后，其实闲聊的乐趣已经没了，剩下的只有毫无内容的大喊大叫。

我这么说，并不是想说在杰米家待得不开心，也不是想说我不喜欢杰米。相反，他对我真的不错，而且我们之间有一种奇妙的化学反应。早上 8 点，他说，行了，睡觉吧。我道了晚安，那感觉就像是在跟一个老朋友说话。

第二天，我醒来时听到了杰米匆匆下楼的声音，当时是下午 2 点半。完了，他要赶我走了，但我却觉得自己跟一夜没睡没什么区别。今天还要走好多路呢，哪有精神啊！这简直是跟亚当聚会那晚的重演。

我慢慢坐了起来，打不起精神。

"早。"

"早。"

气氛有点尴尬。昨天在酒吧里见到杰米时，他已经喝得酩酊大醉了；等我们一拥而入地跟着他回到家时，他都快不省人事了。而现在，我们面面相觑，日光让我们冷静下来。回想整个经过，怎么都觉得很像是我——一个陌生人，趁他喝多了，骗了一晚上住宿，还让他跟我胡闹了一夜。想到这里，我觉得糟糕透顶，看来正确的选择是立马走人。

"太谢谢你让我留宿了，伙计。给我 20 分钟，我这就走。"我说。

杰米用毫无表情的眼神看着我，好像想吐。

他没有吐。最后他说："不可能，伙计。"他的声音比前一天晚上低沉了很多。"咱俩现在的状态都不怎么样。我是没办法，再过一个小时就得去上班，但你可以在这里休息，多久都行，点外卖也行，再住一晚也行，随你便。我得夜里才能回来。"

我惊讶得不知道该说什么。我们喝着咖啡闲聊了一会儿，杰米帮我打开电视，告诉我怎么用遥控器，然后就走了，留下我一个人待在他家里——现在我才注意到，他的房子布置得相当温馨舒适。好吧，现在我要缓一缓昨晚的药劲儿，顺便反省一下昨晚的行为。

我说我喜欢自己一个人待着，别人可能会不理解，他们会说像我这样时不时心情很差的人，一个人待着不好。但我喜欢独处是因为，虽然跟别人待在一起挺好，但我经常觉得特别累。虽然我不爱给自己贴标签，但有个说法叫"外向化的内向"，挺像是说我的。不过就算是怕麻烦、心累，一个人总归还是应该有些社交的，否则的话，孤独和脱离社会的感觉会越来越强。以我的经验，这会让人更加自怨自艾，变得越来越难跟人相处，甚至会仇恨社会。我不想活成那样，所以就算我比很多人更喜欢独处，也经常独处，但还是会时不时地跟朋友聚聚，让自己的生活平衡一点。大部分时候，做到这一点并不难。在徒步旅行期间，我就是这么做的，而且做得相当不错——偶尔跟新朋旧友聚聚，但大部分时候享受着独自旅行。这也是为什么，虽然跟杰米相处得挺愉快，但当他说他一天都不会在家、我可以一个人在他家休整时，我简直像中了彩票一样开心。

我安安静静地打了一个小时的盹，醒来后洗了个澡，叫了份外卖，然后用杰米的大电视玩游戏，一直玩到晚上 10 点又睡觉了。

我已经好几个月没有享受过待在家里的舒适生活了。好好睡了 10 个小时之后，我重新精神焕发。接下来，我将继续向西，前往彭布罗克郡海岸。昨天杰米回家时我已经睡着了，今天我醒来时他还没起。上午 10 点，他醒了，这时我已经收拾好了行李，准备动身告别了。

"早。"

"早。"

这回说早安时，我的心情轻松多了。我高兴地看着他，他似乎也休息得很好，见了我也挺高兴。

"都收拾好了，伙计，走之前，我要再跟你道个谢。"我说。

杰米盯着我看了一秒钟，一脸失望刻在他的脸上。

"好吧，那算了。"他说，"我还想着咱们今天可以做点什么呢，你都来了两天了，却还没见到真正的斯旺西。"

然后他提出了一大堆相当吸引人的活动——去市场那边吃午饭，参观在斯旺西闪电战中被炸毁的建筑，在屋顶酒吧喝一杯顺便俯瞰全城……简直是给我做了个完美的一日游计划。我忽然意识到机会难得——的确该了解一下旅途中经过的地方。就这么着，我改了主意，扔下行李，跟杰米喝了杯咖啡就上路了。我们按杰米的计划做了他说的那些事儿：在市场那边吃了泰国菜；参观了1941年遭到德国轰炸的建筑，杰米如数家珍的讲述令我折服；最后，我们爬上子午线塔楼，俯瞰全城，为庆祝这一天的圆满结束喝了一杯冰啤酒。

从6月27日离开布赖顿到现在，我遇见过不少人，但很少有人能达到像杰米对我这种尽心尽力的程度。跟他在一起时，我时常想起自己的那些朋友。虽然第一个晚上喝酒嗑药的事让我后悔，但能够认识杰米我觉得很值得。杰米一看就是个好人，但与此同时，我总觉得他的善良背后事出有因。喝完酒回去的路上，他跟我交了底。

原来几个月前，杰米家遭到了入室抢劫。那天晚上他正在客厅休息，三个男人冲进他的房子，抢走了他所有的贵重物品，还用刀指着他，把他塞进一辆面包车。幸运的是，面包车还没开走，杰米就成功地逃了出来。他报了警，警察当天就抓到了这三个人。杰米说自己认识其中一个人，这不仅帮警方更快地抓获了作案团伙，也让杰米推测出了这些人的来头。他认出的那个人经常跟另一个人混在一起，杰米说那人是一个"狡猾的混蛋"。他推断，这几个人可能都欠了别人的钱，债主不好惹，他们就想出了抢劫杰米来还债的主意，想把他的电子产品卖了换钱，再绑架他，逼他交出银行存款。

当然，这些都只是猜测，但似乎也确实合情合理。然而让我无法理解的是，这座房子里刚刚发生过这么大的事，他怎么能放心让我这个完全陌生的人留宿呢？我这么问了他。他说，我"一看就是个好人"，他觉得自己不应该"因为一次意外，就再也不相信世界上有好人了"。我感动得不知道说什么好。

不用说，我很为杰米难过，他太倒霉了。但我也感觉到，经历了这件事，他似乎也有所得。他表现出来的是一种"事情都过去了"的平心静气。另外，他甚至还因为这次经历，更进一步地看到了自己与生俱来的善心。他并没有被这次创伤事件打倒，相反，他接纳了创伤也是自己人生的一部分。这一刻，我学到了重要的东西。我决定，要去尝试理解那些痛苦的记忆——我似乎早晚要面对它们。那时，我躺在肖尔迪奇区的那间屋子里，一心求死。重新看待那个痛苦的时刻，我似乎看到了它的正面意义。我甚至有点感激那个时刻，如果不是它，我走不到今天这么远。如果不是它，我也很难像现在这样，能够真正理解那些经历过同样痛苦的人。开放的心态，让我拉近了和周围人的距离，放下了对自己的执念，不再去纠结自己和他人的比较。这也让我变得更能善待他人，因为我不再急于判断别人行为的是非对错，而是能想一想他们为什么会做出那些行为。

离开斯旺西四五天后，我又跟杰米联系了一次。我有个朋友在《男性健康》杂志当记者，想制作一个关于我这次徒步旅行的视频，发到他们的网站上，但我的手机导不出他们要求的视频格式。一时想不到别人，我就问杰米能不能帮忙。他叫我第二天坐火车回斯旺西找他，从地垫下面拿钥匙进门，等他下班回来就帮我弄。那天大概下午 5 点，我又回来了。进了门，丢下包，去上厕所的时候，我发现正对着他家大门的厨房台子上有块小黑板，上面是杰米的字迹："欢迎回家，兄弟。"旁边是一罐没开封的啤酒。

惊天大劫案

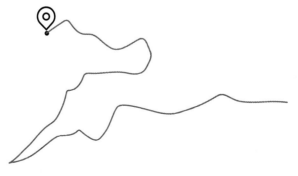

彭布罗克

威尔士是世界上第一个在整个沿海都设置了步行道的地区，但不知为什么，威尔士海岸步道没有被定为国家级步道。它全长 870 英里，比现在官方认定的最长步道——西南海岸步道，还要长 250 英里。威尔士海岸步道的起点（或者说终点，取决于你从哪个方向过来）是切普斯托，它是我过了塞文大桥之后途经的第一个小镇。不过因为我绕了个道，走了布雷肯山那边，所以实际上，我真正踏上威尔士的海岸线，是从高尔半岛开始的。那里可以说是整个不列颠群岛最美的海滨之一。从数十英里蜿蜒曲折的海岸线向内陆望去，是连绵不绝的沙丘，越过沙丘，则是广阔而平坦的沙滩。尽管继续向西行走的一路上，天空阴沉，大西洋的海风一直冷冷地吹着，但这丝毫不影响我陶醉在高尔半岛以及整个威尔士海岸的魅力之中。

离开杰米家后，我已经走到了卡马森，之后又坐火车回到斯旺西，请杰米帮我制作视频，然后再次坐火车返回卡马森这座威尔士最古老的小镇。老实说，时间上的对比挺让我心塞的：这段路坐火车要花 40 分钟，而步行却花了我将近一个星期。

其他事情也开始变得有点烦人了——糟糕的天气、酸痛的脚底板、每天搭帐篷收帐篷的麻烦、多半时候不知道自己身在何处、鞋里硌脚的沙子、海边狂吹的风、不得不在光天化日之下拉屎、跟人打招呼不被搭理……上路已经 100 天了，新鲜劲儿也过去了，每天步行，就跟上班差不多，唯一的休息时间就是独自在帐篷里坐着但没有 4G 信号的时候，以及独自在帐篷里坐着且有 4G 信号的时候。我开始动不动就生气。看来需要点新东西的刺激了，是的，我需要找到继续前行的动力。

我一直在同步追踪一些"冒险运动家"的活动，他们做着跟我差不多的事——挑战耐力极限。有个叫肖恩·康韦（Sean Conway）的人完成了绕英国 4000 英里的超级铁人三项，而埃莉斯·唐宁（Elise Downing）和西蒙·克拉克（Simon Clark）正在沿着整个英国海岸线长跑。我到威尔士那会儿，埃莉斯已经绕英国跑完了一圈，而西蒙则跟我一样还在路上。我有时会想，要是能碰到他就好了。他的路线是沿着英国海岸逆时针前进，和我的方向正相反，所以我们碰面的机会相当大。

我大约 5 点从杰米家离开，到达卡马森时天眼看就要黑了。从地图上看，城郊的大学旁边有个运动场，露营应该挺安全，于是我一下车就径直朝那里走去。当我大步走在大街上时，一个留着一头长长的乱蓬蓬白发的男人引起了我的注意，我一眼就认出了他。

是西蒙·克拉克。

西蒙的头发很有标志性，除此之外，他还穿着一件超跑背心，上面印着"环英国长跑"，背心下面是一件亮粉色的上衣。他长得英俊标致，鼻尖亮亮地泛着光——这说明他肯定整天都待在户外。我走近他，故意想引起他的注意，但令我失望的是，他回应我的眼神像是在说："伙计，我可没兴趣跟你玩。"我发了两秒钟的呆，想着要不然算了，但马上就改变了想法，因为在路上偶遇跟我一样也在负重越野的旅行者，实在是太难得了。

后来我才知道，原来他之所以眼神中充满防备，是因为他总是在路上被人误认成吉米·萨维尔①。可以理解，就算被误认一次，也已经够烦的了，更何况总是被误认。不过他自己大概也不得不承认，他那头白发确实很像吉米·萨维尔。不管怎么样，我正确地说出了西蒙的名字，这让他的心情好多了，而当我说自己也在环游不列颠时，他一把搂住我的肩膀，蓝眼珠闪闪发亮，带着神秘的口吻说："我真没想到，你是我的兄弟！"这反应让我感动得快哭了。

我们拥抱了很久——可能比一般的拥抱时间长了五六秒。在那一刻我就感受到了，西蒙身上总是散发着光芒，但后来我才意识到，那是爱的温暖。

西蒙环绕英国长跑，是为了给一家慈善组织募捐，帮助苏格兰、俄罗斯和非洲一些国家的弱势儿童和年轻人。西蒙自己就住在苏格兰。他每天跑 10 ~ 20 英里，晚上睡在睡袋里。我记得自己当时想，这可比我的旅行艰苦多了。我们深情拥抱之后，西蒙说他要在睡觉前找个地方吃饭，而我还得继续去给"癞蛤蟆"寻找栖身之处，于是我们交换了电话号码，相约第二天一起在镇上找个地方吃早饭。

我找了一个还算像样的地方扎营。躺在帐篷里，我想到，西蒙晚上

---

① Jimmy Savile，英国 DJ，去世后被确认是多起性侵的施害者。

睡觉时只有个睡袋，跟他相比，我的条件算是相当奢侈了。不过我转念一想，这么想不对，他跟我一样，都是在经历生活中的一次历险，而劳苦与不适正是历险的一部分。想到这里，我忽然领悟到，自己的情况其实也是一样的。这次偶遇来得真是时候，它让我意识到，自己能够做着现在正在做的一切，其实是很幸运的。虽然最近心情有点丧，但日后回忆起来，这段行走的日子很可能是我人生中最有满足感的阶段了，甚至可能未来我也不会再有机会像现在这样生活。想到这里，我便不再畏惧和抱怨了，我更愿意欣然接受这样的生活方式，包括其中必然要经历的起起落落。

第二天早上，西蒙和我如约在一家安静的咖啡馆里见了面。我们聊了大概两个小时，分享各自的旅途故事，告诉彼此在接下来的一段路上将会遇到什么。西蒙将向南去往西南海岸步道，而我将要走上彭布罗克郡海岸步道。经过交流，我感觉这两个地方应该非常相似。吃完早饭，我们再次以深情的拥抱道别，然后各自上路。

看着他加快脚步跑远，我不禁想，像他这样跑步，跟我的步行有多大不同。说不定跟步行比起来，跑完每天规定的行程对体力的要求并没有差太多？毕竟，跑完就能有更多的时间休息了。其实，像他这样轻装上阵、小跑着完成每天的里程，很可能比我这样负重徒步还更容易些。越想我就越觉得跑比走靠谱。步行虽然不错，但见了西蒙以后，我开始想要试试跑步。要是能扔了那累赘的背包，再买双越野跑鞋，跑着完成彭布罗克郡海岸的 180 英里就好了，那将会是整个旅行中最让人兴奋的挑战。想想很有意思，就算你对现在的生活再满意，还是免不了想跟别人比较。就拿我现在来说，刚才我还说自己正享受着一生难得的精彩历程，但仅仅跟人聊了会儿天，转眼我又觉得自己不如别人了。

其实在内心深处，我知道自己是做不到西蒙那样的。我承认，现在我的身体比 6 个月前好多了，但实话实说，我还远远没有达到他那种体力。我还在抽烟喝酒，偶尔还嗑药。想想这些，自己都觉得惊讶——就这样我都能走到今天。不过话说回来，我有决心、有动力、有韧性，我还发现自己有能力做很多以前想都不敢想的事情。我跟西蒙分别后没几天，就收到了之前提到过的菲亚发来的电子邮件，问我想不想参加伦敦马拉松赛。邮件上说，BBC 的一部关于心理健康的纪录片打算拍摄这次比赛，我立刻就答应了。菲亚果真把我的名字报给了电视台。老天爷，伦敦马拉松！

拍摄预定 11 月开始，我得提前做点专门的准备。原先我也打算在旅途中间停下来，避开冬天的寒冷。现在已经进入 10 月了，眼看天气一天比一天凉，我已经在夜里被冻醒过了，往后只会更加难熬，尤其是进入苏格兰之后。另一方面，虽然我一直成功地不去想它，但我的左半边身体越来越疼了。想到这些，我越发觉得，不管有没有拍纪录片的事，都很有必要在冬天给自己放个假。于是，几轮邮件沟通后，我同意了参与这次拍摄活动。我还记得工作人员给这次活动起了个挺时髦的名字，叫"心灵马拉松"（Mind over Marathon）。

我大约还有时间再走上一个半月，于是给自己定好了路线和目标，打算在这段时间内走到德比郡的埃代尔，从那往后，就是 268 英里长的奔宁道，它从英格兰中部向北延伸到苏格兰中部。我打算从那里开始整个徒步旅行的下半场。不过当下，我还是要先专心走好每天的路，所以又发了几封邮件后，我便继续向西，走上了彭布罗克郡海岸步道。接下来的几天里，我又走过了一段相当惊艳的海岸线，海边的风景时而让我激动不已，时而又为我的心灵注入平静。与此同时，我也时常幻想着参加伦敦马拉松会是什么样。我十分期待，也十分庆幸，自己还活着，因而能够体验这一切。然而走到彭布罗克之后，我持续亢奋的心情竟被迫戛然而止了。

理论上讲，彭布罗克并不在靠海的路上，但要想节省时间和体力，最好的办法就是走这条路，穿过城镇，过桥，到对面的内兰镇，然后继续西行。我进入彭布罗克时，天已经黑了，但出乎意料的是镇上灯火辉煌，乐声嘹亮。成群的人走在街上，吃着热狗和棉花糖。我的目光穿过闪亮的烛光和一群穿着羽绒服的妈妈，落在了一个卖太妃糖苹果①的摊子上。小时候，我从来没想过吃什么太妃糖苹果，但在那一刻，也不知怎的，我什么都不想吃，就想吃这个。但由于不好意思背着硕大的背包往摊子旁边挤，我打算先找个地方扎营，于是向远离主街的方向走了几步，找到了一处还算僻静的地方。显然，这时我已经忘了自己立下的"不在公园里扎营"的规矩，这全是因为太妃糖苹果彻底占据了我的心。我放下行李，一天的旅途疲惫立刻涌了上来，这又让我动了喝点小酒的念头。周围有这么多欢乐的家庭，感觉不像有什么吸毒作乐的人，所以应该不会惹上麻烦，就算有，也是人们躲着我的帐篷走。

---

① 太妃糖苹果是英国万圣节时的一种传统食品。

然而，搭好"癞蛤蟆"后还不到一分钟，就有个手电筒直晃晃地照了过来。我赶紧蹲下来缩成一团，就像被头灯照到、无处可逃的倒霉兔子。整整一分钟，我的心快跳到嗓子眼儿了。灯光伴着快速逼近的脚步声一跳一跳的，我的脑子里则翻腾着那些求生技巧——"在公牛向你冲过来之前，先向它冲过去""用虚张声势吓退袭击你的熊"。顺着这个思路，我出了帐篷，故意弄出了很大的动静。站在帐篷前面，我伸出手挡着刺眼的灯光，依稀看到三个人影向我走来，心里想着：

拜托，不要打我，不要拿走我的东西。

然而，当那些人影走近一些后，我看到他们的衣服上有个小方块在月光下反着光。

"晚上好，先生。"

是警察。我的不安变成了另一种，语气也变了。

"晚上好。"我温顺地说，心里想着：

拜托，不要叫我收拾东西走人。

"这是你的帐篷吗？"

"是的，我没看到有牌子说不能在这里扎营。"我回答道，这也是实话。

三个人面面相觑。"我们也正在讨论这事儿，老实说，我们也不知道这里让不让扎营。"他们中的一个人说。这个回答倒真是出乎我的意料。

手电筒的强光让我看不清他们，但我决定试着兜售一番我的"故事"。如果他们对流浪汉的态度比较前卫，也许有可能让我留下来。在一通"哇"和"太牛了"的感叹之后，三人中最健谈的那个宣布，我可以在这里扎营，甚至他们还会帮我"看着点儿"。

警察一离开，我就冲回帐篷，抓起钱包和手机，拉上帐篷拉链，几步回到刚才那片闹市区，穿过人群，朝着期待已久的太妃糖苹果摊走去。下一幕，就是我得意扬扬地从牙齿里剔出最后一点太妃糖，在集市上自在地闲逛了。我东瞧瞧西看看，又是射击游戏，又是套圈游戏，好不热闹。我心满意足，但还觉得不够，于是又就近找了间酒吧，坐在里面跟几个老家伙闲聊了一个小时，还干了几瓶他们推荐的本地啤酒。

回到帐篷，我一下就发现了不对劲。我还以为这帮警察已经是我的人了，但看起来他们并没有好好帮我"看着点儿"，帐篷里被扫荡一空，背包不见了……那里面可是我的全部家当啊！我的心沉到了谷底，拼命扒拉着周围的灌木丛，绝望地想要找到点什么，甭管什么都行，但最终还是失望而归。我开始恐慌起来，天哪！我的睡袋、衣服、地图、备用手机……所有东西都在包里。

我努力让脑子清醒一点，好好想想该从哪里开始去找我的东西，然而此刻我满脑子都是："天哪，损失太惨重了！天哪，我完蛋了！"渐渐地，惊恐变成了愤怒。首先是气我自己——为什么我要在这个破公园里扎营？然后是气偷我东西的人。最后我开始气整个彭布罗克镇——都怪他们拿太妃糖苹果勾引我，都怪他们的垃圾警察那么没用，看个市集都看不好……我快气炸了，但这又有什么用呢？唉，我真的是走投无路了。收拾帐篷吧。我起出固定帐篷的钉子，把帐篷抱在怀里，咬牙跺脚地走回闹市区，发现自己又回到了刚才来过的酒吧。

"怎么这么快又回来了？"见我灰头土脸地进门，一个当地人兴高采烈地问。我听了他的话，真想抓起一根台球杆朝他扔过去。

"没事吧，伙计？"酒保小姐姐说。跟她那群老主顾不同，她准确地读出了我脸上的表情。

我气哼哼地把事情的经过告诉了她，旁边那些不请自来的马后炮纷纷插话："是啊，哪儿能把东西随手搁地上啊！"

"你等一下。"酒保说。消失了一分钟后，她又回来了。

"我们楼上有房间，"她说，"需要的话你今晚可以住在这儿。"

我沮丧地点点头。我很感激，但接受了这个房间，也就意味着现实已经不容否认了。我跟着她上了楼，走在楼梯上时，帐篷被我团在手里，悲哀地沙沙作响。我们进了一个门上写着"1"的房间，里面有一张单人床、一台小电视、一个烧水壶，还有几包饼干。如果是平时，我会为蹭到这样的房间而高兴不已，但发生了今天的事之后，我感到自己住的这个房间也散发着悲伤和沮丧。

我把帐篷往地下一扔，躺在床上，唉声叹气起来。冥冥之中，我觉得总要做点什么，于是决定把今天的遭遇详细写下来发到脸书上。第二天，不出所料，我一登录脸书就收到了海量的系统通知，点进去一看，原来一夜之间，我的帖子被分享了1000多次。但真正让我惊讶的是，很多生活在南威尔士的人读到了我的帖子，他们在转发评论的同时也没忘记炮轰彭布罗克镇。我向下翻着那些评论，想看看有没有人真的找到了或看到过我的东西，结果是没有。接着，我下了楼，出了酒吧的后门，又回到公园，想好好地再找一次。我大步走在大街上，发现对面有一两个人目不转睛地看着我。我没多想，只是继续在毛毛雨中东翻西找，这样又折腾了两个半小时才放弃。走回旅馆的路上，一对夫妇拦住了我，问我是不是"那个东西被偷了的徒步旅行者"。我吓了一跳，根本没反应过来，差点要说不是。这也太神了吧，我发帖还不到 24 小时，就有人在大街上认出我来了。回到酒吧后，我再次登录脸书，发现那个帖子的转发量还在猛增，与此同时，评论里掀起了对彭布罗克镇的一片声讨。又翻了一遍全部评论，终于让我发现了这么一条：

"杰克，我好像发现你的东西了，请尽快联系我。"

一开始我以为这只是个噱头，但随即发现收件箱里有一条未读信息，来自同一个用户，并且留了电话号码。我打过去，接电话的人听到是我，着实激动得不轻。她说，她在家附近的灌木丛里发现了一大堆露营用的东西，可以带我过去看看是不是我丢的。

我有点犹豫，但想想也没别的办法，就答应了。一个小时后，我坐上了又一个完全陌生的人的车，去看她家的篱笆。一到那里，我立马就认出了我的睡袋，虽然那上面扎满了荨麻的刺。我跳下车，上前仔细一看，可不就是它么，我的睡袋，像个珍宝一样正等着我从篱笆上把它摘下来。四下里再看看，嘿，背包也在那儿，里面的东西掉了一地。估计是偷我包的人看到了帖子，良心发现，决定把它扔到容易被人看见的地方，好让别人找到。我一下子踏实了。所有的东西都在！我一样样拢过来放回包里，旋即转身给了开车带我过来的女士一个大大的拥抱。

在彭布罗克，不管我跟谁提起这次被抢的遭遇，人们都一脸尴尬，担心我对他们的镇子印象很糟。但事实正相反，我留下的印象是：虽然有一个彭布罗克的坏人偷了我的东西，但全彭布罗克镇的人都发动起来，帮助我把东西找了回来。一个地方的人能这样紧密团结，给人的感觉真好。之后我的确发现，在整个南威尔士，社区的力量都很强大。

我再次在脸书上发帖，告诉所有人，仅仅一天，我的东西又失而复得了。这次在社交媒体上的求助，让我收到了更多给心理健康基金会的捐款，人们还在我的帖子下留言，开始讨论各自的心理健康问题。原本是一场噩梦，最后却带来了好的结果。我都不知道是不是该感谢洗劫我的人了。

当然，在此之后我变得更小心了，谨记露营要找对地方。不过另一方面我也提醒自己，永远不要失去对他人的信任。就像我之前说过的，与他人之间的互动对健康的心理状态来讲至关重要。至少对我而言，感到自己真的是社会的一员，属于某个集体、某个社区，让我看到了自身的价值。我们应当牢记，虽然彼此各不相同，但我们都属于同一个社会，尤其是在我们中的有些人遇到困难的时候更是如此。对他人心存善意，帮助困境中的同胞，是治疗心理健康问题的良药，因为作为社会动物，我们的生存离不开这些。相互支持，同情处于困境中的人，这是我们的本能，让我们有机会感受到彼此之间的联结，感受到作为一个人而活着的状态。在深陷困境时，我们很可能会忘记这种感受。

剩下的日子里，我在威尔士过得很平静，没花什么工夫就跨过了彭布罗克郡那锯齿状的海岸线，接着走上沿海步道，继续北行。这是我第一次觉得自己像一个真正的耐力冒险家，一英里又一英里，每天就这样埋头走路，无畏风雨，到了晚上就在野地里睡觉。时间紧迫，如果想在冬季前按计划走到埃代尔，速度必须加倍。白天越来越短了，每天早上醒来或晚上搭帐篷时，天都是黑的。还有，我的左侧身体更疼了，老实说，已经到了随时都很疼的程度，几乎天天夜里把我疼醒，如果醒了不好好拉伸一下，就疼得无法再入睡。而且挨着地面睡真是冷得难受，有些晚上，我简直就是在瑟瑟发抖中睡着的。

虽然这些事听起来很不舒服，但我却前所未有地情绪高涨。我的韧性，我不断遇到困难却能持续坚持下去的决心，每每让自己惊讶不已。我很自律，很专注，感到自己能应对一切困难。整个旅行冒险变成了一次真正意义上的挑战，关于活下来的挑战。走路的同时，我也不忘想着一些美事——做做关于伦敦马拉松的白日梦，想象自己像西蒙·克拉克那样跑步完成了环游英国的最后一段路。

几周后，我抵达斯诺登尼亚，觉得确实需要好好休息一下了。不是因为疲劳、厌倦或不舒服，而是因为兴奋：伦敦马拉松会是一种怎样的体验？纪录片的拍摄过程中会发生什么？这些都让我兴奋。能在全国性的电视节目中为心理健康这个我深感重要的议题发声，也让我激动不已。另外，哈哈，要是能拿到伦敦马拉松的奖牌，那就更棒了。更何况，想到接下来这激动人心的 6 个月里，我会待在布赖顿，见到很多朋友，更是让我无比期待。

虽然想念朋友们，但如果你像我一样，真的跟朋友相聚时却常常无法放轻松，那么就算跟他们待在一起也会觉得孤独。如果刻意压抑自己的一部分，不能真实地享受做自己，同时又为此责难自己，那么即使身在人群中，我依然会感到无比孤独。相反，当我独自走在威尔士的西海岸时，反而不会觉得有多么孤独和隔绝。

不过，如果我状态好，又有朋友在身边，那就相当完美了。最近就有这么一次，还没走到斯诺登尼亚，老家的几个发小就联系我，问能不能在斯诺登尼亚跟我见见面。能见到从莫尔登来的这几个老男孩，还能跟他们一起爬上斯诺登山，共同完成这段路的前半段，当然再好不过了。他们定了一家旅馆，从那儿开车半小时就能抵达矿工路的起点。接下来，我们就可以沿着矿工路攀登斯诺登山。贾尔斯接上我，直接开车到矿工路的起点，詹姆斯和克里斯已经在那儿等着我们了。免不了一番拥抱和男孩子间的打打闹闹之后，我们4个安顿下来，吃了晚饭，想到第二天还要长途跋涉，就都早早上床睡觉了。

即将跟好友们一起走过这片神奇壮阔的土地，令我充满期待。从康沃尔海岸到彭布罗克郡海岸的那段路，让我疯狂地爱上了不列颠群岛美丽的自然风光，但没有什么比斯诺登尼亚的广袤更让我迷醉。我们驾车驶近这座全英国第二高峰，只见群山静谧，却又暗涌着活力，仿佛沉睡的巨人，而山脚下蜿蜒交缠的道路，更凸显了群山的雄伟。

大约上午10点，我们到达了约定地点，准备开始爬山。我过去没怎么跟朋友爬过山，这感觉真不一样，但确实是挺不错的，比以前我们一起干的那些事情健康多了。从山顶可以清楚地看到大约35英里外的安格尔西岛。再朝另一个方向望去，陆地仿佛海上的波浪起伏，这些连绵不断的褐色波浪一直延伸到天边。眼前的一切，让我感到深深的敬畏。

和朋友们坐在那里，默默地凝视远方时，我又不禁回想起过去 6 个月来的一幕幕。6 个月前，我的内心极度孤独苦闷，下床都困难；而现在，我和这几个老朋友爬上了英国最高的山峰之一。我忽然意识到，与爬出之前我掉进的那个黑洞相比，爬山根本算不了什么。既然我能爬出那个黑洞，就什么事都难不住我了。

　　第二天早上分别之前，贾尔斯坚持要开车送我一段，好跟我在路上叙叙旧。我跟贾尔斯从 12 岁就认识了。他抓耳挠腮地努力想要搞清楚我迄今为止到底走了多少路，那样子真逗。不过，这次"叙旧"可以说是我俩自相识以来最推心置腹的一次交流。有时候，所谓叙旧只不过是交换信息，但时不时地，老朋友之间总归能说些心里话，虽然说出来还是会感觉有点别扭，但这样做反而加深了内心深处的情谊。有时候，仅仅是知道有人很在意你，就能让人感觉良好。

　　贾尔斯把我放在了雷克瑟姆附近，从那儿往东大概 5 英里就是英格兰边境。他开车的这段路程我要步行三四天，不过这点节省对全部旅程而言，影响并不大。重要的是和几个朋友一起度过的宝贵时光，这比独自走上 40 英里带给我的收获多得多。至此，我越发觉得，这次徒步与其说是对体力的挑战，倒不如说是对自我、友谊、人性和更大意义上的生活本身的探索之旅。我感到自己正带着这样一种美好的心态，踏上旅途，穿越边境，向故乡走去，向新的一章走去。

11 **心灵马拉松**

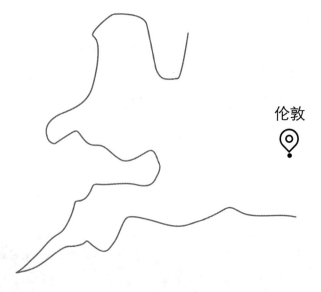

伦敦

接下来的三天，我白天沿着一条主路往什鲁斯伯里走，晚上离开主路到附近找地方扎营睡觉。到了什鲁斯伯里，又沿着塞文路一直走到特尔福德，接着再次踏上君主之路。这一段路位于英格兰中部地区，有将近 30 英里长，沿途都是泥泞的马道和稀疏的农田。我想起，自己曾在绿树繁茂的南部丘陵第一次走上这条步道，那时我还在跟弟弟想方设法找到走出阿伦德尔的路。当时在苏塞克斯走的那段，比现在英格兰中部这段的风景要好得多，不过也有可能是因为 5 个月的旅途已经让我对自然风景变得更无感或者更挑剔了。随着继续向东，日渐接近伍尔弗汉普顿的郊区，我发现，虽然我还是喜欢待在户外，但最初那种极度渴望拥抱大自然的浪漫情怀如今已经少了几分狂热。我只是单纯地盼望在冬天来临之前，尽可能多享受一下乡野美景。这段时间，不管走到哪里，我都格外珍惜每天早晨那清爽的空气、树叶散发的潮湿的味道，以及微风中树枝沙沙作响的曼妙舞姿，因为欣赏这一切的机会已经不多了。我也更加珍惜每一天走在路上，带给我的那种平静和健康的感觉。

　　然而，身体一侧的疼痛已经不能不引起我的重视了。想到再过几周，纪录片就要开拍了，还是得把这个情况告诉摄制组的人。我告诉了片子的导演皮特，他随即在布赖顿给我预约了理疗。他还想让我去布里斯托尔，对身体和精神做一下拍摄前的评测。于是，一到伍尔弗汉普顿，我就去了车站，跳上火车。

到达布里斯托尔的时候，天正下着雨。这样的天气待在电视台的大楼里，感觉挺舒服，让我想起了初中最后一天上课时的情景。我在接待处见到了乔丹，他是摄制组的一员。乔丹领着我去做了体检，结果没查出什么特别的。

跟着摄制组的心理学家做"心理评估"则更有意思。摄制组的计划是，避免参加节目的人在第一次正式见面之前互相撞见，于是他们偷偷摸摸地带我进了一个不起眼的房间，里面充满了霉味儿，铺着磨破了的地毯，玻璃窗脏极了，除了外面的天色，什么也看不见。这个房间让我想起了八年级时学校里登记学生考勤的小屋子。让我没想到的是，被关在这么个小屋里，却并没有影响我和这位心理学家进行一场诚挚的交谈。我们不仅谈到了拍片子所涉及的问题，还聊到了我的日常生活，整个过程就像是一次心理治疗，但跟我在伦敦同咨询师艾琳进行的治疗相比略有不同的是，少了许多眼泪。对我的童年、我的心理崩溃，以及基本上所有被提起的经历，我都毫无保留地讲了，不再觉得有什么不舒服。这是我见到的第二位心理健康方面的专业人士，也是我走出心理危机后与我产生交流的第一位专业人士。也许是因为已经走出来了，现在再去跟他谈论过去那段黑暗时刻，我竟如此轻松。前后的对比，令我感慨不已。

通常来说，我希望能更直接地将自己的抑郁讲述给他人，但常常话到嘴边，却欲言又止，好像那是个臭气熏天的怪物，人们避犹不及，我应该尽一切努力把它推离人们的视线。然而，在参加《心灵马拉松》的录制期间，我逐渐学会了如何体会和表达内心的感受，而且变得越来越习惯这种表达了。这一切改变，都是从那天跟 BBC 的心理学家交谈开始的，我很感激那次谈话。

第二天，我乘火车回到伍尔弗汉普顿，之后的几天一直朝着斯塔福德郡走。在"沙发客"应用上，我找到了一个愿意为我提供住宿的人，叫约兰达，住在特伦特河畔斯托克。进城的时候，天已经黑了，下着毛毛细雨，但想到马上就要给自己放寒假了，我的心情很不错，只想充分享受这最后一段旅途。傍晚 6 点，我抵达约兰达家，她用一个大大的微笑和一壶刚烧开的茶迎接了我。

约兰达很漂亮，一头浓密的黑发，一双深陷的眼睛。她对我的旅途问这问那，充满好奇，尤其想知道我为什么在走了几百英里的国家步道后，会选择来到特伦特河畔斯托克。我告诉她，过完冬天，我要从一个方便的地方继续开始下半程的旅行，而从这里到埃代尔，也就是我原定的冬季前的终点，只有 40 英里。我说话的时候，约兰达的黑眼睛闪闪发亮，热情而迷人，让我也对这场旅行中的一切依依不舍起来。

约兰达和她的另一半——克里斯，都在神经科学领域工作。她正在攻读博士学位，而克里斯则是一位货真价实的教授。他的团队正在搞一个似乎很有开创性的研究，帮助后腿瘫痪的狗恢复行走。不知道我的转述对不对，据说他们要从狗鼻子里提取干细胞，然后注射到需要修复的区域，也就是后腿里。克里斯给我看了几个视频，视频里的那些狗本来从腰部（不知道对狗来说，能不能称为"腰"）以下都是瘫痪的，但修复完成后，它们就开始学着重新行走了。这让我想起了自己已经忍着腿疼走了三个星期的路，而我最近刚好将自己这次旅行命名为"黑狗徒步"①，真是个巧合。

几杯茶下肚，约兰达提议我们三个去当地一家酒吧，参加他们的每周智力挑战赛。要是讲完约兰达两口子干的事业，还没能说明我跟他们之间的智力差距，那么下面的智力竞赛就足以证明这一点了。整晚的测试题中，我唯一的贡献就是证明了自己知道纳塔利娅·因布鲁利亚②。不过那个在酒吧度过的夜晚充满笑声和乐趣，人们也都很友善，可以算是我旅途中一段难忘的插曲。

告别约兰达和克里斯之后，我搭上了去莫尔登的火车，准备去那里拿一些东西，带到布赖顿去。能去莫尔登跟家人团聚让我很高兴。不知不觉中，徒步旅行的前半部分就这么结束了。未来的几周里，我会有更多时间回顾在英格兰南部和威尔士度过的这 6 个月；但此时此刻，我满心想的都是即将参与拍摄的纪录片，以及重返东苏塞克斯海岸的激动。

回到妈妈的船上，我从背包里倒出徒步的衣服和露营物品，塞进"文明世界"的用品。那几天里，我跟妈妈拉拉家常，讲讲旅途上的故事，跟雷吉到初冬的河边走走。像往常一样，在家的时间虽然短暂，但给我充足了电，让我为下一段生活做好了准备。几天后，当我迎着海风走出

---

① Black Dog Walks，这个名称取自丘吉尔的名言："心中的抑郁就像只黑狗，一有机会就咬住我不放。"在丘吉尔之后，黑狗便成了抑郁症的代名词。

② Natalie Imbruglia，澳大利亚和英国双重国籍的女音乐人兼演员。

布赖顿车站时，我感到自己已经准备好迎接一场新的挑战了。

为了能在影片拍摄期间有个安顿的地方，我在布赖顿住下了。似乎是天意，之前我住过4年的那座房子，最近正好有个房间闲着。我的朋友西蒙给了我一份工作，在他开的一家酒吧帮忙。花了一天时间安排好生活和工作上的正经事后，我终于可以放松下来，打算在接下来的几天里见见朋友。

虽然大家都说很想听我讲讲徒步旅行中的故事，但更多人想聊的其实是心理健康方面的问题。有些之前看上去总是很健康自信、也很合群的朋友，也会发短信问我要不要一起喝杯咖啡——这是个再明显不过的信号，说明有要紧事想聊。能跟这些朋友重新联系上当然是好事，但我真没想到问题竟然如此普遍——在表面的光彩之下，有这么多人对生活充满困惑和迷茫。见过朋友们之后，我意识到，虽然让每个人感到压力的事情不一样，但我跟他们说的话却都差不多："你不能给自己这么大压力，得停下来好好为自己想想，光靠喝酒解决不了问题……"我又想起了南希，就是在卡弗拉克遇见的那个跟儿子一起当流浪者的大妈。那时我就意识到了，人和人所经历的事情虽然各不相同，但情绪上的反应却真的很相近。很多人对自己的情绪问题难以启齿，可能正是因为他们太关注表面上大家的具体经历不同，却并未注意到我们身体上的反应其实是差不多的——有了这一点共性，即使没经历过你在工作、家庭、伴侣关系中的那些具体问题，我仍然能够理解你的迷茫、愤怒、不堪重负等感受；也正是因为有了这些共同之处，我们便能相互连接，也能相互讨论各自的问题。说到底，人类的大脑有推己及人的能力，多少能从普遍规律的角度，来"理解"彼此的烦恼。这能带来安慰，让我们看到，自己并不是唯一挣扎的人——有人跟我一样，有人能够理解我。学会打开自己的内心，就能建立起跟他人联通的桥梁。敞开自己也是一种自由，这种自由是允许自己去依靠他人，也被他人依靠。这样，你就会感到安心，还能用这种安心的感觉来接纳内心中最灰暗、最混乱、最不可理喻的思维，而不再一味冷酷地批评自己怎么会那么想。搬回布赖顿生活的 6 个月里，我发现跟大家在一起能给我带来很多力量。不只这些，在这期间我还认识了 9 位新朋友，而且我相信，跟他们的友谊将永远伴随我。

终于要开始为《心灵马拉松》做准备了。我们要在温莎附近的比萨姆庄园拍摄，这儿是个体育中心，英国国家队有时会在这里训练。在一个秋高气爽的早晨，我来到了这个地方。清晨的阳光透过树木的间隙，洒在冻了冰碴儿的草地上，光芒闪耀如同跳舞的精灵，跟历史悠久的庄园相得益彰。摄制组的 4 位工作人员——皮特、乔丹、埃米莉和克莱尔迎上来接我。

其他人都在庄园里等我，主持人尼克·诺尔斯（Nick Knowles）也在。他们一个接一个地跟我和其他几位被他们称为"看起来不太能跑的人"问好。我看着他们，心里相当紧张，其他那几位参与者看上去也很紧张。我们面面相觑，谁也不知道接下来要做什么，有的一脸迷茫，有的躁动不安。当时我的脑子里闪过一个念头：参与这部关于心理健康的纪录片会不会是个错误的决定？看到大家都这么别扭，那一刻，我开始怀疑我们被利用了，这个节目像是要拿我们的心理健康问题（有些人的问题还相当严重）给观众看热闹。我想象着观众们在电视机前尽情地笑话我们，肆无忌惮，毫不留情，就像看恋爱真人秀里的那些参赛选手一样。

参加这次活动的人中有一个叫史蒂夫，是个老实的约克郡人，快50岁了，头发花白，看他那病恹恹的样子，就好像随时要吐似的。我跟他握了手，他的掌心里全是汗，腿还一直在抖，好像已经不受控制了，连我都替他难受。这更让我怀疑自己是不是不应该来这儿。后来我才从导演皮特那里得知，摄制组一直很头疼，不知道该怎么安排参加活动的人互相认识。他们既想照顾到每个人的心理健康状况，让大家感到受尊重，又想拍出好看的节目效果。最后，他们决定就让尼克一个一个地把参与者迎进来，等大家都进来了，就给大家介绍他们要拍的这部片子，再然后就停止录像，过来帮我们打破尴尬，互相认识。很明显，最初的半个小时里大家都放不开，不过总算也都过来了。没过多久，大家开始相互微笑、拥抱、安慰和鼓励，变得放松多了，更重要的是，也感受到了来自摄制组的尊重。后来直到整个活动结束，我都没有再质疑过这个节目把我们找来的动机。

除了史蒂夫，我还认识了另外几个参加活动的人。乔吉在南威尔士的滕比当警察；里安的儿子出生没多久就夭折了，丈夫痛不欲生，自杀身亡，为此她创办了一个慈善机构，专门帮助那些突然失去亲人的家庭；保罗是个约克郡的酿酒商；谢莉思是职业歌手，还是个单亲妈妈；萨姆是一家星探公司的星探；梅尔是个理发师；克劳迪娅是个公关经纪人，她也是布赖顿人；还有波普伊，我们后来成了特别好的朋友。虽然波普伊自己可能不觉得，但我一直认为她是整个团队的黏合剂，在节目拍摄期间，是她把大家凝聚在了一起。她的经历也很坎坷，虽然只有 20 多岁，但从她的眼神中偶尔会窥探到过去的创伤。跟我之前在斯旺西遇到的杰米一样，波普伊也在家中遭遇了入室抢劫，那次事件给她留下了可怕的创伤。在跟她的相处中我发现，她外表看着很坚强，但随时都可能忽然变得很脆弱、很内向。不过，我从一开始就很喜欢她。就是我们这几个有着各种"问题"的人，在接下来的 6 个月里组成了一个欢乐的小集体，既能相互支持，也能开诚布公地讨论一些深刻的问题。这些都是片子里要呈现的。当然，除此以外，摄制组还要帮我们 10 个人做好准备，迎接即将在 4 月开始的马拉松赛。

跑马拉松可不是开玩笑的，这一点我渐渐体会到了。BBC 为我们请了两位教练。一位是查利·达克（Charlie Dark），他创办了伦敦跑步团体"全民跑团"；另一位是舍维·拉夫（Chevy Rough），他是正念运动团体"追逐光明"的队长。舍维是主教练，负责安排我们的训练计划，教我们呼吸和用视觉放松的技术。查利则主要给我们指导和鼓励，他讲话充满热情，十分亲切，让我们一下子就能安下心来。没有经过任何申请和选拔，就能参加伦敦马拉松，我已经觉得自己够幸运了；现在还能得到专门定制的训练，这等好事我真是想都不敢想。

之前一段时间的徒步锻炼了我的腿部力量，虽然已经相当不错，但还有进步的空间。舍维为我安排了体能训练，加强髂胫束的力量。另外，我还需要加强核心力量——虽然这很有必要，但刚开始做的时候，真是让我头疼。我之所以喜欢徒步和跑步，只是因为天生好动，况且能边走边享受风景是何等惬意啊。但现在我要练习深蹲、弓步、平板支撑，这些东西和徒步正好相反，既枯燥又无聊。虽然如此，我还是努力坚持下来了，想不到短短几周之后，就已经能够看出身体的变化了。练好了核心后，我跑步的姿势也改善了，能够保持背部挺直，也学会了使用胯部的肌肉。这个毛病舍维一开始就给我指出来了，他还帮我改掉了其他几个不良习惯。

训练了一个月后，摄制组为我和克劳迪娅报名了吉尔福德10公里长跑赛。我俩都是第一次参加这种长跑比赛。发令枪一响，我就跟着大伙儿冲了出去，争着占据前排，心里还扬扬得意。然而挤在人堆里太乱了，我一脚踩在泥里，左腿膝盖狠狠磕在了地上。哎哟，疼死我了！关键是还特别丢人，跑了不到200码就……我慌忙站起来继续跑。看着崭新的长跑裤上被磕破了一个洞，我内心只能小小地庆幸，还好没被摄像机拍到……

我下定决心要完成比赛，顾不上查看伤情。直到跑到终点，我才拉起裤管，发现膝盖上并不是简单的划伤，而是擦掉了一块皮——估计当时我磕到一块石头或树根之类的东西上了。因为没有及时处理伤口，跑了整整一个小时之后，膝盖的样子简直让人不忍直视。那又怎么样？我拿到了10公里跑的奖牌，已经美得忘乎所以了。

虽然我不是专业跑步选手，但平时锻炼身体主要就是靠跑步。治疗抑郁没什么"解药"，但对我来说，跑步可以算是最接近"解药"的方法了。陷入抑郁的想法之中无法自拔的时候，跑步能把我解放出来；遇到问题的时候，跑步能让我想出解决办法。跑步的时候，就像在做一种冥想练习，脑海中各种各样的想法像流水一样，进来、出去，没有什么东西会被我死死抓着不放，这让我得以清晰地思考。一直待着不动的话，我经常会觉得窒息和心塞，被负面的想法压得喘不过气来，感到无处可逃，这时候就要靠跑步来解救我。另外也可以说，跑步就是会让我很快乐，虽然我也说不出其中有什么道理。每次看到足球运动员进球后，向着主场的球迷们跑去时，我就会想："啊，那就是我跑步时的感觉！"跑步的时候，我觉得自己所向披靡，没有什么能伤得了我。从这个意义上讲，在我的生活里没有第二件事能达到这个效果。是的，你可能会说这都是内啡肽的作用，但我觉得，对我来说，还有些更深层的力量在起作用，某种像是魔力的东西。没有什么能像跑步一样让我精神振奋，让我能跟自己好好对话。我也从不后悔参加任何跑步活动，即便是像现在这样，到头来不得不在急诊室里等上两个小时，眼看着腿上的伤口不停地流脓。在吉尔福德，冲过终点线、脖子上挂上奖牌的那一刻，我什么都忘了。当然，你可以说，是多巴胺让我被胜利迷倒了。但似乎除此之外还有某种东西，那东西点燃了我，让我感到就在那一刻，一切充满了意义。

坐在苏塞克斯郡医院的急诊室里，等着医生给我的膝盖缝针。皮特问我："你不会因此放弃吧？"

我看着手里的奖牌，郑重其事地回答："事到如今，已经没有什么能让我放弃跑步了。"

缝了六针，又养了三周，膝盖总算差不多痊愈了，我又站在了布赖顿半程马拉松赛的起跑线上。这一次我还是和克劳迪娅搭档，不过随着彼此间越来越熟悉，我们不只是一起参赛的队友，也成了朋友。

那天早上，天气潮湿灰暗，但空气中却充满了乐观的氛围。大批热情的布赖顿人站在街道两旁，等着为参加比赛的 12000 名选手欢呼。不光皮特和制作团队的其他人来了，舍维也来了，他要在赛前给我和克劳迪娅最后再打打气，在比赛过程中，他也会一路跟着为我们加油。让我稍微有那么点尴尬的是，我不小心在参赛表格里选择了"预计一个半小时"完赛，结果就被安排在前排起跑，身边全是那些最专业的运动员级参赛者，他们身材精瘦、满脸严肃、每两秒钟就会看一下他们昂贵的运动手表……面对这个尴尬的局面，舍维给我的建议是，起步要慢，让所有大咖和那些追着大咖的人跑他们的，而我就跟在后面，有策略地保存体力，更有智慧地安排时间。舍维的建议确实太有用了，按照他的策略，跑到 5 英里的时候，我已经轻易超过了那些起跑过猛但后劲不足的选手。这下我们都学到了有用的东西，但不同的是，他们是用相当痛苦的方式学到的，而我却不是。这样想着，我忽然觉得超过他们真有点于心不忍，要知道，虽然他们现在已经累得没力气了，但接下来还有 8 英里在等着他们呢。"稳扎稳打，"我默念着，"稳扎稳打，坚持到底。"我不停地对自己说。

听从舍维的指导，我保持着匀速向前，稳定节奏，专注于呼吸。跑过 12 英里标志的那一刻，我感到胜利在望了。随着接近终点，人群涌动，欢呼声此起彼伏，一声高过一声。跑过布赖顿码头后，我加快了步伐。看到终点线就在眼前，我再次提速，每一步重重地砸下去，就像是手提电钻要击穿混凝土路面。我瞪圆了眼睛，大口地喘着气，一步一步地接近终点。在我前面，已经有人冲过终点线了，我用尽最后一口气，几乎是意志力而不是身体在拉着我向前。终于，我冲过了终点线，用时1小时58分。我放慢脚步，目瞪口呆，简直没法相信自己能这么快跑完半马。我一头扎进了皮特的怀抱，如释重负，同时又无比自豪。

拿到奖牌后，我在终点线上继续等克劳迪娅。半小时后，我看见她了，立刻又激动起来。她马上也将体验到我刚才冲过终点线时的感受。我焦急地等待着。终于，她冲过了终点线，我们动情地拥抱在一起，为这一刻欢呼雀跃。跑步的感觉真是太好了，而且这也是我有生以来第一次这么替别人感到高兴——现在我终于知道自己所说的魔力指的是什么了。这一刻，我想永远跑下去。我已经准备好迎接全程马拉松的比赛了。

在伦敦马拉松开赛前夕，节目摄制的进度加快了，我们的训练也加码了。我必须每周跑三次5 ~ 10英里和一次长跑，按照教练的意思，超过10英里才算长跑。每次跑前，我都会做舍维教给我的轻度拉伸运动，再加上20个深蹲和20个弓步。每天早晚，我要各做3分钟的平板支撑。上床睡觉前还要用他们第一天给我的泡沫轮放松肌肉，虽然疼得要命，但是对肌肉放松很管用。大腿的髂胫束已经不觉得疼了，估计是因为我坚持认真完成了每一次拉伸运动，而且还终于学会了用"智慧"跑步。

到如今，整个摄制团队的人彼此都熟悉多了，大家成了无话不谈的朋友，相互之间越来越了解，例会上的气氛也轻松活跃了许多。不过有一件事，尽管听到了个别流言，但导演皮特还是成功地瞒住了我们。日程安排表上一个重要的日子正在临近，而我们这些参赛者还被蒙在鼓里。我们只知道这一天要去圣玛丽大学（St Mary's University），大概是要在那里的运动场跑圈，另外还安排了一点其他事情。前一天在酒吧下班后已经是晚上 9 点了，之后我就直接去了布赖顿车站，搭火车去伦敦。我之前训练时膝盖负了伤，还没痊愈，虽然跑不了，也没带跑鞋，但能跟大家见见面也不错。去车站的路上，我接到了皮特的电话。

"明天要用的都准备好了吗？"他问。

"嗯，都准备好了。你之前说有个大惊喜，能说说到底是什么吗？"

"是啊，我们本来想保密，但考虑到不是所有人都喜欢突然袭击，所以我现在正是要打电话告诉你，惊喜就是，你们会跟皇室成员见面。"

我一愣，问："皇室成员？什么皇室成员？"

"威廉王子、凯特王妃和哈里王子。"皮特说。

我低头看了看自己穿的衣服，是早上刚换上的，所以也没再多带额外的衣服，包里只有一件干净的 T 恤，倒是有替换的袜子和内衣，但裤子和鞋都又旧又破，也没法换了。我一向不修边幅，除非极其必要的情况，甚至参加别人的婚礼时我都不怎么讲究。但那一刻，我强烈感觉不该穿着这身衣服去见皇室成员。谁知道呢，可能是我骨子里根深蒂固的英格兰传统观念吧，总觉得见皇室成员必须穿得像样一点。

"我现在这身衣服不合适啊。"我说。

"别担心，我们会想出办法的。"皮特说，这是他的口头禅。

我只能相信他了，就算不相信，现在赶回家也来不及了。

第二天早上，我下楼吃早饭。其他人也都住在这家旅馆里，大家见了面都忍不住谈起要见皇室成员的事，猜测着哪一个更招人喜欢、他们会怎么迎接我们，如此等等。然而，我并没有其他人那么兴奋，因为我穿的还是在酒吧上班的那身衣服。整个拍片子的过程中，皮特跟我们说过很多次，有什么需要尽管提，他们有预算。我一直没要过什么东西，但那天早上，冒着可能会被认为"事儿多"的风险，我斗胆向皮特提了个需求。

"皮特，"我说，"有件事我真不好意思说出口，但有没有人能跑个腿去趟户外用品店？我这裤子、这鞋，没法见皇室成员。我奶奶会杀了我的。"

"你穿多大号的鞋，杰克？"一个低沉而洪亮的声音从我身后传来。

我转过身来。"10号半。"我说。问我的是主持人尼克·诺尔斯。

"我带了自己跑步用的东西，可以借给你。怎么样？"

5分钟后，我在厕所里换上了尼克·诺尔斯的衣服，去见威廉王子、哈里王子和剑桥公爵夫人凯特·米德尔顿。尼克的鞋我穿着有点小，这让我有些意外，但他的运动服我穿着正合适。他的运动裤亮闪闪的，有点像是20世纪80年代的贝壳套装①。我还是觉得不太真实，但容不得我多想，大家就都被拉上了一辆小巴车，往大学那边开去了。不到一个小时，我们就来到了圣玛丽大学的400米跑道旁，等着见这些世界

---

① 据韦氏词典：贝壳套装通常是一条颜色鲜亮的裤子，搭配一件颜色相近的上衣。

级名人。

第一眼见到皇室成员，让我挺震惊。他们其实相当没架子，见到他们就跟见到久未谋面的亲戚似的。但老实说，他们那么有名，以至于我从未把他们当作现实中真实存在的人。这种从虚构角色到旧亲戚的反差让我半天缓不过劲来。我被安排坐在哈里王子对面。穿着尼克·诺尔斯的运动服，被整个摄制组一秒不差地记录下我和哈里王子的交流，我暗想，也许未来的我回忆起今天这一幕，仍会觉得这是我人生中最超现实的一刻。

剑桥公爵和公爵夫人是慈善机构"同心"（Heads Together）的赞助人，这个机构鼓励人们用更开放的心态看待心理健康问题。它也是今年伦敦马拉松的官方赞助商，而我们的纪录片《心灵马拉松》，也将成为传播该机构理念的主力军。我不知道你对皇室的期待是什么，反正对我来说，利用他们的影响力来传播心理健康这个跟大众切身相关的理念，也许可以算是英国有君主制以来，皇室成员所做的最有意义的事了。随着交流加深，我也更多地了解了他们传播心理健康理念的想法，更加乐意跟随他们的引领，在这个领域里做更多的事。

4 月 23 日伦敦马拉松那天，他们也会来观赛。

比赛前一晚，我住在格林尼治的一间酒店里。教练查利叫我把全套装备都摆在酒店的桌子上。现在我可以说，这个步骤对很多跑步运动员来说，是个必不可少的赛前仪式。把比赛当天要随身携带的所有东西，包括衣服、鞋、比赛号码纸等一一摆好，拍张照发到社交媒体上，你就能收获一堆祝你好运的信息，而且这个步骤也能帮你确认没忘掉什么东西。我在 Instagram 上发了这么一张"装备照"，没过多久，手机就响了，是西蒙·克拉克，我在南威尔士偶然撞见的那个环绕英国海岸的跑者。自从在卡马森偶遇后，我俩就成了朋友——他的旅行路线经过布赖顿的时候，我还请他在我这儿住过一晚。比赛前接到他的电话，让我感动不已。他给了我不少有用的建议，大部分是关于赛后按摩恢复的，还讲了他年轻时候跑马拉松的一些趣事。挂掉电话的那一刻，我期待着明天他会为我骄傲。按他的意思，要想让他为我骄傲，只要我跑得开心就够了。

第二天早上，我们被带到场地的不同位置接受采访。两天前，《心灵马拉松》的第一集已经上线了，以至于这会儿我们在街上已经有了点名人的感觉。我这辈子还是头一回有点出名，坦白说，有时候想起来还是觉得挺吓人的，不过更多时候，能公开谈论心理健康问题、影响更多的人、得到人们的认可，让我也感到了自己的重要性和责任感。

比赛开始前，皇室成员又来看望我们。跟威廉王子殿下握手的时候，我突然感到肾上腺素飙升，原因是我忘了提前擦掉手上的凡士林。我一边用油乎乎的手跟他握手，一边开玩笑地说自己刚拿那只手给腹股沟涂过油，说完才忽然意识到玩笑开大了。紧张之际，他看了看自己的手，又看了看我，突然笑了。我尴尬地松了口气。

伦敦似乎也变得不一样了——你能看见人们悠闲地散步、自信地昂着头，看见人们的眼神交流，看见人们脸上挂着微笑，充满活力地交谈。人们似乎享受着当下，相互支持，很积极，很阳光。空气中似乎有一种能量，不断地扩散到更多人心里，所有人都被这股能量感染着。

真正的比赛终于开始了，但那感觉却像梦幻一样。波普伊和我搭伴儿，我们一路跑着，有时走路，有时还跟人聊起来，就像西蒙说的那样，充分享受着每一刻。大部分时候，我对生活中的经历不怎么敏感，任它们发生但留不下什么印象。我甚至觉得自己的大脑有时候就像短路了一样，处理、消化情绪总要比别人慢半拍。但今天，在伦敦马拉松赛上，跨过终点线的那一刻，我终于体会到了"活在当下"的感觉。我捕捉到了那一刻心头涌起的所有美好的情感，纯粹、原始、真实。我很感激自己能体验到那一刻。

自从开始写这本书，我几次试图重温那一天的经历，并把它总结出来，但似乎怎么写，都不如跑完马拉松第二天写下的那篇文字更真实地记录了我当时的感受：

接近 26 英里处的标记时，我的身体变得沉重起来，那感觉就像每迈出一步，就在身上加了件衣服。当我和波普伊按计划跑到大本钟和国会大厦时，我感觉就像全身都套上了一副沉重的铠甲。但我们还是坚持着继续跑。最后的 0.2 英里比前面的 26 英里加起来还要难。我已经开始失去意识了，难以置信，在这种情况下我还在跑。还剩 800 米……600米……400 米，像是在水里奔跑……200 米……人群中发出欢呼，震醒了我。回到现实中，我终于看清楚发生了什么、我在哪里、我要干什么。我伸出手抓住了波普伊的手，拼尽全力把我们的手举得高高的，但同时又感到自己已经完全失去了力气，胳膊无比沉重。我们踏着一致的步伐，每一步都同时砸在地上，我俩的右膝盖上都绑着绷带。我们，14222 号和 14225 号选手，终于在 5 小时 52 分后跨过了终点线！过线后，我逐渐放慢速度，过渡到步行。我感到出奇的平静。我向过去 6 个月来一直陪伴在我身边的人们走去。他们哭着、拥抱着、祝贺着。看着这一切，我对自己说，从今往后，每当我觉得自己一无是处，每当我感到孤独，每当我感到危险的风暴向我袭来，我就要在脑海中重放这一刻的画面。只要不断地重放，那些感觉就一定会消失。此刻我所感受到的东西，让我再也不想死了。是的，我要永远活着。

12 收拾心情再出发

斯托克

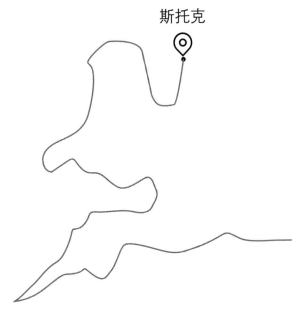

心灵马拉松让我接触到了很多人，感动了很多人，也帮助了很多人，它一定会成为我人生中最重要的一次经历。跑完马拉松后，我没有打算马上回去徒步旅行，而是给自己留了几周时间调整一下状态。因为上了电视，如今走在街上，时不时会有人认出我。一开始我觉得这挺好玩的，不过也有点不好意思，好像做梦一样不真实。到后来，我开始犯难了，想到之后的徒步旅行中要是总被人认出来，也不省心。这时我才意识到，之前的 6 个月里，我一直都很享受平淡自由的行走，就像一个神不知鬼不觉的幽灵，悄无声息地穿过城镇和村庄，从不惊扰他人的生活，大部分时候只是旁观他人，偶尔会跟人有些互动。这样的生活让我保持着内心的平静。相比之下，在布赖顿的 6 个月里，我的生活中充满了繁忙的工作、跟室友的交集，以及在摄像机前没完没了地谈论自己的情绪。如今，我渴望放下这一切，渴望再次回到旅途的安适与平静之中。

　　好消息是，没过多久，我就告别了当名人的烦恼。不到两个星期，公众的视线就转移到新的电视节目、新的时事热点上去了。而对我来说，生活继续向前。"15 分钟热度"烟消云散，我又回归了普普通通的生活，变回一个平平常常的人，这前后的落差相当明显。跑马拉松那会儿获得的名气虽然不大，却似乎足够刺激我的身体分泌了大把的多巴胺，带来了强烈而持久的成就感，让我如痴如醉。凭着那股劲儿，你很容易就会觉得自己做什么都是无比正确的，觉得自己就是宇宙中心，来到地球上就是为了干大事。发现这种心态后，我意识到自己需要重新回归地面，否则哪儿还有心思踏踏实实地完成徒步旅行呢？

在网上，我也跟以前迥然不同了。我在社交媒体上一下子涨了好几千的粉丝，他们都是通过电视节目知道我的，纷纷联系我，要我给他们出主意。我发现自己每天都在跟那些素未谋面的陌生人讨论他们无比私密的经历和情感，但我既没专门学过怎么在这种情况下与人沟通，也没学过怎么有根有据地给人出主意。我在这种左右为难之中苦苦挣扎了很久。不过好的一面是，越是跟人们交流，谈论这些话题就变得越容易也越自然了。给别人讲我自己的一些心得，让我在之后自己状态不好的时候，也能试着用同样的话帮助自己。

聆听他人的经历和感受，让我更深刻地理解了别人到底都经历了什么。我很喜欢这种体验，于是开始琢磨是不是可以在徒步旅程中邀请一些人跟我一起走一段，边走边聊聊心理健康什么的。我第一个邀请的是心灵马拉松的另一位参赛选手萨姆。我的不少女性朋友都是他的粉丝，她们管他叫"最健康的那个"。我邀请他跟我在斯托克见面，然后一起走到埃代尔去——我把埃代尔定为下半场徒步旅行的正式起点。

我们在市中心碰了头。我意识到对于萨姆来说，一开始的这段旅程跟他想象中绿树繁茂的田园风光相去甚远。但之所以选在斯托克见面，是因为我徒步的上半场是在这里结束的，我想带着朋友从这里再次出发。

我向萨姆保证，只要走上一两个小时，就能看到"好风景"了。我的估计没错。开头的几英里相当乏味，但走到朗斯登时，我们身边已经只剩下了田野和树林，接下来只要一路向东前往利克就行了。我俩都算是从头到尾体验了一把当"15 分钟名人"的感觉，这次经历对我们都不一般，正好可以借此机会好好聊聊各自的收获。还有半个小时就要到利克了，不知怎地，萨姆开始变得寡言少语起来。停下来喝水的时候，他摆弄着手机，几分钟后，问我是否介意他坐公共汽车去麦克尔斯菲尔德拿些补给。我猜也许他是想自己待会儿吧，于是回答说我们可以分头去利克，在那里碰头后一起吃晚饭，因为他坐车到那里应该会更方便。萨姆同意了，接着我们就分头各走各的了。

很快我就到了利克，找到一家不错的酒吧，放下背包，要了杯酒，跟一个叫埃米的员工聊了起来。话题很快就聊到了我的徒步旅行，以及我为什么要做这件事。她来了精神，很快也打开了话匣子。看起来她跟我一样，聊起自己的心理问题已经像家常便饭一样习惯了，于是我们的谈话很快直入主题。

埃米跟我坦白，她正在与厌食症作斗争。我对厌食症知之甚少，跟她聊过后才渐渐了解到，患上厌食症的人并不只是单纯地想减肥或者想要完美的身材，它更多的是跟控制感有关。与厌食症联系在一起的是强迫性冲动和自我伤害的行为，这两样我倒也不陌生，尤其是在心乱如麻的时候。我忽然想到了萨姆，真可惜他不在旁边，错过了这场对他来说应该也很有意义的讨论。又过了一个小时，我打电话给萨姆，想知道他到哪儿了。电话那头，他气哼哼地说：

"我错过去利克的末班车了。"

"真倒霉。"我的回答也只是句废话。

打开手机地图，我查到有一条 A 级公路从利克直通麦克尔斯菲尔德。我告诉埃米，萨姆被困在那边了，谁知埃米想都没想就说："我去接他。"

下一个场景，就是我们三个人坐在利克的酒吧里，又聊了几个小时。聊完之后，我们都很受触动。埃米真可以说是把心里话都倒出来了，等到我和萨姆跟她告别的时候，她似乎已经想通了一些事情。也许她从未跟任何人这么深入地聊过这些话题吧，或许是当时我们聊天的气氛很轻松，对她来说相当难得，又或许是因为那个亘古不变的真理——跟我和萨姆这样的陌生人倾吐心声之后，大家就各走各的路了，再也不会见面，所以没什么好担心的。

然而令我惊愕的是，我们竟然真的再也无法见面了，因为一个更为悲痛的原因。两周后，埃米的一个同事跟我联系，问我能不能把当时在酒吧里给大家拍的合影发给他。我这才知道，那竟然是埃米生前拍的最后一张照片。就在我遇到她的第二天，埃米死在了一场车祸中。

埃米的死让我极度悲痛，这超出了我的意料。在认识她之前，我并不知道世界上有埃米这个人，然而仅仅是短暂的相识，我却感觉自己对她的了解比对生活中的很多朋友都要深。告别的时候，我看到生活的希望正在她面前展开，看到她已经原谅了过去对自己的那些伤害，准备翻开生活的新一页了。那时，她看上去多么满足啊。我想，从某种意义上说，离开人世之前能想明白一些事情，未尝不是件好事；但我忍不住又想，埃米已经准备好重新开始了，生活却再也没有给她机会。

第二天，我和萨姆翻过著名的蟑螂岭，步行到了巴克斯顿。停下来吃饭时，我注意到我们正站在很高的地方，能眺望到很远。我问萨姆他对我为了心理健康而徒步这件事怎么看。他说，当周围没有什么干扰的时候，他就会静下心来认真思考自己那些需要解决的心理问题，在户外行走似乎正是起到了这个作用。他感觉自己有了更多的内心空间去思考这些问题。我跟他想的差不多。置身于自然之中，周围别无他物，让我更能想明白一些事情，更能疗愈自己，更能理解和接纳自己内心中那些消沉和迷茫的想法。与之相比，有同伴一起徒步的好处是，我们不仅能进行这样的思考，还能把思考后对自我的发现向彼此讲出来，这样便有机会从内心深处与他人建立连接。那天，我们聊到了各自的很多想法，尤其是那些在家里无法静下心来思考的问题，关于未来、关于过去、关于父母、关于很多很多……当天的行走接近尾声时，我们好像在一天之间都变得成熟了一些。即使这种成熟并不是改天换地一样的变化，但至少我们都意识到了一点：对于那些很负面的东西，我们比自己想象的更有掌控能力。

萨姆从巴克斯顿坐火车回家了。接下来，又有一些新朋友加入，要跟我一起步行 10 英里去埃代尔。作家布里奥尼·戈登（Bryony Gordon）和她的朋友、模特兼心理健康活动家亚达·塞泽尔（Jada Sezer）以及一个名叫皮特·汤普森（Pete Thompson）的人从伦敦赶来见我。我在马拉松比赛那天见过布里奥尼·戈登，几个月前又在一次慈善活动上见到了她。至于皮特，我在 BBC 的体育网站上读到过他的故事。他最近成功完成了一项挑战，连续 44 天在 44 个国家跑了 44 个马拉松。得知他的这项活动是为了给一家心理健康非营利组织筹资后，我马上在推特上发消息向他表示了祝贺。你来我往地发了不少动情的话之后，他答应在皮克山区那段跟我一起走一天。这段时间，布里奥尼和亚达正打算公布她们的计划：只穿内衣去参加明年的伦敦马拉松，借此来宣传积极的身体观（body positivity），这又是一个我不太熟悉的心理健康领域。那一整天，她们俩只穿着内裤和胸罩，在一路上的乡间风景里享受着自拍的快乐。看着她们，你没法不钦佩她们为自身赋权的强烈意识——她们一定也清楚地感受到了自己身上的这股力量。

走了漫长的一天，来到埃代尔，我们4个人去酒吧吃了顿饭。过去这三天里，有同行者一起徒步，帮助我很快把心理状态从心灵马拉松调节到了之前的游牧式生活，也让同行者们尽情体验了迷你版本的徒步旅行。现在，我要回布赖顿为环游英国之旅的下半场做点准备了。

这段时间，我收获了一些看问题的新视角，身体也更强壮了。带着这些变化，我重新整理了行囊，在2017年6月离开了布赖顿，此时距离我从布赖顿码头出发已经过去了整整一年。坐了很久的火车回到埃代尔后，我再次独自一人，置身于茫茫荒野中，手里的地图指引着前方的路线。再次出发并无特别的仪式，普通得就像任何一个平凡的日子。就这样，我把过去6个月抛在脑后，专心注视着前方的路，向奔宁道走去。

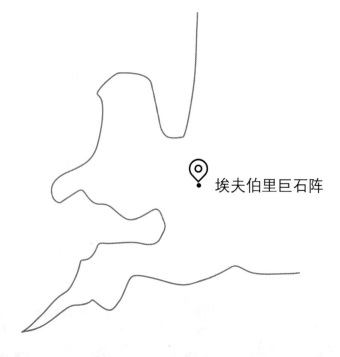

埃夫伯里巨石阵

回到旅途中的第一天，我就重燃了对大自然和户外生活的激情。接下来的日子里，我走在奔宁道上，沉醉在美丽的田园风光中，也会偶尔离开主路，到人迹罕至的周边地区，去看看林子，或是在溪流里洗个脚，然后静静地站在水中，感受大自然的能量笼罩着我。我知道这听起来很俗套，但事情真的就是这么简单——自然疗法再次起到了作用。一天又一天，一英里又一英里，就这样，过去 6 个月城市生活中积累的压力，随着时间和脚下的路，流逝到了脑后。

　　我继续向北，穿过西约克郡。不仅是皮克山区，包括途经的那些村镇，每天都会带给我欣喜。格洛瑟普和马斯登充满了《绅士联盟》[①]里的那种古雅和灰暗的格调，因此这两个地方也入选了我的未来居住地候选名单，这个名单已经越来越长了。西约克郡的人也让我越发喜欢。在咖啡馆里给手机充电时，我最喜欢的消遣之一就是听两个老太太东拉西扯地说个没完："所以我对露西说——你知道的，露西就是上次参加罗恩和伊莱恩的结婚纪念日自助餐时，穿了条漂亮的蓝裙子、用黄线缝

---

① *League of Gentlemen*，一部英国喜剧。

边的那个。特里给了她一些乳蛋饼之后，才发现她是个素食主义者。不过特里自己吃那些乳蛋饼确实也是太多了，他得盯着点他的胆固醇指标，去年的事真把他吓着了——好吧，不管怎样，我对露西说，放进那机器的钱必须不多不少正好，否则那机器就不会动……"这样的对话，俨然约翰·库珀·克拉克（John Cooper Clarke）的诗，虽然少了克拉克的讽刺味道。

走到赫布登桥镇的时候，我已经完全找回了徒步历险的感觉——虽然汗水浸透了衣服，浑身也脏兮兮的，但置身在广阔的自然中，行走在崎岖难行的路上，还是会不断撞见各种各样的小惊喜。我无意中发现了一座叫作"诚实箱"的小木屋，估计是个供徒步者歇脚的地方。木屋里放着不少好吃的——盛在托盘里的蛋糕、煎饼和新鲜鸡蛋，塞满了冰柜的冰淇淋，还有不同口味的茶和咖啡。木屋无人值守，付不付钱全凭自觉。这是我遇到的最充满邻里温情的地方之一，也很能代表这一带的地方文化。我在小木屋里盛了一大杯汤，给手机充了电，留下了几英镑。

继续上路。我这段时间平均每天走 14 英里，海拔高度变化有数千英尺，但跟过去相比，现在我对自己的身体显然是友好多了。在马拉松训练中学到的那些拉伸和热身技巧得到了充分利用。感觉到身体的哪一部分超负荷工作了，我就会停下来或者放慢速度，此外还会做一些拉伸。之前徒步的时候，我不够重视对身体的照顾，撑不住还要硬撑，结果受了伤，花了一个月才养好，往后我可不想再犯同样的错误了[①]。

---

① 此处的受伤作者在前文中并未提及，可能是指左半边身体的疼痛。

我以前可从没有过这么强的自我驱动力，也从未对自己这么悉心照顾。现在看来，长时间的徒步不仅改变了我的身体，也改变了我的心理。我变得更关心自己了，也更注意那些会影响自己的事情。我相信自己，头脑清醒，对生活和新鲜的经历总是充满兴趣。每天早上在帐篷里醒来，对即将来临的一天、将要遇到的事情、可能遇到的人，我都充满期待。

　　我找回了"这就是我要的生活"的感觉。这样走了一个星期之后，我收到了一封意想不到的电子邮件。这封邮件是"同心"组织的人发来的，问我是否有兴趣下周代表他们机构参加一个名为"冲向巨石"（Race to the Stones，简称 RTTS）的耐力跑活动。我本以为自己会谢绝这个邀请，因为我很高兴能重新回到路上，现在并不想做除此以外的任何事情。但我反过来又对自己说，做这件事似乎跟我出来徒步并不冲突，目的都是一样的。就像去参加马拉松一样，我也想试试自己能不能拿下这个挑战。经过一番考虑，我出乎意料地答应了他们的邀请。当时我还浑然不知，这是一次对身体和心理的双重挑战，为此我将经历人生中最难熬的三天。

　　"冲向巨石"是一项 100 公里超级马拉松赛，可以选择一天跑完，也可以分两天完成，参赛者要穿越古老的韦塞克斯山脊路。收到邮件之前，我甚至都不知道还有"超级马拉松"这种东西。但知道它以后，很奇怪，我也并没有被它的超长路程吓倒。在录制《心灵马拉松》的那 6 个月里，我已经对自己的长跑耐力变得相当自信了。在伦敦冲过终点线的那一刻，我意识到自己还想参加更多这样的比赛，不断晋级。"冲向巨石"正好是个机会。伦敦马拉松虽然跑得很艰苦，但让我无比惊喜的是，我真的能靠集中注意力最终克服身体上的疼痛——这是以前的我想都不敢想的。我甚至开始理解为什么有些人会跑步上瘾了——倒不一定是跑步本身让人感觉特别好（尽管的确会感觉很好），而是跑步让你有机会彻底惊叹自己的身体能力，充分激发出自己身上那些难以置信的潜能。我曾幻想在环游英国的旅行中跑几段路，但拖着硕大的背包，这个想法注定只能是白日梦。也许也是这种情结促使我去参加这次跑步活动的。这个时候，就算要我跑 200 英里，我也会欣然接受，因为我太想跑步了。

跑步路线的起点在牛津郡的卢克诺，终点在英国史前奇迹——位于威尔特郡的埃夫伯里巨石阵。这个巨石阵建于新石器时代，是世界上有记录的最古老的巨石遗迹，很多人认为它在古代曾是个具有重要宗教意义的场所。韦塞克斯山脊路是全英国最古老的一条路，它途经之地最能代表英格兰南部的乡村风光，有开阔的低地，大片连绵起伏的绿色山丘，连成一片、偶尔点缀着英国橡树的田地，以及尘土飞扬的马道——可以说是理想的长跑路线。

比赛要求大家赛前在卢克诺郊外的菲尔德农场会合。据说虽然也会有人从头到尾跑完全程，但考虑到地形和距离，大部分人都会选择跑步和走路交替进行。我们的团队计划在两天内完成整个路线：第一天完成 50 公里，晚上到大本营汇合，在那里吃东西，重新分组，补充睡眠。第二天，接着完成后面的 50 公里。队员们打算两天都只是步行，唯独我一心想要跑下来。

在这样的活动中拼命争第一其实真的没什么必要，尤其是想到结束以后，还有漫长的徒步旅行在等着我。但不知怎的，开始环游英国之后，我似乎有一种难以抑制的冲动，事事都想往前冲。跑完伦敦马拉松之后，也许是那块奖牌给我带来了飘飘欲仙的成就感，想要得到更多奖牌的渴望更是一发不可收拾。

我决定不坐火车，而是搭便车去参赛，这就意味着我能不能赶到赛场全靠陌生人的好心。以防万一，我给自己留出了整整一天的时间赶路。出发前一晚，我在加格雷夫附近的一个奶牛场扎营，就在运河旁的小路边，离大路有几百码远。我相当亢奋，把闹钟定在早上6点，盼着天一亮就起床，开始南下的旅程。

可能很多人都以为搭便车的习惯已经在英国消失了，其实不然。在徒步旅行之前，有好几年我都是靠着搭便车往返布赖顿的。虽然说不上是行家里手，但我对搭便车时举的牌子上该写什么，确实颇有心得。首先，字不能太多。最好是两三个词，让司机能一眼看全所有信息。最关键的是写清楚你要去什么地方，或者写出你要去的方向更好，这样笼统一些更容易搭到车。其次，你写的东西要让司机觉得你挺有意思，既平实又亲切，但也不要太刻意，这样可以让那些还有点犹豫的司机对你增加些安全感。要想用一个词来表达这么多意思，着实困难。怎么办呢？可以在文字里穿插些小涂鸦，比如一朵小花或者一个笑脸什么的。

那天早上，我决定把网撒大一点，把标语写得尽量简单明白。于是我在牌子上写了"搭车，去南方"，还在"搭车"的字母里加了一个心形图案。

来到路边，我开始研究站在哪里最显眼，这是决定成败的关键。你要站在一个合适的地方，让司机可以：

1. 从相当远的地方就能看到你。
2. 在车经过你以后，从后视镜里还能看到你一段时间。我过去几年里搭的很多车都是先开过我，然后再折回来的。
3. 轻松地靠边停车，不用担心会挡住后面的车。

最好的地点是在一段相对比较长、车也比较多的直路上，靠近比较明显的岔路口或路标。在 A 级路上是最理想的，但前提是要在一般人的工作时间。你可能会以为，早晚上下班高峰时间搭到车的概率更大，因为那时候车最多。但老实说，我从来没搭到过上班或下班的人的车。如果司机满脑子想的都是生活中最不轻松的事情——上班或通勤，他们就不太可能有闲情逸致去关心路边竖着大拇指的流浪汉。这也没什么错，我自己工作的时候，也不会为别人想太多，更别提是陌生人。

所以，如果你遇到的司机并不是在平时上班的路上，那就有戏了。我弟弟有一次在美国加利福尼亚海岸搭车，连续遇上的两个司机都是准备去参加葬礼的。按照我的理论，你就能知道这并不是多么惊人的巧合。那天晚上，他最后撞进了一个聚会里，遇到了卡西·阿弗莱克（Casey Affleck）和华金·菲尼克斯（Joaquin Phoenix）①。那可真是一段惊喜不断的搭便车传奇，可惜我没法偷梁换柱，把他的事儿强行塞到我的书

———————————

① 均为美国男演员。

里，何况我估计他还想留着写自己的传记用呢。这么说可能有点无情，总之，那些正在经历某些深刻的生命事件，因此正在思考人生困惑的司机，是搭车的最佳目标。他们要么正对某件事感到心烦意乱，刚好需要转移注意力，要么是对生活感到厌倦，但心态又比较开放，仍在渴望新的生活体验。如果载你的人正经历着痛苦的个人问题（这种情况真的不少），作为回报，我觉得搭车人也有责任做个倾听者，让人家倒倒苦水。到现在，至少有一点我是确定的：人都需要倾诉。在过去的一年里，我学到了一件事——跟陌生人聊天时，人们更容易敞开心扉。从这个角度讲，搭便车是一件双赢的事，短暂却无所顾忌的交谈之后，两个陌生人各有所获。

这一天的开始近乎完美。只等了五六分钟，我就搭上了第一辆车。在我所有搭便车的记忆中，这就算不是最快的，也差不太多了。当时我迎着车流站着，听到有车在我身后按响了喇叭，转身一看，是一辆老旧的黑色宝马，它掉了个头停在了我旁边。

"上车吧，伙计。"司机边摇下副驾驶座的车窗边对我说。他看起来很年轻，大约21或22岁，有点瘦弱，很友善的样子——看他的眼睛就知道他心地如此。

"非常感谢。"我说着，卸下了背包。

他叫内森。我猜在学校的时候，他属于那种表面放荡不羁但内心深处其实很善良也很有爱心的人。内森在部队当兵，路上给我讲了个部队里的惊悚故事，说是有一次在肯尼亚演习时，他被一只鬣狗弄醒，然后被硬生生拖出了帐篷。这也是搭便车的福利，你经常会听到一些不寻常的故事，有时还会听到一些不寻常的想法。不过，从搭完第一段路到下一次搭上车之间的那段空当儿让人非常心烦，想想看，下了第一辆车，你其实是被一个陌生人带到了一个陌生的地方，这跟迷路没什么太大区别，这时只能盼着赶紧再遇到下一个愿意载你一程的司机。

这正是我现在面临的情况，没别的办法，我也只有尽量让自己放宽心了。好在身后就有个服务区，经常有车从里面开出来。我举着那块用硬纸板做的牌子，等了 20 分钟，终于坐上了艾伦的车。

艾伦是那种一眼看不出年龄的人——看着他，我说不出他到底是 60 多岁但还相当精神，还是 40 多岁但已经经历了不少沧桑往事。他身材魁梧，总是一脸憨笑，因而不难数清楚他大概还有七八颗牙。那天他钓了一早上的鱼，所以车里装满了钓竿、渔网和其他用具。我以为他想载我一程是因为钓到了几条大家伙，正想找人炫耀一下。然而我错了，艾伦那天什么也没钓到，他帮我另有原因。

聊起来我才知道，艾伦确实是个有故事的人。他过去吸食海洛因上瘾，而且像绝大多数瘾君子一样，几乎失去了生命中所有重要的人。但又跟很多瘾君子不同，艾伦不仅成功戒毒，而且彻底改变了原来的生活。现在艾伦是个心理健康护士，专门帮助那些和他过去一样坠落深渊的人。他对戒毒知识说起来头头是道，充满热情。

很难想象艾伦深陷毒瘾的时候，是怎样为自己找到希望和出路的。不光是艾伦，对很多人来说，改变都极为艰难。但话说回来，如果真的能从谷底爬出来，无疑会给这个人的生活带来深刻的改变。那些吸食海洛因的人大多数都遭遇了很深的痛苦，但又找不到什么人能帮他们走出伤痛，于是就去向海洛因寻求慰藉。如果知道他们毒瘾背后的故事，就不难理解他们为什么会染上毒瘾了。

很多人觉得染上海洛因的人都是人渣中的人渣、垃圾、败类、一锅汤里的老鼠屎，差不多都是这种词。但为什么要把那些最绝望、最穷困的人看作社会的寄生虫呢？换一种环境，你也可能是他们。他们也有过童年往事，他们的记忆中也有难忘的美食，他们也有过朋友，也参加过别人的婚礼，也和你一样应付过生活中的各种小麻烦。像你我一样，他们小时候也很可能为数学作业头疼，也有最喜欢的 T 恤，也会回忆初吻，也会把深藏心底的秘密吐露给极少的人，也会做各种梦——美梦、噩梦……

生活中有无数经历，其中很多是个体自身无法掌控的。无常的遭遇、他人的影响，一点一滴改变着人们，打磨着人们，让他们成为现在的样子。这跟你如何成为今天的你、我如何成为今天的我，没什么本质的不同。下午 1 点钟，你走在小巷子里，看到有个人在那儿用针管扎进自己的手臂，注射海洛因，你可能会觉得他就是在自我放纵，就是身在福中不知福。如果你只是这么想，那么我会说，你并没有真正理解人类。你应该过去跟那些人聊上 5 分钟，这至少能帮你对人类多一点理解。也许你以为自己与那些流浪汉或瘾君子完全不同，但事实是，你跟他们并没有多少不同。每个人都是过去全部人生经历的产物，他们、你、我，都是如此。如果有一天，我也活得像他们一样——每天在尿骚味中睡着、醒来，顶着他人的耻笑想方设法寻找毒品，因为没有人、没有别的事情能安慰我内心的伤痛。假如这个时候有个人走近我，来跟我说一会儿话，就像对待任何普通人一样，而不是做出一个嫌弃的表情，然后若无其事地走开，那么我也许就会感到自己还没有完全被社会唾弃，还有机会成为一个有用的人，还有一线希望——用我仅有一次的生命，继续活下去，追求自己想要的生活。

这个世界真的需要艾伦这样的人——从最颓败的过去中走出来、变得更坚强的人。他这样的人会想尽一切办法去帮助那些仍在挣扎的人，他们知道自己曾让身边的人多么失望，他们会在别人已经放弃你的时候，继续守在你身边。有了艾伦这样的人，才会有更多人意识到，大家都是一样的，同属于这个社会，尽管人性并不完美，但仍然值得我们为之奋斗。

艾伦的车沿着 M6 公路一直开到特伦特河畔斯托克城外的基尔服务区，才把我放下来。为了送我，他显然多开了不少路。

站在服务区的出口处，应该不难搭到下一辆车——限速每小时 10 英里能给司机们更多的考虑时间。在他们经过的时候，我能跟他们双目对视几秒钟。如果你说我这是想让司机觉得不好意思，不得不停下来拉上我，那你算是猜对了。非常时期就要用非常手段，不管最后拉上你的是谁，只要保证他们拉完你不后悔，这个关系就算扯平了。

拿着牌子在服务区出口处晃荡了 10 分钟后，有辆老旧的菲亚特轿车经过，一个活泼的年轻女人从车里探出头，冲我喊了一声。她的一头蓝发吓了我一跳，让我一时没有反应过来她究竟喊的是什么。但看到她用手指着停车场，我就索性跟着车往那边走过去。就这样，我认识了丽莎和戴维。这是一对好玩又古怪的父女，他们一起出游了几天，这会儿正在回家的路上。

我立刻就喜欢上了他俩。丽莎从上到下充满了"正能量",而戴维则是全世界最悠闲自在的人。到家前,他们想停下来喝杯咖啡,问我想不想加入。"当然,嗯……但是,之后你们会载我一段,对吧?"我问。

我们三个人要了咖啡,找位子坐下。我觉得他们这一招还挺妙——让我上车之前,先一起喝杯咖啡,看看我是不是个变态。我跟他们讲了自己徒步环游英国的原因,而丽莎则坦白地谈了她充满挣扎的心理问题。让我震撼的是,她能在父亲面前如此自由地表达,他们的关系让我想起了我和妈妈。他们之间的说话方式让我意识到,他们不仅是父女,也是好朋友,可以无话不谈。

可惜的是,丽莎和戴维没能带我走得远一点,在下一个服务区他们就放下了我。像刚才高兴地挥手叫我上车一样,没走多少路,他们就又高兴地跟我挥手告别了。这样的搭车体验能帮我保持心情振奋,当然也挺好,但现在我开始担心时间了。已经快傍晚 6 点了,才走了一半路。我的心中萌生了一丝不祥的预感。

等了一个小时,什么也没等到。又一个小时过去,只有一个开车去布里斯托尔的嬉皮士送了我一张纸条,上面写着佛经里的句子,说这能给我带来好运。第三个小时,还是什么都没有等到。看来今天的连胜战绩到此为止了。一直等到晚上 11 点,我只好放弃。没戏了。

环顾停车场,我想着下一步该怎么办。不远处有一片草坪隔离带,将停车场和主路分隔开来,走过去有点费劲,但我还是爬上了那片草坪,卸下背包。背包落地的一瞬间,我突然感到心力交瘁,挫败和气馁的感觉接踵而来。我一边把包里的东西都掏出来，搭起"癞蛤蟆"，一边想着明天早上到底该怎么办。自认倒霉，然后掉头搭便车回斯基普顿吗？比赛开始时间是上午 8 点，就算定个早晨 6 点的闹钟，起来后立马就能搭到车，而且一口气开到目的地，也不一定能准时赶到。或者是不是干脆放弃准时参赛的奢望，就算晚点到，没准也能赶上队伍的末尾？这样想大概更实际一些，但我还是得很早就出发。

我一屁股坐到帐篷里。我现在在哪儿？我这是在干什么？想着这些，我简直难以启齿：这分明是在公路服务区里非法扎营，已经超出耍酷的范畴了。太不合适了，对一个号称要徒步环游英国并为慈善机构募捐的人来说，真的不合适。现在的我与其说是徒步旅行者，倒更像是个无家可归的流浪汉，虽然这个流浪汉还保留着一点自我管理能力。然而不管怎么样我都不想打道回府，否则赛前准备就都白费了。

我把闹钟定在早上 5 点，想着在服务区里好好睡上 5 个小时，然后就起床接着去搭便车。我知道这样很冒险——开始跑步前完全没给自己留出休息时间。

"等到都结束了就会好的。"我对自己说，"我会及时赶到，会跑完全程，然后一切都会好的。"

虽然免不了有些垂头丧气，我还是对自己说着这样鼓舞士气的话。然后，我从洗衣袋里翻出一些纸巾塞进耳朵，以免被路面传来的声音吵得睡不着。就这样，我老老实实地躺下，闭上了眼。

一觉睡到早上闹钟响起。关了闹钟，我一下子坐了起来，感觉就好像只睡了半个小时。我拉开帐篷拉链，一脸茫然地盯着眼前的停车场发呆。想到徒步旅行中那些美好的早上，一觉醒来不是身在田野，就是在林中或海边……对比现在这个……停车场，简直烂透了。收拾好了行李，我走进服务区的商店买了一杯咖啡，然后再一次往我最爱的出口位置走去。现在不到 6 点，离比赛开始还有两个小时。

一两分钟后，一辆汽车按着喇叭从我身边疾驰而过。我转过身，注视着它，带着楚楚可怜的感激之情。那车骑到了路肩上，亮起紧急停车灯。我用最快的速度跑上高速公路，赶到车旁，发狂一样地打开后车门，往里一看，前排坐着两个年轻的小伙子。

"大救星啊！"我欣喜地尖叫。

我把背包猛扔到后座上，一头钻进了车里。想不到我的运气这么好！但面对我接二连三的顶礼膜拜，那两个人却沉默不语，这让我的心里开始犯嘀咕了。也许他们想等我坐稳了再发动汽车？我一边这么推测着，一边顺手系上了安全带。车启动了，但随着车开起来，我立马就闻到一股浓重的甜味——那是我相当熟悉的气味，但在车里闻到这个味儿可不是什么好兆头。我立刻起了一身鸡皮疙瘩。是的，是酒味，而且不是刚打开的甜味起泡酒的味道，而是喝了一整夜酒以后，人身上散发出的那种很浓的、让人想吐的甜味。我向前探着身子，想看清楚这两个人。

"你们俩还好吗？"我问。

副驾驶座上的那个人没理我，但司机开口说话了："啊对不起……我，呃……"

这种场面我不是第一次见了，显然这个人喝多了。

"好吧，伙计，你靠边停车，我要下车。"我说。

"你什么？"

"对，我就是想搭一小段车，这儿就可以，你把我放这儿就行了。"我说着，心里却很慌。

他亮起靠边停车的指示灯，然后停在了路边。我猛地打开车门，抓起背包跳下车，砰的一声关上了身后的车门。

又一条关于搭便车的教训：不要一有人靠边停车就立马上车，不要强求自己抓住每次机会。如果觉得有什么不对劲的地方，宁可礼貌地谢绝，再去等别的车。

有一闪念间，我想过记下车牌号然后报警，但转念一想，还是算了吧，让我发愁的事比这着急多了。我再次站在了坚硬的路肩上，面对着高速的车流从身边呼啸而过。下一步怎么办？

我呆站在那里，真的没了主意。

可恶！

汽车一辆接一辆从身边疾驰而过，尖锐的鸣笛声响个不停。有个司机满脸怒气地瞪我，嘴里含糊不清地说着脏话。我转过头去看公路上方横着的标示牌，上面写着："注意行人，立即减速。"

我的心在短短几分钟里又一次沉到谷底，恐慌涌遍全身。太可怕了，我从头到脚都在瑟瑟发抖，从没像现在这么惶恐不安过。

汽车仍一辆辆地擦身而过，司机们按着喇叭，大声咒骂。我瞎逛着爬上了路边的带状草坪，朝着分隔道路的篱笆走去。篱笆隔开了公路和……谁知道那后面是什么。我在篱笆前停了下来，拿出手机，打开地形测量局的应用程序，找到了我的位置，然后放大，想看看篱笆另一边到底是什么。地图上显示出一片绿色的区域，看不到有什么等高线，说明那边是一片平坦的草地。这让我稍稍放松了一些。我卸下背包，用它和我身体的重量把一小段篱笆压低。虽然枝叶噼啪作响，但还好这道篱笆并不太厚，不到一分钟我就翻到了另一边。

仅仅是短暂地松了一口气，接下来我还是很迷茫，不知道自己身在何处，也不知道该怎么办。我花了几分钟再次研究地图，觉得必须往别处走走，再继续搭车。除了高速公路，剩下的只有一些弯弯曲曲的 B 级路，选项很少，但我还是尽量选择了一条希望最大的路，朝那边走去。我又气又恼，但同时，我也比以往任何时候都更加固执地想要到达比赛的起跑线——至少要让这场噩梦变得值得。

又穿过了几块田地和一两条小路，终于找到了地图上的那条路。我沿着这条弯弯曲曲的乡村小路走了好几个小时，每当有汽车从身后开近，就伸出大拇指去搭车。但随着时间一点点过去，搭到车已经变成了一个遥不可及的梦想。就这样，我一直走到了一条更繁忙的路上，时间已是上午 9 点，比赛已经开始了，而我离起跑线还远着呢。

不过，这反倒让我不用着急了。铁定已经晚了，索性专心于眼前。我继续沿着主路往前走，这条路连接着周围的小镇和村庄，一只烧得半焦的狗的尸体横在路边。唉，我已经对人类没什么兴趣也没什么指望了。这么走了几个小时，直到大概下午 2 点，前面有一辆汽车打起了紧急停车灯。我走过去，开车的是一对中年夫妇，他们指着后座示意我上车。我如释重负，感激涕零，终于再一次把包放到了陌生人的后座上，爬进别人的车里。

"我的天，太谢谢你们了。"我说。

"没事。"那男人说。

"你要去哪儿？"那女人问。

"我得上 M40 公路，把我放在那条路上随便一个服务区就行。"

他们并不是往 M40 公路的方向去的，但答应把我带到能让我上高速公路的交叉路口或环岛。我立刻欣然接受了。说真的，只要能超过我刚才每小时 3 英里的行进速度，就足够让我满足了。

我给救命恩人帕特和瓦尔讲述了之前徒步旅行时的一些精彩片段。

"有意思，"帕特说，"我上学时的一个老朋友做的事情跟你很像，不过我记得他是在跑步。"

不会吧？

"他不会是叫西蒙·克拉克吧？"

"就是他！你认识他吗？"

认识呀！我在脸书上关注了他，还在南威尔士跟他偶遇，后来他去布赖顿的时候就住在我那儿，我参加马拉松比赛的前一晚，他还打电话祝我好运。

帕特接着告诉我，当他得知这个老同学在做什么时，并没有感到惊讶。"他总是有点跟别人不一样，"他说，"我早就知道他早晚会做出那样疯狂的事情。"

不知道我的老同学是否也会这样说我。

帕特和瓦尔让我的心情好了很多。他们把我放在一个环岛边，从那里可以上 M40 公路。我重新折了纸板牌子，把上面的字改了——现在离终点已经很近，终于可以写上一个更具体的目的地了："搭车，走 M40 去卢克诺。"

半小时过去了，有很多车经过，但我一直也没遇到愿意停下来的车。又过了半个小时，一辆车在我旁边停了下来，我顿时激动起来。

"喂，你就是网上那个'黑狗'吗？"司机透过打开的车窗向我喊道。

"嗯……是的。"

"太棒了，老兄，你真是个传奇。继续加油哦！"他喊道。我还没来得及问他能不能载我，他就开走了。

又等了一个半小时，还是没人停下来，我越来越觉得这些人是要故意看我笑话。我走来走去、自言自语，甚至对那些假装没看见我的司机骂起了脏话。到了这个地步，我也不在乎别人会不会觉得我精神不正常了。很可能今天一整天都到不了起跑线了，一想到这个，我就已经要气炸了。

两个小时后，愤怒的劲儿过去了，我的每一个想法都染上了一种深深的灰暗的悲伤。这种感觉如此熟悉，我的心仿佛在说："你好呀，老朋友。"

根据我以往的经验，抑郁发作的时间往往是随机的，而且受到具体环境的很大影响。在某个时刻感到抑郁，到底是你自己的问题还是由客观原因造成的？判断这一点很重要，但也很难。难是因为抑郁会让人习惯性地把所有问题都归咎于自己；而说它重要，则是因为为心情低落找到合情合理的原因，能帮你意识到此刻该做些什么来帮助自己走出低谷。

还是那句话，这真的不容易。有些问题是无解的，比如，缺钱的问题只能用钱来解决。但是，如果你的问题是没有力气，或者总是昏昏欲睡，那很可能是因为饮食习惯不健康，或者是缺乏锻炼或睡眠，这种情况相当常见，它们总会让我觉得自己很丧或者很没用。在发现情绪消沉的背后是这些原因后，也就知道了应该怎样帮助自己调节心情。我也只是在最近一段时间才开始学着用一种尽量客观的视角去看待自己的内心活动的。当然，我不是专家，但我发现，有意识地调整自己看待事情的角度，用这种办法来应对低落的情绪，的确能够获得更多的掌控感。多少找回一些对生活的自主性，就让我的感觉好了很多。

现在我站在路边，满脑子都是人们最常说的那些丧气话——看看你自己，真是个白痴！你真的是什么事都办不好！你就一辈子都靠别人吧！然而，就在这些自虐式的责骂声中，我听到了一个细小的声音，那个声音平静而友善，让我镇定下来，告诉我一切都会好起来的，告诉我一旦有人愿意载我，此刻的煎熬就会结束，告诉我一定会有人来，只要再多一点耐心。

下午 6 点半左右，终于又有辆车在我旁边停了下来。司机是一个衣着整洁、职业范儿十足的年轻人。我从敞开的窗户往里看，虽然疲惫而沮丧，但还是强挤出一个笑容。

"谢谢你停下来，"我说，"你要去 M40 公路吗？"

"嗯，是的。"那人说。他看起来非常犹豫，好像需要更多的说服工作，才愿意让我上车。

"我要去卢克诺，如果你开不到那么远的地方，可以把我放在沿途的服务区，也算帮了我的大忙了。"

他"嗯"了一声，眼神里显露出内心正在进行思想斗争。一边是他很同情我，想帮我；但另一边，他也知道让陌生人上车有风险。看来我还得再加把劲儿。

"老兄，我已经站在这儿干等了好久了。你有点担心，我知道，我也理解。你就把我带到下一个服务区，之后就不麻烦你了。这样可以吗？"

他答应了，但很不情愿。我如释重负，坐进车里的一瞬间，感到从未有过的舒适。收音机里正在播放的都是跟"温柔"有关的歌曲，对这类歌我一向是一笑了之的，但现在舒服惬意地坐在车里，看着眼前的男子挺括的白衬衫和斯文气十足的眼镜，我感到四周萦绕着温柔的气氛，那感觉就好像好友的老爸在亲自给我开车一样。

他开了大约 6 英里，把我放到了服务区。我下车走到服务区的出口处，又一次举起了牌子——真希望这是我最后一次举牌子了。这次我看上去八成比之前更亲切了一些，因为只等了 5 分钟，就又来了一辆车。

司机招手示意我过去。我走上前问他："你去哪儿？"

"伦敦。"他说。

"你能把我带到卢克纳吗？"

"我不知道那是什么地方，不过只要顺路，让我把你放哪儿都行。"

感恩老天爷，终于让我等到了"真命司机"。煎熬的一天就要结束了。

我钻进车里，对司机千恩万谢。车重新发动——我上路了。闭上双眼，我感到沉重的压力正在慢慢地离开我的身体。

距离卢克纳还有一个转弯的时候，司机把我放在了硬路肩上——虽然我怕走硬路肩不安全，但至少这里不是最危险的 M6 公路 ①。我下了车，跳过路障，走下一个陡峭的斜坡，来到了公路下面一条安静的小路上。还要走 20 分钟才能到达目的地，但我已经不担心了。我走过了一片充满田园风光的地带，很快就抵达了卢克纳的菲尔德农场。虽然全身疲惫，但总算是到了，我多少还是有了些成就感。

我本以为起点处会很热闹，但此时的菲尔德农场就像是一座鬼城。已经晚上 7 点半了，空空的谷仓在前方隐约可见，像是古老的城堡墙壁。风中的尘土围着我的脚边打转，土地依然温热，似乎在证明今早确实曾有一大群人聚集在这里。我的搭车历险记结束了，这也算是一次难忘的人生经历……但在我第一次参加超级马拉松的前一天，这样的经历真的有必要吗？算了，但是话说回来，超级马拉松的起点在哪里啊？

我艰难地在农场里穿行，但是只看到停满了汽车的谷仓。有个穿着颜色鲜亮的夹克的男人，估计是服务人员。我走到他面前，那人见有人来，脸上浮现出一丝快乐的神情，虽然淡得不易察觉。看来他干着一份孤独的工作。

我告诉他我已经注册了比赛，又讲了我的搭车经过。末了，我说："总之，我花了 30 个小时搭便车，难以置信。"

---

① 英国 M6 公路的硬路肩交通事故频发。

"真过分！现在都没人愿意让人搭便车了吗？对了，我叫迈克。"他说，接着就带我朝起跑线走去。

他继续说："不过，已经没有路标了，他们把所有的路标都撤了，因为大家都已经出发很久了。"

看起来不妙。天光渐暗，我伸手去摸包里的头灯。看来我得通宵赶路，否则中途就没时间休息了，毕竟还是得吃点东西、打个盹什么的。我开始不安起来。为了缓解焦虑，我打开了话匣子，但没说几句，就又讲到了我徒步时经历的故事。到如今，我真的已经讲了太多遍了，以至于自己都觉得讲得过于熟练，听起来就像是编的，尤其是讲到自己的心理问题时，我的描述总是那么几句。但偶尔，如果听我故事的人自己也经历过一些黑暗的过去，我们的对话就会深入下去，转向完全不同的方向。很快我就发现，迈克正是这样的人，他也有一段痛心的往事。

迈克的儿子汤姆几年前去世了，他悲痛欲绝，无法承受失去儿子的痛苦。从那以后他的心理状态每况愈下，最后《精神健康法》把他送进了医院。用他自己的话说，他变成了"一棵植物"，"整天坐在那儿盯着墙发呆"。迈克的故事让我震惊，我很难想象，经历了如此巨大的伤痛之后，如今的他仍能这样专心投入当下，仍能快乐地交谈，真让我佩服。让人难过的是，太多时候我们只看到了事情的表面。

如今，两年过去了，坐在布赖顿的一家咖啡店里写下这段相遇时，我无法抑制眼中的泪水。刚刚我在脸书上给迈克发了条信息，想问他是否同意我在书里写他。我翻看他页面上的时间轴，才意识到迈克在我们认识大约一年后去世了。顺藤摸瓜找到了验尸官的报告，竟然真的发生了我最担心的事情：迈克是自杀的。我在社交媒体上找到了他的女儿，向她表达了我的哀悼，告诉她那天迈克的帮助对我而言意味着什么。我真为他难过，悲伤压倒了他。他是个那么好的人，那么善良，他身后的家人也一定在深深地怀念他。

那天晚上，我本打算把背包藏在篱笆里或别的什么地方（我怎么还是不长记性呢？），但迈克说那边没地方可藏。他跟我交换了电话号码，说他会保管好我的背包，保证安全。我从背包里拿了些东西，都是在路上要用的，但发现有个水壶不见了，估计是在路上落在谁的车里了。最后，我带了一个装满水的水壶、一盏头灯，还有手机和睡袋，朝标志着起跑线的那排树走去。因为没带背包，我只能把所有东西都抓在手里。

"路上有很多水龙头可以续水，你只要睁大眼睛别错过就行了！"迈克远远地冲我喊道。终于，在比赛正式开始差不多 13 个小时之后，我从起跑线出发了。

说实话，之前我只顾着赶路，根本没考虑过比赛本身，而且……我真的严重低估了超级马拉松的距离。100 公里——也就是 62 英里，大约相当于两个半马拉松。而且我要在黑暗中跑完前 50 公里。

不过当时我并没有被这些数字吓倒。也许是因为在路边竖着大拇指赶了两天的路，终于到了这里，终于能开跑了，这就足够让我开心了。我的全身上下涌起一阵阵热流，每一个细胞都在兴奋地尖叫。几声高声干号之后，我出发了。

类似这样的越野跑比赛，一般都会在沿路设一些标记和指示方向的箭头，防止参赛者偏离路线。但由于我起跑的时间比最后一批人还晚了半天，这些标记和箭头都已经被撤掉了，只能依靠路旁的交通标志，还有手机上的地形测量局地图。但我马上就意识到，不可能一直用手机，因为接下来的 36 个小时里没地方给它充电。我只好把手机切换到飞行模式，跟着 GPS 走。开头的五六公里是一片林地，穿过这片林地后，太阳开始落山了——没想到这么早。我毫无防备，漆黑的夜色让我一阵恐慌，忽然想起三天前的晚上搭帐篷时，我那盏头灯突然不亮了。我赶紧按了一下头灯的开关，想试试看它亮不亮，结果毫不意外——不亮。这回可真有的"瞧"了。在漆黑的夜色中，根本辨不清方向，更别说要跑 50 公里了。没办法，我只好停下来找地方睡觉，想等天亮了再跑。不过想想明天真的吓人——要在一天之内跑完全程。好一会儿，我无所适从，感到无比恐慌。幸好几分钟后，我沿着跑步路线来到了一片精心修剪的草坪。要是在平时，这样的乡村俱乐部一定会让我起一身鸡皮疙瘩，但这会儿看见它我却分外高兴，至少睡在草坪上比睡在光秃秃的地上舒服多了。快速环顾四周后，我爬上一辆被随便丢在那里的高尔夫球车，在上面铺开睡袋，随即钻了进去。这个夜晚很难熬，因为我的心里很烦躁，不过还是尽力让自己感觉舒服些，希望能很快入睡。但我终究止不住地思来想去，辗转难眠。想到这两天的波折，想到今晚只跑了大概七八公里，跟全程比起来根本就不算什么，想到明天得一口气跑完超过 90 公里的路。我都不知道以前有没有人跑下来过那么远，不过既然来了，就试试看吧。我拿出手机，又看了下地图，然后把闹钟定在了凌晨 4 点。

闹钟响起时，天还没完全亮，但黑暗的天空中有几小块已经泛出灰色，说明过不了多久就会有足够的光线让我继续前进了。在一片寂静中，我坐在那里，等着周围的风景在渐亮的晨光中显露出来。我呼出的热气在面前凝结成云雾。水汽结成小水珠，从睡袋表面慵懒地滚落。抑制住赖"床"的冲动，我很快就从高尔夫球车上跳下来，卷起睡袋，又做了几个开合跳，好让身体暖和起来。空气凉爽，有些许微风，正是完美的跑步天气。认真做了 10 分钟的热身和伸展运动后，我查看了地图，想看看应该朝哪个方向走。我自认为做这些步骤的时候显得相当专业，宛如定向越野运动队的队长，但遗憾的是一个队员也没有。真的要一天跑 90 公里，这也太疯狂了！但似乎有一股驱动力在指引着我，让我相信只要坚持不放弃，就一定能挺过来。这时手机电量已经降到了 39%，我抓起水瓶和睡袋，深吸了几口气就开跑了。

不是我吹牛，前 50 公里竟然不算太难。沿着山脊跑的好处是，大部分路途都很平坦，而且奇尔特恩丘陵风景宜人，广阔的林地和起伏的绿色田野组成了迷人的田园风光。这样的环境对长跑（好吧，真的很长）来说棒极了。另外，心态上的微妙不同，让我得以放松——既然总共要跑两个半马拉松，跑第一个的时候，总觉得心情比后面要轻松些。想起跑伦敦马拉松那会儿，跑到全程的一半时我也有过类似的感觉。对比起来很神奇，当时我感到自己还有很多能量没用上呢，但在布赖顿跑完半马时，同样的距离，我跑到终点时已经一点力气都没有了。这让我觉得，决定累不累的似乎不是绝对距离，而是相对距离，也就是——已经跑完的部分相对于全程占了多大比例。在意识层面，我知道这一天的运动量必将给我的身体带来巨大的折磨；但也许是为了帮我放松心态，我的潜意识后勤小队正在加紧工作，让我更关心相对距离而不是恐怖的绝对距离。

这个办法在头 50 公里发挥了神奇的作用，但到了中途休息的大本营，情况就不太妙了。我发现所有的东西都已经被收拾掉了。过去的 6 个小时里，我一直幻想着丰盛的食物和冷饮，但现在才发现，它们要么被吃光喝光了，要么进了垃圾桶。我已经吃完了身上带的三块谷物棒，一小时前喝光了带在身上的一升水。现在我又饿又渴又气又担心。如果一点食物和水分都不补充，肯定是撑不到终点的，到不了终点就没法搭车，那我就要被困在这里了！如果是在过去，此时我就会及时止损，四处找找有没有人在打扫大本营，想办法搭他们的车回起点，找迈克取回背包，然后该干嘛干嘛去。但今天，内心深处似乎仍然有个声音在对我说："只要坚持下去，就一定能完成比赛！"不过要继续跑下去，说什么也得吃点东西。

那边仍然有个工作人员，我走过去跟他解释了我的情况。也许是觉得我不好惹，那人飞快地跑掉了，说是去"看看能做些什么"。5 分钟后，他带回了薯片、巧克力派、两个冷的培根三明治和三升水。这下有救了。我一眨眼就吃光了所有食物，又喝了一些水，最后用剩下的水装满了水壶。谢过这位天使，在吃完饭的 15 分钟后，我回到了山脊路上，不过为了肠胃消化，我改为步行。

现在手机电量只剩 21% 了。虽然我还是相当自信能跑完全程，但不那么确信自己能赶上大部队了。很可能等我到达终点时，他们早就收拾好东西走人了。我甚至不太清楚组织方知不知道有我这么个人在参加比赛——我没在起点处注册，所以也没有拿到比赛号码。虽然我发了推特说我落在了后面，也@了组织方，但我也不知道他们会不会看到那条推文。看来我得关掉手机的飞行模式，查查推特，给我在"同心"的联系人索菲娅发个信息。估计她已经在我前面很多公里了，我得问问她能不能等我一下。发完消息，还剩下 15% 的电量，我又把手机调回飞行模式，接着就开始跑起来。

毫不夸张地说，接下来的 10 个小时，混合着身体的折磨和精神的错乱。4 个小时后，手机彻底没电了，我坐下来休息了一下，又接着跑。跑前 50 公里时脚上磨出的水泡，现在一个一个在鞋里被蹭破了，这导致我的速度减慢了一半。我感到全身的血液都涌到了双腿上，都用来跑步了，其他部分已经被掏空。更糟糕的是，我快热死了。

一个小时后，我一边跑一边做起了梦——这绝不是夸张。脑子里开始冒出各种想法，然后我就掉进了那些乱七八糟的想法里。我睁着眼睛就能看见那些想象中的画面，究竟是大脑里浮现出的异常生动的影像，还是纯粹子虚乌有的幻觉，我已经分不清了。我开始跟不在场的人说话，已经分不清什么是真实、什么是想象。身体里似乎有两个我，一个是曾经在二十几岁时爱上致幻剂的我，他很享受幻觉，很享受在幻觉里看到漫天飞的气球、过去一起上学的同学，看见各种动物和好玩儿的东西围着我转圈；但是还有另一个我，怕死，想要活下去，觉得这些幻觉很危险，十分担心。我放慢速度改为步行，磕磕绊绊地走着，终于累到四脚着地，瘫倒在了地上。平躺在跑道旁的草地上，我陷入了昏睡，睡得很沉很沉，以至于做了一个又一个完整的梦，有开头、有经过、有结尾……

不知这样昏睡了多久——也许是 10 分钟，也许是两小时，我醒了。我倒没有因为睡着而生自己的气，因为我确实需要休息。迷迷糊糊地发了一会儿呆之后，我终于想起了自己在哪里、做了什么、接下来要做什么。事到如今已经没法回头了，因为大本营那边肯定已经没人了，而且到终点比到起点更近。我站起身，再次跑起来——这是我现在唯一能做的事。

痛苦成了我前进的动力。又过了几个小时，我发现前面几百码的地方有两个人正在收跑道两边的绳子和标示牌。我立刻来了一股劲儿，向他们直冲过去。

"不好意思！这是哪里？"我上气不接下气地问。

两人面露困惑，就好像我在问他们现在是哪一年。其中一个人说："我们现在在斯米塞斯山脊路上，离终点还有大概 10 公里。你是什么时候起跑的？"

听到他这样问，我意识到自己身上没有参赛的证据——没有比赛号码。他们很可能会认为我没有提前报名，却想钻个空子混进比赛。算了，随便他们怎么想，我已经无所谓了。重要的是，遇到了撤标示牌的人，就说明我快要追上队尾了。还有 10 公里，我说不定不仅能赶上队伍，甚至还有可能超过几个人，不至于成为整场比赛的最后一名。

我加快了脚步。脚上的水泡已经磨烂了，但我尽量调整着跑步的姿势，来减缓疼痛。我赶上了三个身上挂着比赛号码的人！一阵激动涌遍全身。看得出来他们正在痛苦挣扎，我说了几句话给他们鼓劲，告诉他们坚持一下就快到了。我在伦敦马拉松赛上学到了鼓励别人的真正价值。

那一次跑到第 21 英里的时候，我的教练查利·达克带着他的跑团为我欢呼，那股热烈的气氛，就好像我是莫·法拉赫[①]，而他们都是我的狂热粉丝。每年马拉松赛，他们的跑团都会聚集在第 21 英里处为参赛者们欢呼鼓劲。

跑步时，人们真心地为他人加油和庆祝，这种无私的感觉让我爱上了这项运动。你的鼓励不仅能点燃他人的信心，给他们能量，更能让他们意识到自己是多么重要。背后有人支持着你，大家都那么热切地期盼着你的成功，这让你一瞬间充满了巨大的力量。所以，虽然腿已经快跑废了，我还是要挤出些力气来鼓励这些跟我一样跑在路上的人。

当埃夫伯里巨石阵出现在眼前时，我忍不住想要失声痛哭。巨石阵是个令人震撼的历史遗迹，但更重要的是，看到它就意味着已经接近比赛的终点了。最后的几公里，我超过了不少人，甚至包括我自己的团队——这令他们惊讶不已。当终点线出现在视野中时，我听到扩音器里传来一个激动的声音：

"他在那儿！那个晚了 13 个小时出发的人马上就要冲过终点了！"

我笑了。看来组织者还是读到了我在推特上发的帖子。冲过终点线时，陌生人们纷纷向我微笑、跟我击掌、给我拥抱。我高兴得要命，同时也真的一点力气都没有了。无论如何，完成了比赛，我终于松了口气。回想起来，我用 17 个小时跑了 92 公里。现在在写下这段经历时，我还是无法完全理解它——绝对没有下回了。那天我所经历的，还有之前发生

---

① Mo Farah，英国长跑运动员，在 2012 年和 2016 年连续两届奥运会上获得男子 5000 米和 10000 米长跑冠军。

的导致了这场经历的所有事情，以及我当时对自己的信心，所有这些因素集合在一起，组成了这个神奇的故事。

接下来的一个小时，我和"同心"队的队员们聚在一起，大家都很累，但很开心，陆续准备回家。我给手机充足了电，联系了迈克，去他那里取回了我的包，然后和队员们一起跳上一辆开往伦敦的小巴。我之前没计划过参加完"冲向巨石"比赛之后要做什么，但是很明显，再次上路之前，我必须得休息几天了。

14 爱情魔法

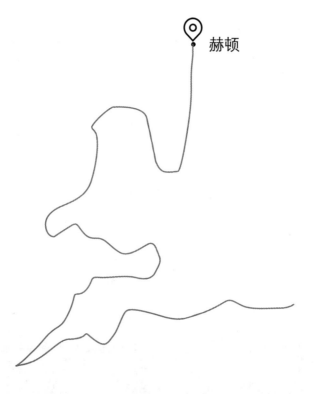

赫顿

漫长的车程之后，我在斯特拉特福德附近下了车，告别了索菲娅和队友们。抵达斯特拉特福德是在周一的一大早，我的计划是到我的好朋友弗里曼那儿住上几天，休息一下，然后周三坐火车回北约克郡。跟好友叙叙旧当然高兴，但抵挡不住比赛的劳累，到他家后没几分钟，我就躺倒在床上，昏昏沉沉地睡着了。我猜自己一定睡得比冬眠的熊还要深沉。

　　第二天，弗里曼上班前，我俩一起待了一会儿。他要求我继续卧床休息，但到了下午 3 点钟，我的腿开始不安分地想活动了。我翻着 Instagram 上的动态，发现我参加伦敦马拉松时的教练查利发了一条消息，说几个小时后，他的跑团要在肖尔迪奇区的王牌酒店地下室聚会。自打伦敦马拉松颁奖典礼之后，我就再也没有去过那里了。伦敦马拉松颁奖典礼是查利每年都会组织的一项活动，表彰跑团里那些参加了马拉松比赛的队员，庆祝他们的成绩和成长。在拍摄《心灵马拉松》期间，我和查利主要是一对一的个人交流，但在颁奖典礼的那个晚上，我看到了他在跑团面前作为团队领导者的一面。查利在 2007 年成立"全民跑团"，颠覆了人们印象中"传统"跑步俱乐部的概念，现在这个组织已经发展到拥有超过 500 名跑者的规模了。

那天晚上的颁奖典礼很精彩，充满意想不到的惊喜。典礼前，他们叫我把参加伦敦马拉松的感受写在一张纸上，和奖牌一起带来。我认出了几个在我跑到 21 英里处时给我加油鼓劲的人。就像在比赛时那样，他们再次充满热情地欢迎了我，对我表达敬意。我有点惭愧，感觉就我这两下子，没必要搞得这么隆重。那时候我还不知道这其实是这个跑团的文化，用查利的话说，叫"团队之爱"。我能感觉到团队成员之间那种隐秘的连接，就像是电影《搏击俱乐部》（*Fight Club*）的感觉，但更加积极健康，而且没那么暴力。那个晚上，我尽情沉浸在这样的团队氛围里。我的另一位教练，也是我后来的朋友舍维·拉夫和查利共同主持了颁奖典礼，为我颁发了奖牌。这次典礼虽然结束了，但我相信自己以后还会跟这个组织有更多交集。过去，我从没见过这样的社群，尤其是在伦敦。谁能想到就在同一条街上，我曾躲在自己的房间里，经历过一段最黑暗、最孤独的时光。跟跑团的队员们在一起，改变了我对社会的理解。重新上路之后，我也学着像查利和他的团队那样，经常去鼓励别人。

现在，躺在弗里曼家的床上，想到徒步旅行结束前大概不会再有机会见面了，我决定到王牌酒店去看看大家，顺便给他们讲讲我参加"冲向巨石"时的糗事。我猜他们比任何人都能理解我在这整件事中的感受。在王牌酒店见完大家，我又跟两个"小猎豹"分团的队员去跑了一个轻量级的 10 公里。现在查利的跑团人数庞大，所以每周的跑步活动又分成了七八个分团，让水平相近的人凑在一起跑。不仅仅是跑步教练，但凡有点常识的人可能都会对我这个跑疯了的家伙直摇头——刚花了两天跑完 100 公里，又要接着跑 10 公里。他们的想法没错，之前那 17 个小时差不多已经逼近了我一年的跑步量，我不应该再给身体更多压力了。但想到我平时每天徒步走的长度，10公里又真的不算什么，就当是恢复徒步状态的练习吧。

第二天，我上了火车，向北坐了很久到达斯基普顿，那是我之前搭便车出发的地方。乘坐公共交通工具回到之前徒步到过的地方，总让我有一种复杂的心情：我花了几周甚至几个月走完一段旅程，途中遇到了那么多人、那么多地方、那么多故事，而实际上同样的距离，乘交通工具只要一两个小时就走完了。

到达斯基普顿时已经是下午4点，走不了多久就该扎营了。我往城北的郊区走去，穿过陡峭的帕克丘陵，慢慢溜达到了山谷高街，那里古老的石头墙里圈养着一群脏兮兮的绵羊。我沿着这些石头墙又走了七八英里，在离赫顿还有几英里的地方找了个安静的露营地。

要我说，约克郡河谷是全英国最被低估的国家公园之一。在它最南端的克雷文区，有一些不同形状、大小各异的石灰岩巨石，它们似乎来自史前文明，矗立在广阔的绿色原野上，十分独特和神奇。

第二天一上午和下午的部分时间，我都躲在帐篷里避雨。之后我朝着赫顿走，在下午6点左右到了那里。在那儿，我无意间发现了一家很美的乡村酒吧，它的石头外墙被一层厚厚的常春藤经年累月地包裹住了，看上去好像已经在那个广场上开了几百年。我禁不住诱惑，决定进去享受一番。边吃晚餐，边跟当地人有的没的聊聊天——这已经成了我的习惯。

酒吧里的装饰朴实无华，简约的乡村风格正合我意。砖砌的壁炉被厚厚的煤烟覆盖着，火苗烧得正旺。房顶的横梁是一根粗大的橡木，稍稍有点打弯。墙上挂着几幅装裱好的水彩画，画的像是马勒姆山凹，那是离这儿几英里远的一处巨大无比的石灰岩悬崖。在酒吧里享受了一个小时的轻松惬意之后，我才想起该去找地方扎营了，于是收拾起东西，出门来到广场上。正准备往前走的时候，看到几个边走边打打闹闹的年轻人，大概都是 20 多岁的样子。他们的活力打破了乡村的寂静，很难不吸引我的注意，况且他们还跟我同路。就这样，我跟他们说上了话，并且异常自信地介绍了自己。一番标准的英国式寒暄之后，这些年轻人邀请我今晚去他们的小木屋参加聚会。就是在那里，我第一次遇见了莫莉。

很多东西对人的心理健康没什么好处，其中最被人们避而不谈的就是——爱情。当然，我承认，跟一个人心心相印、双双坠入爱河，是人生一大美事。但要我说，爱情带来的痛苦，远远比人们嘴上承认的更多。恋爱既能让人无比温暖、无比满足，也能让人无比担忧、心事重重——它让你总是忍不住去猜想，对方到底是不是在乎你，对方到底在想什么，对方是不是像你爱她一样爱你，这些钻牛角尖的想法不仅会折磨你，也会折磨你爱的人。然后你又会担心她会不会不堪忍受，想要去找比你更好的人……还没来得及彻底敞开内心，真正去了解对方，你的大脑就已经被胡思乱想、自责和嫉妒心占满了。

我也算是谈过不少恋爱了，过去的经历告诉我，如果你把自己的全部幸福都寄托在伴侣身上，是没法真正了解对方的，因为这种对于幸福的执念会扭曲你对她的认知。在这种情况下，就算一开始两个人是因为彼此深深吸引而走到一起的，过不了多久，这段关系还是难免会变得生硬和紧张。我并不是说这种生硬和紧张从头到尾都在损害两个人的感情，不过有些烦恼确实可能贯穿始终，而且我敢保证，在每一段关系里都会有一个阶段陷入这种状态。这种状态真的很难对付……实在太难了！

最大的问题是，对爱情，你不能使用逻辑。虽然我不相信真的有魔法存在，但爱情可以说是人类生活中最像魔法的东西了。那一瞬间，这个人的吸引力像魔法一样毫无预兆地迷住了你，你忽然无比地在乎这个人，全然忘记了周围发生的一切，全然忘记了任何牵挂，然而假如你又忽然意识到这样的爱情不该发生，一切就会变得无比痛苦。

我跟着这群年轻人向前走，经过一座又一座美丽而古老的石头小屋，在最后的那一座面前停了下来——这里就是聚会的地方。一路上，我努力跟这几个人套近乎——要想让他们对我这个陌生人有点好感，必须主动说点什么。但说什么能让他们喜欢呢？我也没有新主意，只好继续拿出老办法，搬出徒步旅行的那些见闻。先是扼要概述了一下我的徒步路线，接着又东拉西扯地说了些路上遇到的奇人趣事，这一番闲扯，应该足够在这群人面前树立存在感了，我心满意足，终于可以放下心来自顾自地走路了。

进了那座小屋，我在温馨小巧的客厅里找了张靠近壁炉的椅子坐下。就这样安静地看着人们聚会欢笑的场面，我觉得很舒服。温暖的炉火烤着我的脸，人们彼此交谈的声音充满了整个屋子。聚会的气氛既让人放松，又让人兴奋，可以说是达到了完美的平衡。

一个年轻女人走过来坐到我旁边，我转头看着她微笑。

她说："刚才有人说，你正在徒步走遍英国。"她看着我，等我的回话，壁炉里的火焰在她的眼里快活地闪动。她很美。

"是的。"我说，回望着她。

"太酷了！"

我忽然失去了反应能力。那一刹那，我的大脑一片空白，全部的注意力都被她带走了。也许有那么一两秒，我只是在一动不动地发怔。

"嗯……你叫什么名字？"我终于开口说话了，但仍结结巴巴的。

"我叫莫莉。"

"我叫杰克。"我说。

心里有什么东西被搅动着，一阵温暖的刺痛。眼前这个人让我觉得如此熟悉，好像我已经知道了她的很多很多故事，或者也许我只是迫切地渴望知道她的很多很多故事。

这就是爱情的魔法。我相信，关于爱情，关于生命，一定还有很多我们未知的东西。人与人之间的相互吸引，一定有一种我们无法察觉的、看不见摸不着的力量在起作用，它让周围的一切都为之震颤，似乎一切都被一种无形的电流击穿了。

几个小时过去了，我和莫莉一直坐在那里，有着说不完的话——关于我的旅行、关于心理健康、关于生活中的一切。跟她说话，是那么轻松、那么简单；听她说话，又是那么享受。当我说起自己对各种历险和新的体验充满热情时，她的眼睛也在闪闪发亮，就连一旁壁炉里的火焰也黯然失色。我感觉得到，我所说的那些激情也是她想要寻找的东西。虽然谈话引人入胜，但我的内心活动却要混乱得多。从一个话题跳到另一个话题的间隙里，每一个短暂沉默的时刻，我都在热切地凝视着她，她的眼睛，她的嘴唇。我越来越强烈地渴望着她。

又过了几个小时，参加聚会的人纷纷离开或者分散到了小屋的周围，还有一些去了花园。屋子里只剩下几个人，显然都还沉浸在热烈的交谈中，早已忘却了时间已到深夜。这时，莫莉变得比刚才安静了，若有所思地凝视着炉火的余烬。她的眼神如同月光下的池塘，平静而又充满了生命力。一阵短暂的沉默之后，我意识到自己正盯着她看，于是转移开目光，顺着她的视线向火堆望去。就在那一刻，她突然打破安静，开口说话了。她的话立刻让我的心都碎了：

"我有男朋友了。"

我整个人都不好了。这个消息来得真不是时候，但也可以理解，毕竟刚才聊了那么多，我却一直没有勇气问她是否有男朋友。事到如今，莫莉大概已经察觉到了我俩之间的某种魔力，觉得需要把事情说清楚了。

"哦。"我说。

从开始交谈到现在，头一回，我们都感到了尴尬。然而，此时我们两个都已经喝了很多酒，于是就按照喝醉了的人独有的方式继续着交谈——换个话题，假装什么都没发生。这个办法多少起到了作用。

随着炉火渐渐熄灭，我们又聊到了各自的家人。莫莉给我讲了一些她很少对别人说的家庭故事。因为我也有过类似的经历，所以我的回应让她感受到了深深的理解和感动。我们静静地坐着，目光一次次交织在一起。周围的一切都在震颤，我们的手触碰到了彼此。我预感到了将会发生什么，但已经停不下来了。她紧张地眨着眼睛，深吸了一口气。

"今晚你会留在这儿吗？"她问。

我的心脏似乎骤停了一下。我看了她一秒钟，房间里只有我们。

"嗯。"我说。

我们慢慢地站了起来，手指仍然交缠在一起。走上楼梯，在我们经过的地方，空气中似乎有亿万个微小的炸弹在不断地炸裂开来。到了我放东西的房间，我放开了她的手，轻轻地打开门。莫莉紧张地呼出一口气，走了进去，仿佛是经过身体和内心的斗争之后，终于顺从了身体的召唤。我忽然有些犹豫，但接着就跟着她进了门。门在我身后关上了，房间里，我们静静地对视着。莫莉看起来有些害怕了。我们不该这么做。但她还是闭上了双眼，把头靠向我。我有些喘不过气来。我们的嘴唇触碰到一起，那短暂的一瞬，仿佛两个人的身体都因一股愉悦的震颤而彻底舒展开。紧张的肩膀渐渐平展，我闭上眼睛，伸出手，渴望抚摸她的脸。但莫莉停住了，她猛地向后退缩，把头埋在了双手中。

"我不能……"她摇着头说。

我看向别处，担心我的目光会让她感到压力。我知道她正在内心中与自己搏斗。尽管整个晚上我们的目光都无法从对方身上移开，但此刻，我们再也无法直视对方，连一秒钟也做不到了。我多么渴望在这个夜晚，她能留在我身边，但内心深处我们都知道，这不可能。必须踩刹车了。我看得出来，如果我们听从了欲望，只会给她带来悔恨。于是，就像是忽然用冷水泼醒了自己，我强迫自己恢复了理性。莫莉轻轻地离开了房间，我一个人坐在失落和孤独之中。我们做了正确的事。

几小时后，我从睡梦中醒来，楼下传来了煎培根的味道，还有窸窸窣窣的说话声。房间里充斥着柔和的光线，看来今天有些多云。我伸了一会儿懒腰，然后穿上衣服，下楼去加入其他人。

　　大家都坐在花园里。晨光中，周围的环境比昨晚更加清晰可见。远处有一座像是石灰岩质的石桥，横跨小溪，溪流一直伸向村子北方几英里处的马勒姆山凹——昨天我看了地图，记忆中是那个方向没错。面前的风景有着经典的英格兰特色，很适合拍古装剧。

　　我四处寻找莫莉，想知道她有没有真的留下来过夜——她说自己住得很近。有个好人买了一堆培根和香肠，还给每个人都倒了茶。这会儿大家都萎靡不振，早餐正好提神。我吃了一份加了棕色酱料①的香肠三明治，跟一个嘴里散发出 10 种酒味的家伙聊了 10 分钟，内容相当乏味。时不时地，周围人会向我投来困惑的目光——好吧，我看出来了，他们在努力回忆我到底是什么人，为什么会出现在这里。

　　看来是时候走人了。我冲回睡了一晚上的房间，收拾好东西，确认把全部家当都扛在了背上之后，就出门跟大家挥挥手，悄悄地、不是很有底气地告了别，还不忘小心翼翼地躲避四处散落的空罐子和碎瓶子。但穿过前厅时，我发现还有一群人聚在一起，正在投入地交谈，每个人都向前倾着身子，专心地听着某个人说话。那个人好美，虽然看上去有些不安。是莫莉。毫无悬念，她看到了我，我跟她比画着，意思是我要走了。莫莉起身跟着我一起走到了房子外面，她双臂交叉着，仿佛在给自己一个安慰的拥抱。她在我的眼里更美了。她的眼睛那么迷人、灵动，闪烁着光芒，仿佛昨晚炉火的余光不知何故被困在了她的眼睛里。红发

---

① brown souce，一种英国和爱尔兰常见的调味料，呈深棕色，混合了番茄、糖浆、枣、苹果、罗望子、香料和醋等。

披肩，几缕不安分的秀发优雅地落在她的脸上。

看到我，她显得发自心底地高兴，这让我松了一口气。

"早安。"我说。

"早安。"

"你睡得好吗？"

"还不错。"她说，"你呢？"

"还行。"

我们对视了好一会儿。"对不起，我不能多待了，今天还要走很多路。要是现在不走，等一会儿昨晚的酒劲上来，我想走也走不了了。"我说。

莫莉点了点头，接着走过来用双臂搂住了我。我喜欢她身上的味道，那好像是一种好闻的香波，加上昨晚靠着壁炉沾上的一点烧焦的煤烟味。拥抱的那一刻，我用全身心感受着她。然后我放开了她。

"那么再见了。"她说。

"嗯，再见。"我说。

我觉得自己不该离开，但又找不到留下的理由。我不可能问她愿不愿意跟我走，尽管那是我极度渴望的。转身离开时，一种可怕的感觉在我的心中蔓延开来——也许这一刻，我错失了一段无比珍贵的感情，永远地失去了这个机会。我曾有过这样的设想，觉得在环游英国的旅行中，也许能找到"真命天女"，但这种想法更像是个天马行空的浪漫爱情故事，而不是实实在在的东西。此时此刻，我感到莫莉很可能就是我在找的那个人。我犹豫了一秒，但没有转身。就这样，我沿着大路走出了赫顿，再也没有回头。

　　接下来的几天，我穿过了一片又一片丘陵和山谷，这段路真是奔宁道上最精彩的部分。佩尼根特山一带风景很好，我四下眺望，不禁回顾起已经走过的旅程。在过去的一年里，我经历了许许多多意义重大的时刻，直到现在，才看到它们之间奇妙的联系——那些时刻互为因果，没有一件是完全孤立的。我忽然第一次意识到，也许我并没有像自己以为的那样掌控着一切，也许是别的什么力量在指引着我，某种非物质的力量，甚至是超自然的力量。我回头看向过去发生的一切，努力想看清那只指引着我的手。我历数着那些给我带来深刻顿悟的经历——它们改变了我对自我和世界的认识，改变了我的心态，也激发了我身体中不可思议的潜能。前一段时间我在想，这次徒步旅行不只是我的个人传奇。它也许的确是一个挑战，等待着我去完成，但它本质上更像是一次改变自我的机会。我打开自己，让旅途中的人和各种经历影响我，改变我。但如今，当我走在奔宁道上，穿过这些村庄、田野和山川时，我的想法再度改变了。我不再那么欣喜地觉得这一切都恰到好处，觉得自己终于看清了这一切的意义。相反，现在我感到，面对自己所经历的一切，我仍在追问着"是什么"和"为什么"，仍在寻找着答案。

　　几天过去了，我对莫莉的思念依然挥之不去。虽然相遇的时间短暂，况且一切都似乎表明，那只是一次浪漫的午夜邂逅，但直觉仍告诉我，事情不止那么简单。我们没有交换电话号码，我甚至都不知道她姓什么，所以不可能再联系上。但我总是有种预感，我们还会再见。日复一日，我继续心无旁骛地走在路上，内心中却越发相信，是命运让我们在那一晚相遇的，命运还会让我们再次相遇。

独自行走了 8 个月之后，我第一次感到了孤独。孤独感给了我重重的一击，让我觉得无处可逃。遇到莫莉后，我意识到，在独自生活了这么多年之后，我终于再次想要让一个人进入我的生活了。我备受煎熬地想她。为什么会这样呢？我们仅仅在一起度过了一个晚上而已。

我花了两天时间走了 23 英里，沿着奔宁道来到了霍斯，然后改变路线，沿着主路向西走了 25 英里，离开约克郡，朝着湖区小镇肯德尔进发。离开约克郡让我心情复杂。一方面，约克郡的好名声货真价实——这里的人的确相当亲切好客，也很有趣；但另一方面，在约克郡行走的这段时间里，我开始重新理解这次徒步旅行，或者说，我放弃了过去的理解，这让我有点迷茫，情绪也多少受到了影响。除了徒步本身能分散注意力，没有什么能帮我调节心情的东西。我开始陷入思绪的旋涡之中，甚至对周围的风景都有些心不在焉了。这太不对头了，要知道，约克郡河谷有着全英格兰最美的风景，只有在这里，你才能看到布满石灰岩的荒野上那奇妙的渐变色彩。每当我停止反反复复的思考，抬起头来认真享受眼前的风景时，仍会感到无比幸运——像这样体验英国的大自然，真的很棒。无论是从政治的意义还是从历史的角度，我从未对自己身为英格兰人感到特别的骄傲，但当我走在乡村路上，用脚步丈量着英格兰的土地，我不由自主地感到了深深的自豪。这种想法让我更加期待，接下来走到湖区会见到什么样的风景。天气预报说这一周都会下雨，我不想扎营了，于是开始寻找能让我留宿一两个晚上的人。

大约一周前，有个叫伊莎贝尔的女人联系了我，说她的房子在塞德伯，我可以住在她那里。我和她通了电话，听声音感觉她人不错，于是感激地接受了邀请。她一个人住在离市中心步行大约 15 分钟的一片住宅区里。见到她的第一眼，我就感到她非常有吸引力，金色鬈发垂到肩头，一双含情脉脉的眼睛，笑起来很美。我们在她后院的花园里吃了晚饭，在傍晚昏黄的阳光里，她的美貌简直如同仙女下凡。对我说话的时候，她的眼睛总是闪烁着光芒。我开始不由自主地想，她邀请我来家里，是不是因为她也很中意我的外表呢？我们走进她那铺着舒适木地板的房子，在客厅里，我冲动地拥抱了她，然后凑上前去吻了她。她开始有些害羞，这让我觉得自己大概误解了她对我的意思。但没过多久，我们就开始充满激情地接吻，撞上了桌子和书柜，最后倒在沙发上。那种与另一个人如此亲密的感觉难以形容，肌肤紧紧地贴合着，身体紧紧地拥抱着。

　　那是个激情的夜晚。但第二天早上醒来后，我只感到内疚。我知道，我是把对莫莉的渴望投注在了伊莎贝尔的身上，这么做真的很糟糕。为了满足自己的欲望，我没有考虑另一个人的感受，这已经不是第一次了。也许伊莎贝尔对我的期待并不仅限于身体，也许我头脑一热，说了很多不该说的话，让她误会了我——那些也许是我想对莫莉说的话。我不敢再想下去了。我没有给伊莎贝尔应有的尊重，而是用她来满足自己对亲密的渴望，被自己的欲念蒙蔽了双眼。我真的很对不起她请我到家里来的真诚。

　　让我进入她的家，伊莎贝尔比我承担了更多的风险。面对她的信任，我的所作所为让我很羞愧。但事已至此，无法挽回了。一段时间以后，我给伊莎贝尔发了一条道歉的短信，但再也没有收到过她的消息。

水箱危机

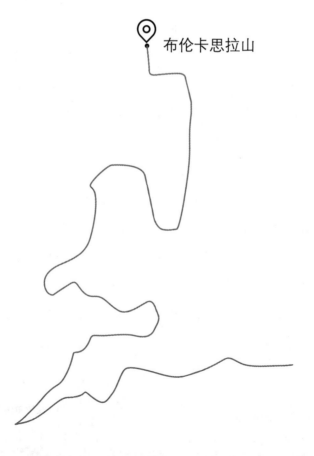

布伦卡思拉山

最近的这些交往，让我陷入了迷茫和困惑，现在又增加了一层深深的负罪感。我需要把注意力转移到别的事情上去，于是给朋友柯克打了电话。他一周前联系我，说想从坎布里亚开始跟我一起走一段。我问他有没有特别想去的地方，他说想去北部的丘陵，爬上斯基多山附近的布伦卡思拉山。柯克 13 岁时，他的父亲死于一场直升机坠毁事故，骨灰被撒在了斯盖尔斯冰斗湖中，这个湖位于布伦卡思拉山的一侧。我问他为什么家人会决定把骨灰撒在半山腰上，柯克骄傲地告诉我，他父亲生前喜欢悬崖速降，最喜欢的活动就是把绳子套在背上，爬上以危险著称的布伦卡思拉山的尖峰，脸朝下玩速降。我告诉柯克，如果他答应不带任何速降装置，我就和他一起去爬尖峰。他满口答应了，接着就放下了手头的所有事，借了辆车，一溜烟地开了 300 英里来找我。

拍摄《心灵马拉松》那会儿，我在布赖顿跟柯克住在一起，那是我第二次住在那座房子里。我离开后没多久，那座房子的主人把它卖了，让所有房客都退了租。柯克和其他几个室友都被房东赶了出去。那个温馨的小窝里有我们很多年的美好时光，但很快它就要变成学生宿舍了。

柯克他们几个，还包括之前那些年在沟渠岭那座房子里住过的人们，正在准备一场盛大的告别派对，时间恰好与柯克来湖区找我的时间挨着，于是我们商量决定，柯克先开车来找我，我俩在湖区好好享受一天，然后再一起开车回布赖顿参加那场聚会。这之后，我会乘坐旅游巴士返回肯德尔，继续之后的旅行。如果是在以前，我会觉得在徒步旅行中乘坐交通工具有作弊的嫌疑，那时我把徒步看作一场非常严肃的挑战。但走到今天，我已经不那么较真了。这场挑战已经成了我生活中的一部分，就好像如果我有一份稳定的工作，而这时有人邀请我横穿英国去参加一个活动，我就会暂停工作，出来放个假。尤其是现在，我真的需要停几天，释放些压力。内疚、孤独，以及更深处的似乎与生命意义相关的迷茫感，正在挤压着我。的确，如今行走已经成了我的"新常态"。它带来了无数的快乐和拷问灵魂的成长，也锻炼着我的体魄；但同时，我现在的日常生活中的一切压力，也都多多少少跟徒步旅行这件事有关。我想到了自己住在东伦敦那会儿，陷入压力却停不下来、最终身心俱疲的下场，觉得现在的徒步旅行也是一样，要时不时地停下来缓一缓，否则一样会身心俱疲。

放下压力不那么容易，尤其在一开始，你会觉得这意味着自己老实地接受了失败。但仔细想想，如果你真的觉得有什么局面难以应对，那么暂时跟它拉开距离，并不能算是失败，而更应该算是一种生存技能。自从 2016 年 3 月我的心理状况达到一级警戒水平之后，我就学到了一点：如果感到有压力，那就是身体在提醒我——有危险。在东伦敦的最后几个月，沉重的工作压力让我喘不过气来。我的头脑里一片迷雾，生活习惯又乱成一团，根本就做不好当时那份管理酒吧的工作，该交的报告不能及时交，重要的文件也没有妥善保存——总之，只是一直在勉强应付而已。我当时唯一的想法就是：像这样总是赶不上要求，怎么可以再给自己时间放松呢？但回头看来，恰恰是那种想法害了我，真是大错特错。我当时想，如果再给自己时间放松，不去想工作，那工作就更做不完了。但现在看来，实际上，如果我暂时先不去过度担心工作，而是停下来照顾好自己的身心，可能反而会变得更有条理，更能想清楚应该先做什么、后做什么、怎么做最高效。一旦认清了这个道理，我们就有责任帮助自己去判断危险到了什么程度，应该相应地做些什么。举个例子，假如我感到有压力，但仍能管理好手上的工作，能够在工作中做出正确判断，也能够在生活中感受到乐趣，那么这时危险的级别就是中等。在这种时候，的确可以再多坚持一下，因为一旦顶住压力、获得了期待中的成就，就证明了自己的实力，从而大大提高自信心。然而，假如我已经到了恐慌的程度，感到被四面夹击、局面已经失控，那么我就应该意识到危险已经相当严重了，必须放慢脚步，重新调整，这时就得考虑先从危险的处境中撤离。

想象一下人处在压力中的感觉，这时你身上所有的肾上腺素和皮质醇都在飙升，它们就像拉响了的空袭警报，警告你炸弹就要掉下来了，应该赶快去躲起来。大家可能都会说，面对枪林弹雨，当然不能一动不动、固执地站在那里等死。换句话说，临时找个地方躲避被炸死的危险，等到袭击结束再出来，并不能算是失败。承认一个人不可能彻彻底底控制自己的情绪，才能更实际地去处理自己所面临的困境；而在这样的危急时刻做出对自己有益的选择，也证明了自己对局面仍有一定的掌控力。

尽管最近跟莫莉和伊莎贝尔的事还没有让我达到一级警戒，但对我的影响很大。我想好好珍惜这个短暂回家和朋友团聚的机会，到老朋友那里去寻找我现在无比渴望的友爱和亲密。

　　不过在那之前，我会和柯克先在湖区待几天。我在肯德尔市中心找到了一家昏暗的酒吧，天花板很低，墙壁很暗，灯泡也坏了。进了酒吧，我点了一杯茶，然后舒服地窝在最里面一个安静的角落里，那里有个霉味有点重的隔间，我就在那儿等着柯克。等待的那几个小时里，大部分时间我都在脑海中回放着过去几天发生的事情，再次无法控制地想到了莫莉。她现在在做什么呢？我真想继续跟她待在一起，想更多地了解她，想再次感受相遇那晚的那种电流般的激情。一不留神间，我发现自己竟然已经在查看去找她的火车票的价格了。我需要控制住自己。接下来的几个小时，我把注意力转移到了看书和听播客上——做什么都行，只要能让我不去想她。

　　柯克终于出现在了门口。他被雨淋湿的头发和身上的黄色雨衣看上去十分性感，一如既往地有型。看得出来，开了那么久的车，他已经有点烦了。于是我提议先喝一杯，歇上一个小时再出发。几小杯便宜的麦芽酒下肚，柯克说，他离开布赖顿之前为我俩在白马客栈预订了一个房间过夜。这家客栈位于布伦卡思拉山脚下，距此地差不多有 30 英里，就在主路边上，是供人住宿的简易宿舍。我最近这么心不在焉，以至于根本就没有考虑过晚上睡觉的问题，可能我默认了我俩一起挤在帐篷里就挺好。但老实说，以我对柯克的了解，挤帐篷他是绝对不会答应的。我和柯克是在 2010 年春天认识的，我们有个共同的朋友保罗。当时在布赖顿，保罗和我正在为一支新乐队招募成员。柯克当时在布赖顿的另一支乐队当鼓手，被别人推荐给了我，说他很像克鲁小丑乐队的汤米·李（Tommy Lee）。跟他排练了几次之后，我觉得这个说法确实挺贴切的。

柯克的身上绣满了文身，人长得相当帅，难免让人羡慕嫉妒恨。但他并不靠脸吃饭，经过几次排练，我们发现他的节奏感非常好，而且很有爆发力——正符合我们的要求。后来，乐队又录用了丹作为贝司手——前面已经说过，丹是我的莫尔登老乡，徒步到南安普敦时我曾住在他家。最后我们又找到了另一个朋友作为第二吉他手，就这样组成了一支五人乐队，起名叫"死亡乐队"。我们这支朋克摇滚乐队的特点，就是快节奏和响声震天的演出。但让人伤心的是，我们一直处于演练阶段，从来就没有走出过排练室。

我们从未正式登台演出的原因，还要从排练室说起。当时我们在一个叫284工作室的地方排练，那是一个破破烂烂、有点像是非法建筑的地方，就在布赖顿的路桥桥洞底下。我们都很喜欢那个地方，因为那里的房东从来不管我们——喝酒抽烟都随便，想待到多晚都行，只要临走时记得把门锁上。这样一来，我们每次排练都会喝得酩酊大醉。虽然最初确实做了几首相当不错的歌，但喝多了以后，我们就只是反复练习同一首歌，因为大家都说这首最带劲，最适合喝高了以后演奏……

柯克和我倒是很快成了相当铁的朋友。决定徒步环游英国之后，我只问了他一个人，愿不愿意跟我一起走。虽然他当时并没有搞明白我在说什么，但后来还是答应跟我走一段，我当然很高兴。

喝完杯中酒后，天已渐黑，该出发了。我们沿着A6公路一路向北，驶向凯西克。起初一切都很顺利，柯克选好了在路上听的歌单，是我们都很喜欢的乐队的一张专辑。我们按照过去的习惯，在开车的路上一边跟唱，一边比画着打鼓点。但好景不长，开了几英里后，柯克发现车的引擎开始发热。这车是向我们在沟渠岭的室友杰丝借的，柯克显然对车况一无所知。为了不破坏气氛，柯克向我保证他会"密切关注"，却回避了真正的问题——这辆车没有购买道路救援服务，如果真的出了故障，那麻烦就大了。

倒霉的是，湖区这边坡道很多，而我们这一段正好要爬坡，导致发动机转速过快。大约15分钟后，仪表板上的警报灯就像老虎机一样，疯狂地闪了起来。现如今，故作轻松是不可能了，我们真的开始担心了。开上一个特别陡峭的山顶之后，柯克觉得应该停一下让引擎降降温。我们把车停在路边，关掉了引擎。站在这个地方，能感到山顶的劲风从四面八方吹来。这里的风比我们刚刚离开的肯德尔大很多。在地平线的尽头，天空一侧是深沉的宝蓝色，另一侧已经漆黑一片，面前的大地也尽是黑暗。柯克似乎忘掉了过热的引擎，他意识到我们已经身处一个真正与世隔绝的地方，若有所思地说道："这种地方只适合两件事——埋死人和打野战。"

这么说虽然有些夸张，但也不无道理。在这个前不着村、后不着店的地方，引擎坏了，还没有道路救援，我们一下子看清了眼前的现实：看来今晚真的要被困在山顶上了。

"好吧，干起来。"柯克说着，跳起来开始行动。我经常忘记柯克其实精通各种关于汽车和引擎的知识，以前我们身边的人只要有谁的车出了故障，他总能说出是什么毛病、应该怎么修。换句话说，现在这种情况有柯克在旁边，算是找对人了。

"散热器已经干得不行了。"他很确定地说，一边烦躁地搓着冻僵的手，显然车子外面很冷。

"那怎么办啊？"我怯怯地问，不着边际地祈祷着奇迹发生——如果柯克能从鞋里变出一个备用水箱……

"不知道，伙计。"他老实地说。

柯克有个最棒，有时也是最讨厌的特点，就是他完完全全的甚至有时非常不留情面的诚实。虽然不是故作残忍，但如果你想听真话，他绝对不会令你失望。他是那种真正毫不在乎别人怎么看他的人，不仅是嘴上这样说说而已。这恐怕是我俩差别最大的地方，我真的很羡慕他这一点。我经常在想，我总是担心自己会让别人心烦、生气或者给他们添麻烦，要是我也能从这些担心中解脱出来，生活该多么简单啊。在我的头脑中，人际关系总是让我焦虑——这里也焦虑，那里也焦虑；然后内疚感又会"帮"我把焦虑都收集起来。就这样，我不停地累积焦虑，不停地折磨自己。我太容易担心自己会让别人不高兴了，有时甚至会故意一段时间不跟别人说话，看看他们会不会主动来找我。如果他们不来找我，就证实了我最大的怀疑——或者说是最大的恐惧，我也不知道到底是哪一个。我会立刻得出结论：那个人肯定是不喜欢我了。这种情况在我身上发生过很多次。这种时候，我并不会生那个人的气，反而会转向内心去折磨自己，喂养心里那头叫作"自我厌恶"的怪兽。承认这一点真的有点难受，此时此刻，把它写下来，再自己读出来，我意识到：我并不希望别人知道自己的这一面，它听上去那么矫情，那么欲求不满。不过，我确实也总结出了一些应对情绪"内化"的经验，如果你也有这种煎熬的经历，它们没准儿会对你有用。

当我又开始担心别人怎么看我时，会做三件事：

1. **改变对自己的评价。** 比如，从镜子里看自己时，我经常会很讨厌自己的长相，而且相信其他人看到的也是这副讨人厌的样子。但当我开始尊重自己，把注意力放在怎么让自己活得健康、怎么负起对自己的责任时，我不仅开始喜欢镜子里自己的长相了，也变得不那么在意别人看我时会怎么想了。要想改变对自己的评价、喜欢上自己，我会做这些事：跑步、好好吃饭、好好刷牙、穿干净的衣服、每天早上整理床铺、早起、保持个人空间的整洁、做俯卧撑、补充维生素、及时回复邮件、管理好自己的财务、跑更多的步，如此等等。这似乎是史上最老套的自助清单，但每天做这些事情，确实让我不再那么担忧别人怎么看我了。

2. **提醒自己，很可能别人也跟我一样。** 我发现对自己很有帮助的一种方法是，意识到别人也会经历这些事情：醒来想起今天必须得做的事情，但拖着不做；吃早餐，但吃得很不爽；想不起来喝水；担心没钱；惭愧自己跟家人交流太少；总想起过去的囧事；每天看着镜子里的同一张脸心生厌倦；无所事事地刷手机；冲动消费；爱丢东西；希望自己有张更好看的脸；假装不在乎但实际上很在乎；感觉自己在被别人说三道四；总跟别人比较；身上长了奇怪的东西但坚决不去医院检查；顺从别人制定的规则；渴望得不到的人；累到什么都不想干只想睡觉……总之，我们每天扛在背上的烦心事数不胜数。有些日子里，我尤其会感受到它们的重量，这时我真的不想把时间浪费在任何浮于表面的交谈上。意识到大家都一样，就会更理解他人的处境。别人跟我没什么区别，大家都在用不同的方式，过着同样艰难和忙碌的生活。

3. **尽力维持重要的关系**。这点比前两点更微妙一些。首先要记住的是，做不到就不要勉强。这里要解释一下所谓的"尽力"。如果我真像自己说的那样"尽力"跟朋友保持联系——也就是说，在能量匮乏时就不要硬挤出能量去联系，那么我就会意识到，自己对别人也应该抱持同样的期待。换句话说，别人没有责任非跟我联系不可，我觉得自己不被需要，那只是我的感觉而已。这样我就会更加理解他人，因为他们已经尽力了。第二个关键是，千万不要搞"记分"。如果我比对方更努力地想保持联系，当他是真正的朋友，而不仅仅是点头之交，但他对我付出的努力却没有给予同等的回报，那我也得认了。只要两个人还能说话就可以了，因为那也算是在维持一定的联系。如果有些人并没有付出什么努力，却还是觉得你应该想跟他们做朋友，只是意味着他们和你的想法不同，行为方式也不同——这再正常不过了。你们有着不同的父母、不同的基因，年龄各异，去过不同的地方，有着不同的爱和恐惧，遭受过不同的羞辱，对不同的话题感兴趣，有不同的生物钟、不同的工作，跟不同的人打交道，在成长中被灌输了不同的价值观。深刻沉重的人生经历，比如亲近的人的离世等，也会一点点改变你们。而且总有些时候，人们会处理不好人际关系……

真正的朋友不应该强迫对方符合自己对"真朋友"的定义。如果强迫别人却达不到目的，只会心生怨恨。唯一能做的是，不要再觉得你一定能控制别人的行为——因为你不能。你唯一能控制的，只有自己的反应，而我控制自己反应的办法就是永远不要期盼着一定要从任何人那儿得到任何东西，这也能让我不再那么爱发脾气。这件事我花了很长时间，极其努力地付诸实践。从结果看，我确实变得比以前更独立，也不像以前那么怨天尤人了，如果有朋友为我做了什么事，我只会很惊喜、很感激。所以，我觉得这一条应该对你也有用。

要记住，别人做了什么，并不能说明你怎么样。如果有个朋友对待你的方式不是你想要的，比如不愿意花那么多时间在你身上，也并不能说明他们趾高气昂或者对你无所谓。

理解他人，对人真诚，这样就足够维系友谊了。

话说回来，我和柯克在路边坐了有 5 分钟，不知道该做些什么。水箱迫切需要加水，但我们不记得一路上遇到过能加水的汽车修理站，也不认为在之后的路上能遇到汽车修理站。车外狂风呼啸，先是下雨，接着又下起了冰雹。冰雹就像成千上万把小锄头，不停地砸着车顶。突然，一束灯光从后面射进车里，照亮了仪表盘。一辆面包车在我们旁边停了下来，是警察。柯克摇下窗户的一瞬间，又一阵刺骨的极地风打到我们身上，夹裹着子弹碎片形状的冰雹。

"出什么事了？"一个警察问，他操着一口典型的西北地区口音，圆润的元音发音让人一听就放了一半的心。如果有个全英国执法人员和蔼可亲奖，一定非此地的警察莫属。

"车的散热器过热了。"柯克客气地对警官说，仿佛是受到了警察口音的影响，"我猜你们几个小孩儿没有水能给我们吧？"

一片沉默。警察脸上的表情说明，柯克大大咧咧地叫他们"小孩儿"，没起到什么好作用。"没有。"警察回答。

又是一片沉默，气氛开始变得尴尬起来。冰雹下得更厉害了，警察把玻璃窗摇了上去，只留下一条缝，露出他的眼睛。

"好吧。那么，你们知道最近的汽车修理站在哪儿吗？"柯克问，口气比刚才要横了一点。

"10英里之内什么都没有。"警察说，亲切的口音已荡然无存。我忽然对这个警察的举手投足感到心烦，而柯克则攥紧了握着方向盘的左手。

"能给我们弄点水来吗？"柯克又问道。我强忍着没有笑。柯克特别会搞这种小小的对抗，这一点我也很佩服。

"不能。"警察又泼了第二盆冷水，显然他一点也不觉得有什么好笑的。

事态升级得这么快，让我有点始料未及。

"你们得把车往前开，停在这里不安全。"警察最后说，然后就头也不回地把面包车开走了，留下柯克和我两个人孤立无援地继续等在路边。

"好吧，真是谢谢你啊，混蛋！"柯克气得瞪着眼睛说，完全料不到警察会有这一招。然后他便一发不可收拾，继续发泄着情绪，大部分是骂警察，然后就是骂散热器，最后说我们需要一个"该死的奇迹"来解决水箱没水的问题。

在他发泄的时候，我冒出了一个想法。虽然没有汽车修理站，但并不意味着没有能加水的地方。我拿出手机，打开地图应用，沿着我们所在的这条路往下寻找，手指移动到了似乎是一条小河或者运河的地方。虽然我在超级马拉松那次活动里丢了个铝制水壶，但还有个一升的塑料水壶，最近几周我都在用它装水。想到这儿，我伸手从背包的侧面口袋里把它拿了出来。

"我有主意了。你看，沿着这条路再走大概一英里，就有一条小溪。"我说，强忍着尽量不要显得自己太过得意——不过说实在的，这也太天才了吧！"我们现在是在山顶，对吧？所以从这儿往后都是下坡，你觉得咱们能不能开到那里？"

柯克耸了耸肩。这个反应有点太冷淡了，让我不太开心。他烦躁不安地回到座位上，伸手去给车点火。如果车开不动，这个计划就没用了。

他转动钥匙启动引擎，我们屏住了呼吸。有好一会儿，我们一动不动地坐在那儿，小心翼翼地听着汽车发出咕噜咕噜的声音，就像害怕吵醒一只脾气暴躁的老猫。几秒钟后，柯克轻轻松开了手刹——我从没见过他这么温柔地摸过任何东西。他噘着嘴，长出一口气，就这样，我们终于发动了汽车，驶进前方的黑暗中。

"到目前为止还行。"几秒钟后他说道，双手仍牢牢地握在方向盘上。看到他开车时那副谨小慎微的样子，我强忍着发笑的冲动。

不过，开着车冲下山坡，还是让我俩突然迸发出了一连串的笑声，这让一度紧绷的气氛一下子放松了很多。我们唱起了荒原之狼乐队的《天生狂野》（*Born to be Wild*）。这一晚上真够磨难的，但换个角度想想，倒也挺有意思。我意识到，不管情况变得多糟，至少我不是一个人在经历这一切，只是这一点，就让我觉得这样的磨难仍然是可以承受的。

车开动一分钟后，速度提上来了，为了防止引擎再次过热，我们改成了顺坡滑行，不再踩油门。但接下来，柯克的汽车知识让他变得有些发慌了。他发现方向盘转起来"越来越沉"，刹车踩下去"越来越软"，而车灯——"实在太暗了"。好在冰雹风暴已经过去，离开山顶后，风也不那么猛烈了，在向下滑行的过程中，我们得到了片刻的安宁。

"好吧，河在哪儿呢？"

"随时都可能出现。"我说。我看着手机上的 GPS 定位，正在一点一点接近那条写着沃斯代尔溪的细细的蓝线。我并不完全确定那是一条河，只能在心里暗暗祈祷它是。只有 55 码远了。

"好吧，那你眼睛睁大点，我可不想开进沼泽地里。"

远方的地平线上，群山绵延，如同凝固的黑色波浪。头顶的云不时散开，投下些许月光，勉强照亮前路。快开到一座桥时，我注意到在我这一侧忽然出现了波光粼粼的水面。

"在那儿！"我兴奋地喊起来，柯克马上靠边停车。我们猛地打开车门，飞跑过去。只见在我们的下方，有一段开凿出来的河道瀑布一般倾泻而下。柯克欢蹦乱跳地叫它"奔流的怒江"。马上行动！我几步回到车上，拿起塑料水壶，回到河边时，只见柯克已经翻过了一道摇摇晃晃的旧篱笆，颤颤悠悠地站到了岸边一块像是岩石的东西上。我爬到他身边，又继续往下爬了一段，来到能够着水的地方。水流湍急，冰冷的水花飞溅到了我的脸上和手上。

我弯下腰，手里紧抓着水壶把它没入水中，灌了满满一壶水。然后我们爬回岩石上，又翻过篱笆，回到车上。柯克打开了引擎盖，然后下车走到我旁边，看着我注水。这种速度，这种兴奋劲儿，就跟在河里淘到了金子似的。最后一滴水注完，我们马上欢呼雀跃起来。

"那是什么？"柯克突然问，上一秒的欢呼雀跃立刻变成了一片死寂。

"什么什么？"

"嘘。"

柯克在车前蹲了下来。我侧耳细听，听到了很轻的滴水声，似乎有很细的水流正从车底流出来。

"不是吧！"我说。看清楚出了什么事，我的心里立刻翻江倒海起来。太恐怖了，几分钟前才加进去的水，现在水位已经下降了一半。

"底下漏水。"柯克说，那口气的意思是：我们完蛋了。

原来，水箱底部有个小洞，倒进去的水都直接从那里漏出去了。糟糕的是，我们手头没有任何修补工具。显然，现在我们遇到了真正的大麻烦。只剩下最后一个办法了——

接下来的 10 分钟里，我们开始跟时间赛跑：我先跑到河边，灌满水壶，然后迅速跑到篱笆前，把水壶递给柯克；柯克一接到水壶就跑到车前，把水倒进水箱，然后再跑回篱笆边，把水壶扔给我，一面还喊着："小心点儿！"一个来回又一个来回。等到水箱满了，我们就赶紧跳进车里，以最快的速度发动汽车。如果只是有惊无险，这个活动可能还挺好玩的，但谁也不知道会不会真的有危险发生，事实上，整个过程的气氛紧张得就像是一场无比严肃的军事行动。

绝对不能浪费时间，现在我们的脑子里只有一件事——水已经在流失了，过不了多久，引擎就会再次报警。开了几英里后，到了这条路的尽头，一切都还好，但接着就要上 M6 公路了，这可是英国最繁忙的高速公路。幸运的是，天已经很晚了，路上的车不多，即便如此，开着随时可能出故障的车上高速，还是相当危险的。我们屏住呼吸，尽量不去想那么多，只想着一旦赶到几英里外的彭里斯就会好了。到了那边，靠边停车就会安全很多，即使抛锚也不怕了。

开着车，我俩都陷入了沉默，这是一段长长的祈祷时间。我们大气都不敢出，仿佛这样就能让水位下降得慢一点——人在绝望的时候，真是什么都想相信。冥冥之中，意念的力量似乎起了几分钟的作用，但很快，报警灯亮了，柯克的手再次抓紧了方向盘。

"该死！"

这可真不是开玩笑的。现在，我们正沿着 M6 公路往前开，前不着村、后不着店，也没有紧急救援，而且天色已晚。如果出了问题，就必须停车，那么引擎肯定就再也发动不了了。就在这时，转机出现了。不出一分钟，前方视野中出现了一条岔路。柯克打起转向灯，我们都暂时松了一口气——终于能下高速了。前方是个有红绿灯的环岛，正亮着红灯。我们就像电影里的慢动作一样，用最慢的速度向那边驶去，几乎是绝望地盼着绿灯出现。然而……没有变灯。没指望了，到此为止，我意识到车已经再也不可能往前开了。随着车停在红灯面前，仪表盘的报警灯熄灭了，引擎似乎是吐出了最后一口气，然后就彻底关闭了。就这样，在高速路的尽头，一切都结束了。

我们下了车，把车推到路边，然后呆站着不说话——谁也不知道说什么好。从河里取到水时的小小的胜利感早已烟消云散。此时的路上空空荡荡的，一辆车也没有。柯克开始给各种我们想得起名字的道路救援公司打电话，整个过程漫长又烦琐，而且结果跟我们猜想的差不多——不仅要价奇高无比，而且都是要把车拖到布赖顿去。这么搞了 20 分钟后，我们逼近了绝望的地步，柯克开始给他妈妈打电话。当然，给妈妈打电话也没用，但我很能理解，有时候，只是听到妈妈的声音，就能让人安心很多。

半小时过去了，已经完全没了指望。这时，我看见一辆小货车从 M6 公路上开下来，驶向环岛这边。车在我们旁边停了下来，有个大概 30 岁出头的男人摇下车窗，凑近我们。

"真见鬼！"那人说。

"是啊。"我说。不用再多说，他已经心知肚明是怎么回事了。

"我能帮你们什么忙吗？"他的口气不像是假客气。

"除非你有两加仑①水。"柯克不抱什么希望地说，"我们的散热器坏了。"

"明白了。"那人答道，随即摇起车窗，开上了环岛，一个急转弯，上了 A66 公路，消失在夜色中。

10 分钟过去了。15 分钟过去了。气温明显下降，寒冷和疲倦让我觉得头痛和恶心。25 分钟后，远处有光照了过来，我辨认出光照来自 A66 公路，是车头灯，一辆车正远远地从漆黑的地平线向我们驶来。自从遇到那辆小货车之后，再也没有什么车经过我们。我忍不住紧张地把脸埋在外套的领口里，闻着领口拉锁的味道，内心拼命祈祷——但愿是刚才那个男人掉转车头回来解救我们了。

车灯越来越近，终于可以看清那辆车了。果真是刚才那辆小货车——那个人真的回来了！那辆车英雄凯旋一般地绕过环岛，向我们驶来。我激动不已，在我眼里，那辆小货车已然变成了在环形罗马剧场里绕圈游行的战车，散发着胜利的光芒。透过副驾驶一侧敞开的窗户，我看到了他带回来的东西——一个差不多有 10 加仑的巨大的塑料桶。

"喏，这个给你们。"他快乐地笑着说，"只搞到半桶水，但应该能让你们再撑一段路了。"

---

① 1 英制加仑约合 4.55 升。

我感到从未有过地如释重负，激动至极，不禁一时语塞。他绝对是救了我们的命，我和柯克翻来覆去、穷尽辞藻地对他千恩万谢。等他要开走时，柯克问他："老兄，你叫什么名字？"

那人淘气地朝我们俩咧嘴一笑，真诚又似乎无所谓地答道："嗨，没什么大不了的。"

这位老兄让我想起了去超级马拉松比赛的路上让我搭了便车的艾伦——那个从海洛因毒瘾中走出来的人。我在想，会不会他也正在从某种过去的经历中走出来，也在寻找一切可能的机会，去做一些好事来弥补过去的某些遗憾呢？他看上去并没有担心帮助我们会不会耽误自己的时间，也没有多想我和柯克是否值得帮助，只是简简单单地去找了水，带回来，什么都没有问我们。

到了这会儿，我们已经在路边瑟瑟发抖了一个多小时，实在是一分钟也不想再多待了，赶紧给水箱加了水，跳上车，来不及享受片刻放松，一阵噼里啪啦的发动机响，我们又上路了。还要再开上八九英里才能算是脱险，不知现在这三四加仑的水够不够撑那么远的路。

时间已经是午夜。路过一个临时停车带时，我们又停下来检查了一下水位。水位一直在下降，但还能撑一阵。为了防止引擎过热，我们决定之后每到一个临时停车带就下车检查一次，加一点水。

事实证明，这种谨慎很可能只是一种盲目的折腾，因为临时停车带每隔几分钟就能遇见一个。我们两个人傻傻地来回来去重复着这一系列动作：停车，解安全带，开水桶盖，开车门，开引擎盖，灌水，回到车里继续上路。这让我俩活像是 F1 赛车场上负责随时补给和检查的赛车维修工。如此折腾了一路，终于抵达了白马客栈。直到把车停到停车场，爬出车门，我们才彻底松了口气，互相交换了满意的眼神——总算熬过来了。

第二天清晨，我们很早就起了床，离开住宿地。走在布伦卡思拉山脚下一条满是石头的步道上，清晨的空气里混合着各种新鲜的气味，来自潮湿的草地，来自清新的空气，还隐隐夹杂着一丝潮湿的柏油路面的气味——毕竟这里离主路并不太远。不到一个小时之后，我们绕过了山的南侧，从地势较低的地方开始，沿着一条陡峭的小路前行。陡坡很快就让我们的腿吃不消了，好在差不多20分钟后，坡度变得平缓起来，我们已置身在山谷之中，脚下是一条长长的但十分平坦的小路，一直延伸到视线的尽头。

几年前，湖区被授予"英国国家遗产"的称号，亲临其境你就会发现，这个荣誉实至名归。这片广阔无垠的土地，就像是亘古未曾改变过一样。能站在这片土地上，感受这样惊心动魄的风景，我感到自己很幸运，但也有一个念头在脑海中涌现，再也挥之不去——这一切究竟意味着什么？如果不是为了摆脱对伊莎贝尔的内疚感，今天我会站在这个地方吗？

柯克把我从思绪中拉了回来。他把"尖峰"指给我看——它在北面的云雾中若隐若现，距我们大约500米。老实说，远远地看着并不觉得有什么了不起，但越是走近，就越能清晰地意识到它是多么陡峭。我们走到了斯盖尔斯冰斗湖，柯克在那里静静地追念了父亲。接着，我们便埋头向着尖峰走去。40分钟后，我们已经绑紧了背包带子，准备好向上攀爬了。在此之前，我唯一爬过的山就是佩尼范峰和斯诺登山，虽然并不算是小儿科的程度，但我过去的登山路线从来都是中规中矩、毫无危险的那种。这座尖峰则不一样，这是我第一次攀登有一定危险的山峰，走错一步就有可能陷入困境。登山道已经没有了，接下来的每一步，我们都要仔细观察岩壁，确定哪里是最安全的落脚处。

事到如今，后悔也来不及了，我们只能硬着头皮继续前行，决心登顶。10分钟后，我们来到了一个被称为"罪恶台阶"（bad step）的地方——很多攀登尖峰遇难的人就是栽在了这里。这个地方有一条很深的石缝，表面非常光滑，是整个攀登过程中最容易打滑的地方。幸运的是，虽然岩石上还残留着一些晨露，但总的来说表面还算干燥，并不是很湿滑。我们小心翼翼地移动着，柯克反复在嘴里念叨着今天的护身咒语——"不要掉下去"。最后，我们终于越过了这段，信心倍增地继续向顶峰迈进。

登顶的过程中，山风无情地拍打着我们，而我们则连连惊叹于周围数英里绵延不绝的深灰色和绿色相间的风景。即使是到了顶峰，我们仍然对"罪恶台阶"心有余悸，一边议论着那段吓人的路，一边往山下走——下山的路比上山略长，但好走多了。只用了一个小时，我们已回到白马客栈，点了一杯热巧克力。这时我们意识到，这段一起爬山的经历，比我们在布赖顿一起住了6个月的共同经历加起来还要精彩和有意义。

现在，该想办法修车了。只有把散热器修好，我们才能按原计划回布赖顿参加沟渠岭的告别派对。我们问客栈老板认不认识什么能修车的人——听了我们自娱自乐加自嘲地讲述一路开过来的惊险故事，老板对我们很有好感。他立刻打了几个电话，两个小时后，修车的人就到了。他看上去挺能干，讨价还价的过程也很顺利，最后我们以一个比较合理的价格请他安装了新的水箱。

开车回布赖顿的路上没有一点波折，到达我们的老房子，正好赶上派对的高潮。过去将近 10 年里，很多朋友都把这座位于沟渠岭的房子看作大家的社交据点，几乎每个人都在这座房子里住过一阵子。这是一次轰轰烈烈的庆祝和纪念——一个时代终结了。聚会上充满了旧日的回忆和感伤，当然，也充满了酒精的味道。我抵挡着酒精的诱惑，因为最近的一些思考，我不想再像以前那样，先是不管不顾地放纵自己，事后再轻易原谅自己。我控制住了，连自己也很意外，我竟然真的能控制住。

第二天一早，只是稍微有点头疼，我蹑手蹑脚地穿过过去曾是我家客厅的房间，经过一片熟悉的场景——散乱的空啤酒罐和横七竖八的熟睡着的身体，抓起背包，最后一次离开了沟渠岭。乘火车驶离布赖顿车站时，我感到一阵忧伤涌上心头。再回来的时候，我也许就会变得不一样了吧？

6 小时后，火车驶进肯德尔，我走到城外的巴罗菲尔德森林，扎下帐篷，听着雨点打在帐篷上的声音——这是我现在最喜欢的声音。在雨声中，我睡着了。

大海的治愈力

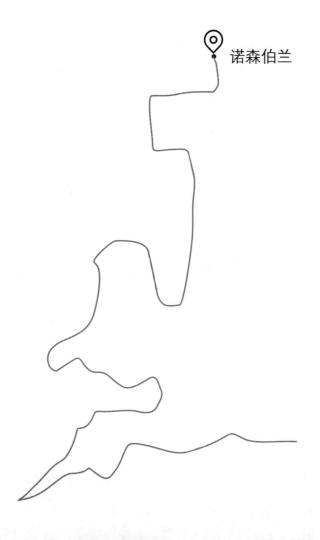

诺森伯兰

柯克的陪伴，再加上跟他回了一趟布赖顿，及时把我从抑郁的旋涡中拉了出来，让我的心情终于平复了一些。跑马拉松打破了徒步旅行原本的平静，自那以后，很多事情都影响着我的情绪。接连不断的事情累积，让我越来越觉得喘不过气来。到最后，老问题又来了——我知道这个时候必须停下来喘口气了。如今，我又是独自一人，重回旅途。原本想着调整好情绪就可以再次上路了，然而，短暂的休整并没有真正改变什么，我一直在努力逃避的那种熟悉的感受，依然在身边的隐秘处潜伏着。似乎是命中注定，压迫感总是暗暗地却也忠实地追随着我，最终一次又一次地淹没我；而我总是任由各种事情累积，任由压抑的情绪越积越深，直到临近崩溃，才会奋力朝相反的方向拽自己一把。我很讨厌这样，也不愿承认这一点，这更让我在内心中抗拒着自己，进一步失去了对自己的信心。在一片迷雾中，所有的事情都变得混沌不清。我不知道自己到底在想什么，到底感受如何，虽然还没彻底迷失，但似乎已经在朝着那个方向发展了。周围的一切都褪去了颜色，内心里的声音却更强烈了——在东伦敦时每时每刻都折磨着我的那个声音，那个已经消失了将近一年的声音，又一次开始呼唤我。

我从肯德尔出发，一路沿着坎布里亚道来到卡莱尔，却完全没有心思去欣赏湖区的美景。我内心麻木，步履沉重，对一路上那些历史悠久、风光旖旎的风景名胜都视而不见。抑郁的心情让我无法投入地去欣赏任何东西。像这样情绪一落千丈的时候，我眼中的世界也不再跟以前一样。虽然世界并没有消失，但我似乎已经消失了。看到的还是同样的东西，想的还是同样的事情——身处何处，认识什么人，过去、现在和将来……但一切又都不一样了。过去我觉得能走在这样的自然美景中无比幸运；但现在，同样是令人惊艳的风景，行走其中却变成了一件苦差事。

　　我从卡莱尔出发，走上哈德良长城路，但只走了一半就没力气了。看到自己走得这么慢，我越想越气，转念一想，不如搭便车去纽卡斯尔，在朋友托尼家待上几天。

　　在托尼家，我又回归了过去的习惯，用酒精和毒品来掩盖抑郁，但这些东西从来都只会让问题越来越糟。我的情绪越来越低落，变得孤僻退缩、萎靡不振，感到所有人都离我很远，整个世界也离我越来越远。我甚至开始查看回家的火车票——我已经受够了。我意识到，需要找人谈谈这一切。

　　在托尼家的第二个晚上，我偶然认识了他的邻居薇姬。薇姬大约 5 英尺高，微笑深邃而和善，让她容光焕发。虽然已经 40 多岁了，但薇姬仍有 20 岁出头的女孩子那种玩闹的劲头。她对我的徒步旅行很感兴趣，并且似乎一眼看穿了我的心情。薇姬小心翼翼地问我现在状态怎么样，我说实不相瞒，我已经快坚持不下去了。我现在情绪很不好，觉得孤独无助。接下来还要去苏格兰，但我真的不知道自己能不能走到那里。薇姬充满同情地看着我，她拥抱了我，然后直视着我的眼睛说："你要继续向前。"她说出"继续向前"这四个字的那一刻，让我想起了参加超级马拉松时的自己——继续向前，除此以外别无其他。薇姬也许并不知道，正是她的这句话，让我决定继续向前，完成整个旅行。

第二天，我的心情稍稍好了一些，问托尼能不能开车把我的背包送到 9 英里外的泰恩茅斯去。我想一口气跑到那里——流点汗也许会对我有好处。事实证明的确如此。到达泰恩茅斯时，我深深地呼吸着带有海洋气息的空气，再次回到海岸的感觉真好。也许，之前的行走路线对我的心情也有影响——奔宁道、湖区、哈德良长城……这些地方都在内陆。如今回到了海边，虽然还没有恢复到最好的状态，但很明显，我已经又一次感受到了海洋的治愈力量。天黑前，我已经沿着海岸步道快要走到布莱斯了。

诺森伯兰郡的海滩风景无比壮观，即使走遍英国，最美的海滩也不过如此了。然而当地人相当低调，无意炫耀，原因也不难想到——东南部的那些热门海岸早已被快餐车、俗气的酒吧以及塑料瓶子攻陷了，但在诺森伯兰郡，你却不必被满眼的垃圾折磨。接下来的几天继续向北，大海就在我的右手边，给我注入了一股安宁的力量。我找回了方向感，同时也感到欣慰——我终归没有放弃。

晚上我一般都在离海岸不远的地方扎营，但有时也会直接在沙滩上扎营。早上，我在海浪声中醒来，内心无比平静，先光着脚悠闲地蹚水热热身，再出发开始一天漫长的行走。如果天气好，这样的早晨堪称完美。日复一日，沉醉于此，我逐渐找回了自己。走完诺森伯兰郡的海岸步道时，我已经重新找回了那个充满好奇、热衷冒险的自己。这都要感谢这段海岸无与伦比的魅力，它的宁静、它的壮丽，给了我力量。

再往北走，经过邓斯坦伯勒堡和沃克沃思一带的城堡废墟时，我意识到自己几乎已经满血复活了。享受着一路上的金色沙滩，到达英格兰最北部的小镇特威德河畔贝里克时，我已经重新爱上了这种生活方式。

说起心得体会，我不想显得很说教，毕竟每个人都有自己独特的方式——无论是应对生活中的种种境况，还是处理自己内心的不同状态。不过有一点我必须得说：靠近大海对我情绪的改善绝对有帮助。回到海边之前的那段日子，我日日悲戚难过；而每天沿海行走，则让我的幸福感与日俱增。也许这就是大海在我心中的意义——它代表了无数的可能性和无限的时间；又或者，也许只是因为海水的声音让我平静。总之，不管是什么原理，我欣然接受了海洋的神秘治愈力。

进入苏格兰的前一晚，我在特威德河畔贝里克的老城墙上找到了一个扎营的好地方，但很快我又开始犹豫：在离城镇这么近的地方扎营，运气不好的话，可能又要出麻烦。有了之前在南威尔士的遭遇，我凭直觉就能猜到，在这里扎营不会省心。于是我改了主意，入住了一家青年旅舍。

在那里我遇到了一个叫沃恩的小伙子，聊得很愉快。他认出了我参加过《心灵马拉松》，坚持要请我吃晚饭，还为我付了住宿钱。但除此之外，那一晚我过得并不怎么好。房间里闷得受不了，铺位短了8英寸①，让我伸不开腿。但住在青年旅舍总归有它的好处：洗澡可以用上真正的水和真正的肥皂，还能洗衣和烘干。

第二天一早，我神清气爽地向着苏格兰出发了。在接下来的两三个月里，苏格兰将是我的家。如同一个紧张的男友去见未来的岳父岳母一般，初次见面，我想给苏格兰留下个好印象。

---

① 1英寸约合2.54厘米。

命运之手

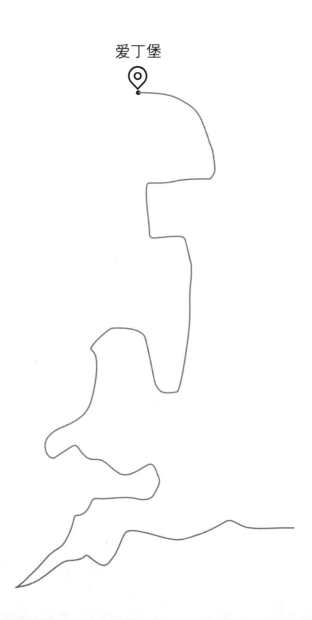

爱丁堡

坐在伯恩茅斯的一家酒吧外面，品味着调酒师推荐的纯麦芽威士忌，我已经准备好再次迎接未知的世界了。从英国的一个地区走到另一个地区，感觉总是很特别。还记得穿过塞文大桥进入威尔士的时候，我也曾像现在这样热血沸腾——当然，那次也可能是因为走在 6 条车道旁边，难免肾上腺素激增。像这样单凭双腿走过一片又一片国土，太不像日常生活了，也太不像过去的我会做出来的事了。进入苏格兰的第一天，我全身上下充满了能量，借着这股劲头，一口气走了 18 英里。到了科尔丁厄姆，我停下来找了一家旅店，老板见我背着旅行背包，告诉我可以在室外啤酒花园的草地上扎营。

这就是我在苏格兰的第一天——相当不错。我穿过了贝里克郡海岸，走过了马头悬崖、侦察兵点悬崖和毛尼斯悬崖——这些名字真是有趣，还经过了艾茅斯港。当然，免不了走了不少崎岖不平的海岸线，最后从科尔丁厄姆海湾进入内陆。这时的我虽然已经有些体力不支，但精神上仍然很敏锐、充满活力，很像是刚开始徒步旅行时走多塞特郡的侏罗纪海岸那段的状态——虽然不断的上坡下坡让身体十分劳累，但每一步都走得很带劲儿。

经过一晚上的充电，第二天早上 8 点不到，我又精力充沛地出发了。我还是一如既往地沿着海岸线走，穿过美得令人惊艳的圣阿布斯海角，接着又穿过荒凉的科尔丁厄姆荒原，向邓巴走去。走到科克本斯帕斯的一个休闲公园，里面有一段小海滩，我在那儿停下来喝了杯茶，给手机充了电，然后慢慢悠悠地向海边走去。在沙滩旁边，我找到了一小块草地，在那儿搭起了帐篷，然后去公园的餐厅吃了晚饭。晚上 10 点，我正要回帐篷睡觉的时候，一个身穿白衬衫和黑裤子的工作人员向我走来。奇怪的是，周围的其他工作人员似乎都没在意我，只有这个人过来问，那边那个帐篷是不是我的。

"是我的。"我说。

"这里不让露营，你得把它挪走。"他颐指气使地说。

我说了一大堆话想求他通融。我说我是从布赖顿大老远走过来的，我说我是在做慈善事业，我还说我可是名人（开个玩笑）。但说什么都白搭，他还是要赶我走。然而，不知哪儿来的运气，附近酒吧里走出来一位老大哥，正好听见了我们的交谈。他走过来拉住了我。这人60多岁的样子，穿着深棕色的衣服，身材瘦削，满头浓密的白发，有点鹰钩鼻，双手长满了老茧。

"这也太不像话了。"他说，"小兄弟，我这就回家了，你跟我走吧，可以在我家院子里搭帐篷。"于是我回去收起了帐篷，跟着这位好撒玛利亚人① 回家。他笑着招呼我上了他的车。离开的路上，经过那个赶我走的家伙时，他故意低沉着嗓子说了一句："小官僚！"声音低得似乎有意要威胁他一下。我强忍住想笑的冲动，在对方的脸上看到了一种复杂的表情——混合着尴尬、不爽和警告。真是过瘾！

第二天早上，好心收留我的主人在我的帐篷外面放了烤面包和咖啡——还有果酱！真是位细心的仗义侠客。

接下来的一天始终这样感人。在邓巴的一家小咖啡馆，我停下来吃

---

① "好撒玛利亚人"出自《圣经》，意指帮助遇到麻烦的陌生人的好心人。

了顿午饭，老板不但没收钱，还送了我满满一纸袋司康饼。好事还没完。约翰·缪尔道的沿海路段到邓巴就结束了，接着往下走就进入了内陆，我走了差不多 5 英里的样子，到了东林顿，拿出地图想找块地方扎营。这时，有个看着快 60 岁的大妈以为我迷了路，过来问我，一来二去聊了没多久，她就邀请我到她家过夜。

大妈名叫巴贝尔，祖籍奥地利。她梳着一头超短的灰白头发，面容红润，和蔼可亲，身材矫健，即便不是运动员出身，至少也是那种经常跑步或骑自行车的人。跟她回家的一路上，我觉得特别放松，想起了去年夏天在科夫堡跟着罗比回家的那次——感觉就像是跟一个失散已久的家人重聚了。巴贝尔看上去就是个非常真诚实在的大妈，让我完全没了戒备心。但我还是努力提醒自己不要只看表面现象，还是要再多打听点情况。

于是我问她："你家还有其他人吗？"

巴贝尔说："有啊，我丈夫、我儿子和儿子的女朋友都在家。"

"你的家人不会问你为什么带不认识的人来家里住吗？"

"他们不会介意的。前几个月，我们也曾经让一个年轻人在家里过夜。那个小伙子是从韩国骑自行车来英国的，经过我们这里。"

不会吧！

"你记得他叫什么吗？"

"记得啊，他叫俊。"

我拿出手机给妈妈发了条短信，问她之前留宿的那个韩国人叫什么——那人年初从韩国骑自行车到了莫尔登，说是希望在安菲尔德球场看一场利物浦的比赛。很快，我收到了妈妈的回复："俊。"

巴贝尔一听我说是同一个人，惊奇地举起双臂惊声尖叫——她简直不敢相信。这一下倒把我吓了一跳。见我惊慌，她大笑起来，我俩都笑了。太神奇了，同一个人！真的会有这么巧的事吗？

如果相信有什么命运的安排，会让我觉得生活似乎是被安排好的，自己控制不了。我不喜欢那种感觉，所以我从来不信命。然而，有些事情发生的概率实在是太小了，仅仅用"巧合"来解释实在让人难以信服。遇到巴贝尔就属于这种情况。一方面，我不愿意承认有什么"命中注定"的事；另一方面，又很难接受这只是个单纯的巧合。我开始努力回溯一系列事件如何像多米诺骨牌一样，一桩接着一桩，演变到了今天这一幕。我做过的哪些决定，如果改变，就会让我今天见不到巴贝尔了呢？追忆过往之际，毫无悬念地，只有一个画面最为清晰强烈，那就是在赫顿的壁炉旁遇见莫莉。

到了巴贝尔家，她迫不及待地要告诉丈夫这件奇事，连介绍我是谁都顾不上了。我本以为她丈夫看见妻子又带了个不知打哪儿来的流浪汉回家，一定会大吃一惊。没想到，他只是一直大笑不止。看上去，时不时就带个不认识的人回家吃饭，对这对夫妇而言已经不是什么新鲜事了。巴贝尔和丈夫是一对恩爱夫妻，他们之间相处很融洽。我非常感激能够遇到他们，这真的是超级幸运的一天。

那天晚上，枕着舒适的枕头，躺在干净的加大号双人床上，我又想起了莫莉。最近我们意外地重新联系上了，也许正是因为这个原因，我总是控制不住地想她。某天我心血来潮，在脸书上写了一段话，说自己遇到了"一个人",想着也许她会到网上搜我,会看到这个帖子。这招真的起效了,从那以后,我们断断续续地交换了几条信息,都很随意。有一次,她提到会去苏格兰出差,字里行间似乎暗示着我们可以见一面。

为了见到莫莉,我必须在 5 天内走到爱丁堡——路程大约有 70 英里。我不想离开海岸,但更不想错过再次见到莫莉的机会。现在,我已经快走到爱丁堡了,不过明显开始体力不支。

好在,我终于提前一晚赶到了爱丁堡,尽管已经累得不行,但至少可以先休息一晚。好运再次降临。在 Instagram 上关注我的一个叫凯特的粉丝之前给我发消息,邀请我住在她家。凯特和她的丈夫弗雷泽以及两个孩子住在一起,我很喜欢他们那轻松随和的家庭氛围。凯特和弗雷泽说,他们从小就是同学,我其实也早就看出来了,因为他们一家四口在一起是那么自然和谐。

补充了足够的睡眠后,第二天早上,凯特开车把我送到了爱丁堡的市中心。我想先去买杯咖啡,然后等着莫莉给我发信息。在乔治街的拐角处,我走进了一家装修得很漂亮的咖啡馆,点了一杯高价拿铁——真是贵得有些离谱,不过毕竟我已经有一段时间没进城买过东西了。咖啡馆里播放着一首多年前的老歌——帕拉摩尔乐队的《唯一的例外》(*The Only Exception*)。这支乐队总让我想起多年的室友杰丝,她也是我最喜欢的人之一。我给杰丝发了条短信,接着又回想起沟渠岭告别派对的情景。我忽然意识到,自己真的已经离家很远很远了。一阵伤感袭来,我已是满眼泪水。我深吸了一口气,拿起东西离开了咖啡馆,但还没走出 5 英尺就走不动了。泪水在眼睛里打转,喉咙里哽咽着,喘不过气。

我挑了最近的一条小路，走过去躲在一个角落里抽泣起来。没多久，我听到有脚步声靠近，只好擦了擦脸上的泪水，努力冷静下来。

"伙计，你怎么了？"那是一个充满善意的声音。

我也说不清自己到底是怎么了。他索性拉起我的手，把我拽过去，紧紧地拥抱了我。泪水决堤，一发不可收拾。哭了有半分钟，我才勉强振作起来，向他道谢，说了我的心事。他看着我，那眼神如此熟悉，让我如今回想起来都感到不可思议。他又抱住了我，还说一定要请我喝杯咖啡。我们起身走向另一家咖啡馆，在露台上坐了下来。他去点饮料的时候，我又忍不住独自哽咽起来。直到他回来坐下，跟我讲了他的经历，我才意识到，这将是一个令我永生难忘的故事。

他叫易卜拉欣，几年前逃离伊拉克的时候，除了身上的衣服，他一无所有。他还有个朋友跟他一起逃出来，一起躲避士兵的追捕。他已经在苏格兰待了快两年了。他看着我的眼神中充满了理解，因为他的确真心理解思念家乡和朋友的痛苦。他留在家乡的朋友几乎全都不在了，能数出来的死者就有差不多 35 人。

易卜拉欣和他的那个朋友从伊拉克逃到了土耳其，然后靠着双脚一直走到了法国的海岸。一路上，他们露宿街头，靠捡别人的残羹剩饭勉强度日。用他自己的话说，他真的是因为"走了大运"，才成功渡过英吉利海峡，来到了英国。易卜拉欣无法再回家了，因为那里现在已经太过危险。

就是这样一个人，从小玩到大的朋友接连被屠杀，自己漂泊异乡，再也无法跟家人团聚，易卜拉欣却觉得自己"很幸运"，尤其是自己还能在大街上安慰一个哭泣的英国白人。

他说："有时候，我相信上帝会指引你与某个人相遇。我接受上帝的指引，我相信它会带来宝贵的友谊。从伊拉克逃到这里时，我孤身一人，在街边哭泣，就像你刚才一样。有个陌生人走过来，给了我一个拥抱。她现在就是我的姐妹、我的家人。从此以后，我再也不孤独了。"

我们坐在那儿聊了很久，谈论着命运和机缘：因为我加快了赶路的速度，所以提前一天到了爱丁堡；因为咖啡馆播放的那首歌，我想要给朋友发消息，而后勾起了一连串的情绪；而易卜拉欣原本从没走过这条街，今天是头一次。往远了说，我们都是走了上千里的路，才来到了这座城市，遇见了彼此。但最为重要的是，在我们相识的那一刻，即使彼此陌生，我们却听从了本能的召唤，愿意去相信他人内心中的善良。这样深刻而美好的相遇，让我无法不想到神的力量。尽管"神"究竟是什么，不同的人有不同的说法，但无论如何，正是这样的时刻让我觉得生命是值得的——不仅值得活着，更值得努力活着。

易卜拉欣叫我明天去他家吃饭。"来我家吧，我给你做阿拉伯菜。"他开心地说。我们交换了电话号码，说好了明天等他下班以后在市中心碰头。告别了易卜拉欣，没过几分钟，我就收到了莫莉的消息："火车还有 15 分钟到站。"于是我离开咖啡馆，朝车站走去。

花了几分钟调整情绪之后，我已经从悲伤中走了出来，又开始想象爱情了。在站台上，我看到了莫莉，叫着她的名字，她朝我转过身来。场景如此之美，让我难以相信这一切真的发生了。我们拥抱在一起，还没来得及闲聊几句，我就把手放在她的肩膀上，看着她的眼睛说："你绝对猜不到我刚刚遇到了什么事。"

莫莉专注地听着，看着我的眼睛，脸上的微笑有些诧异，也有些激动。我讲述起刚才的经历，反复感叹着命运和缘分的神奇。她静静地听着，微笑变成了认真的表情。我告诉她关于易卜拉欣的事，关于巴贝尔的事，以及遇到她以后发生在我身上的种种不可思议的经历；我告诉她，不管那些事情是好是坏，它们影响着我，塑造着我，它们都是我生命里重要的事。

我喋喋不休的讲述围绕着一个老套的哲学问题——命运。我忽然意识到，我似乎终于接受了命运这件事。尽管客观的证据仍难以充分说服我，但此时此刻，正是因为接受了命运的安排，我重新找回了内心的力量，回到了徒步旅行的路上。在纽卡斯尔时，我陷入低谷，是托尼的邻居薇姬帮我重新找回了希望。而如今，我的心中产生了真正的幸福感，是因为我开始重新体验这个世界了，它充满了不可思议的际遇，如此神奇、如此捉摸不透。产生这样的感受，似乎也表明了我的心理状态在向着好的方向发展。

莫莉只能跟我在一起待上几个小时，虽然我不愿她离开，但也知道不能强求。如果在人生中更合适的时刻相遇，结果应该会不一样，因为那种强烈的吸引力是毋庸置疑的——你遇到了一个人，感到心忽然被击穿，你们充满深情地交谈，想要更了解对方，幻想着一起去做这样那样的事情……所有这些都在我和莫莉之间发生着，但我们还是错过了彼此。分开的时刻，我犹豫着。我不知道是否该保持联系，也不知道我们之间是否还有其他可能性。这一天情感上的跌宕起伏，加上前一周赶路的消耗，让我现在身心俱疲。在爱丁堡街头迷迷糊糊地游荡了一个小时之后，我找了家青年旅舍，躺在床上过完了这一天。

第二天，我如约去易卜拉欣的公寓找他。令我没有想到的是，无数的生死磨难并没有让他的生活支离破碎。易卜拉欣有了难民身份之后，干着两份工作，把新生活安排得井井有条。这样他不仅有钱养活自己，还可以寄钱回家。他给我讲了很多关于伊拉克的故事，告诉我伊拉克曾经是一个多么美丽的国家，而战乱冲突又如何把它变成了人间地狱。他还告诉我，有时候他很难理解为什么有些英国人总是对他充满敌意。我意识到，在新闻报道里看到的战乱，跟听到当事人的亲口讲述，完全是两回事。听他说起在英国受到的敌视，我很为他鸣不平。那些像易卜拉欣一样经历了迫害和死亡的威胁、靠着超乎寻常的意志力和体力生存下来的难民，却在我们的国家被很多人妖魔化。我想为他做点什么，我想也许可以写出易卜拉欣的故事，让更多英国人了解难民的真实情况，减少对难民的谴责和偏见。跟易卜拉欣分开后，我真的写了一篇关于他的博客文章，发表在脸书上。没想到这篇文章获得了前所未有的热评，易卜拉欣也被那些评论中的关心和支持深深地感动了。

那天晚上，我又住进了青年旅舍。看着地图，仔细研究从爱丁堡去格拉斯哥的路线，我又一次对未来充满了希望。按捺不住满血复活的兴奋，我做出了一个决定——跑步去格拉斯哥。

18 拿下芒罗山

本洛蒙德山

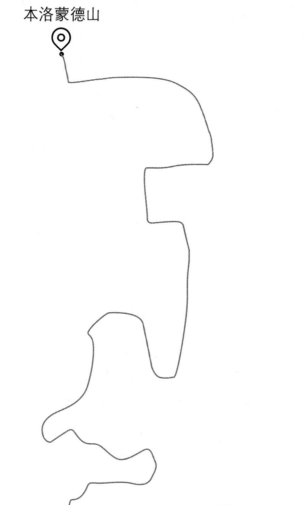

从爱丁堡跑到格拉斯哥的路线不难规划。先从爱丁堡到福尔柯克，这25英里只要沿着笔直的联合纤道①前进就好；接着从福尔柯克去格拉斯哥，则是沿着福斯克莱德运河再往前21英里。这样总共大概是三天50英里的路程。跟以前不同的是，这是我第一次尝试连续三天每天跑步超过10英里。尽管我对这样的挑战跃跃欲试，但有一点不该忘记——对超级马拉松的美好回忆不能抵消其过程中大部分时间的痛苦。最终我没让自己失望，三天来的经历证明，我的腿天生就是用来跑步的，拿下格拉斯哥竟然轻而易举，甚至尚有余力。当然，可能也是因为整个路线都非常平坦。不过现在我已经敢说，如果以后什么时候我还想再跑这么长甚至更长的距离，都不会有太大问题。

　　唯一的麻烦是，跑步时不能背包。从爱丁堡出发时，我把背包存在了一个储物柜里，到了格拉斯哥，再坐火车返回爱丁堡，取了背包后再次坐火车去格拉斯哥，整个过程相当折腾。以后如果还要像这样跑上几天，同样得考虑到这个麻烦。不过，终归是成功跑到了格拉斯哥，我很

---

① 纤道，旧时河流沿岸马拉驳船所走的路。

高兴，打算庆祝一下。

在格拉斯哥，我见到了帕蒂。就像之前那些在 Instagram 上联系我的人一样，她也告诉过我，路过她的城市时可以去她家住。整个晚上，我都跟她和她的朋友们泡在酒吧里海阔天空，直到酒吧打烊时仍意犹未尽，又到其中一个人的家里继续下半场。回味当时的场景，让我忍不住再次怀念格拉斯哥。尤其难忘的是，那晚帕蒂还邀请我这个"四处游荡的英格兰人"欣赏了很多经典苏格兰歌曲。一开始的那几首，即使是作为英格兰人的我也不陌生。后来又听了道基·麦克莱恩（Dougie McLean）的《加勒多尼亚①》，那是一首关于思乡的歌，帕蒂和她的朋友们坐在地板上，手挽着手，从头唱到尾，一字不差。唱着苏格兰歌曲，喝着坦南特啤酒②，苏格兰人特有的自豪感洋溢在空气中，令我感动。而那些深沉而辛酸的歌词，又让我深深地共鸣。我一时控制不住，眼泪又流了出来。这个晚上的小狂欢，意味着穿行城市的这段旅程暂时告一段落。从格拉斯哥往后，我将远离城市，向高原进发。

我先去超市搞了点补给，买了一堆面包、香蕉、坚果、罐装的豆子和糖果，塞满了包里的每一处空位，然后去格拉斯哥中央车站见我弟弟。这是萨姆第三次出来和我徒步了，现在我们已经不再是在苏塞克斯丘陵间乱走的徒步菜鸟，明显走得更有章法，也更有机会好好享受西部高地道一路上的美景。我们从格拉斯哥市中心往北走了 6 英里，到达米尔加维，从那里踏上了 96 英里长的国家级步道。

---

① Caledonia，苏格兰在古时或诗中的别名。
② Tennant，苏格兰畅销啤酒品牌。

穿过15英里的低地、森林和起伏的山麓，我们到达了洛蒙德湖东岸的一个小村庄。从那里开始，我们沿着湖边小路向北走了大约10英里，穿过罗厄德南森林。成千上万的苏格兰松像长矛一样挺立着，空气中弥漫着松针的气味。这是我们熟悉的味道——在妈妈的船上过圣诞节时的味道。走完这段路，我们就彻底离开了格拉斯哥，然后萨姆就会搭便车回去。匆匆分别，让我依依不舍。萨姆身上有种独特的力量，总能让我的精神振作起来，而经历了前几周的起起落落，现在我一想到要独自上路，仍不禁有些忧惧。

湖边有个简易旅舍，我在那儿住了下来。虽然我一般都会选择在露营地过夜，但这个地方价格挺便宜，而且坐落在林中，环境宜人，比大部分青年旅舍或者城里的小旅馆更有情调。一放下背包，我就出门去了湖边。在旅舍北边50码左右的地方有座破旧的浮桥，摇摇晃晃的。我脱了衣服，只穿着一条短裤，一头扎进黑暗的湖水中。湖水是那么冰冷刺骨，如同一记耳光打在我脸上。水中漆黑一团。我在水里睁开眼睛，往湖底看去，感觉自己正漂浮在一个巨大的深渊之上，那是一个无底的黑暗深渊，似乎足以吞没一整座山。我睁大眼睛，绷紧全身的肌肉，尽管恐惧一波波地在体内涌动，我依旧死死地盯着水底。

说到恐惧，我最初的体验可以追溯到童年时代。9岁左右的时候，爸爸给我买了一本大概叫《电影大全》之类的书，里面全是老电影的剧照，间或点缀着电影胶片和爆米花图案的插图，里面文章的标题大约都是《一切是怎么开始的》《银幕上的百老汇》这种。我非常喜欢这本书，尤其是关于恐怖电影的那部分。这本书让我认识了吸血鬼诺斯费拉图

（Nosferatu）、杀人狂弗雷迪·克鲁格（Freddy Krueger）和迈克尔·迈尔斯（Michael Myers）等经典恐怖电影角色。我喜欢这种"可控"的恐惧，一方面一看到这些照片就害怕不已，另一方面又知道自己其实很安全：只要把书一合，杀人狂魔们就看不见我了；再把我的足球贴纸集子压在上面，杀人狂魔们就被彻底关了起来。爸爸发现我的这个兴趣爱好后，就开始给我讲各种经典恐怖故事的桥段，它们就像睡前故事一样熏陶着我。没过多久，我开始求着父母把恐怖电影《鬼玩人》（*The Evil Dead*）租来看看。在我 11 岁生日的时候，他们终于让步了，同意我在小伙伴们来我家过夜时一起观看这部电影。当时我和小伙伴们的娱乐活动仅限于踢足球、骑自行车、去同伴家的大房子里玩马里奥赛车和跳蹦床，所以我提出生日这天大家一起挤在小黑屋里看这部 20 世纪 80 年代的恐怖电影时，他们都对这项新的娱乐活动不怎么感冒。但是，我一心想看这部血腥味十足的电影，已经顾不了那么多了。我确实过足了瘾，一点也不夸张。还记得当时是在我和萨姆的卧室里，我盘腿坐在地板上，目不转睛地盯着那台小小的电视机的屏幕。电影里，布鲁斯·坎贝尔（Bruce Campbell）从他被鬼附身的朋友的眼睛里抠出了绿色糊糊般的怪物。我吓傻了，一动都不敢动，但依然不舍得把眼睛从电视机上移开，因为我知道不会真有什么危险。我喜欢这种自由操控肾上腺素的感觉，就好像是从自行车上摔下来（我一直觉得那感觉很爽）却不用承担皮肉之苦。

这就是我说的"可控"的恐惧。从十几二十岁的时候开始，我就对恐怖题材欲罢不能。倒不是说我有强迫症，迷恋连环杀手，我只是喜欢那种刺激感，喜欢那种吓得要死却又不用担心任何实际危险的感觉。随着后来年纪大了点，我发现不光是电影，现实生活中也有各种让人"恐惧"的情况，它们要么刺激你，让你想上去干一架，要么吓得你撒腿逃跑。面对现实中各种各样的"怕"，我似乎仍在潜意识中训练着自己该怎么去反应。比如在酒吧上班的时候，你得想办法稳住满屋子喝多了的大块头，他们要是太吵闹或者打起来，场面会很吓人，甚至有生命危险。我发现自己一感到"怕"，第一反应就是完全僵住，动也不敢动，这样可不行。于是我开始"训练"自己，一感到"怕"就立刻告诉自己：别错过了这个锻炼的机会。这也是为什么潜在水中的时候，即使身体在哭喊着"快离开这儿"，我却仍要待在那里；任凭肠胃里翻腾搅动，任凭血脉贲张、恐惧上头，我就是一动不动，直到一口气全用完了，才扑腾着回到水面上。

　　过了很久，我的心跳终于恢复了正常。平静下来后，我向四周看去。在湖的另一边，也就是西岸那里，有一片凭空隆起的坡地，坡地上矗立着很大一片针叶林，高大的树木一直伸到天空里。那是一种很深的绿，像牛油果皮那么深。我的目光沿着坡地的曲线上上下下，直到这条曲线消失在另一片坡地的后面。我又望向湖水的尽头，那段向远处绵延数英里的湖岸，除了水面和天空，只有夹在水天之间的起伏的山脉。青山散发着蓝绿色的微光，显得那样不真实。我从未见过如此超然世外的仙境。

　　那天晚上，我和另外三名徒步旅行者挤在一个房间里。躺在床铺上，能闻见空气中混合着干掉的泥土、潮湿的树叶以及人体散发的味道。这时，我意外地收到了莫莉的短信。离我们说不要再联系对方才过了没几天，就再次看到她的名字显示在手机屏幕上，我的心里忽然一阵隐痛。她问我在哪里，我给她发了张照片，上面是我游泳回来经过的码头，接着又发了一张地图的截图，告诉她准确位置。她回复我问，湖对岸的山是不是一座"芒罗山"。我当时完全不知道什么是"芒罗山"，只好回答不知道，除此以外，我也不知道还能说什么了。我觉得很疲惫，没有力气继续跟莫莉发短信了，所以点击发送之后，就关闭屏幕，闭上了眼睛。但就在我快要睡着的时候，手机又震动了。我忽然惊醒，黑暗中，手机屏幕的光有些刺眼。我看到了莫莉的消息："你旁边就是本洛蒙德山！它是一座芒罗山！你明早起来去拿下它吧！"我躺着没有动，想了几秒钟，但终究不知该如何回复。最后我决定不再想了，就又睡了过去。

睡了 4 个小时后，不知什么东西把我惊醒了。刚刚凌晨 3 点，月光透过敞开的窗帘倾泻而下，冷冷的蓝灰色月光笼罩了整个房间。我小心翼翼地下了床，避开那些散落在地板上的湿漉漉的帆布背包、大衣和靴子，把窗帘拉上，然后又爬回床铺躺下。但我却睡不着了，又打开了莫莉的短信："你旁边就是本洛蒙德山！它是一座芒罗山！你明早起来去拿下它吧！"现在我恢复了一些体力，于是上网搜索这座山。花了 15 分钟查完信息，心里有了数，我心满意足地定好了闹钟，翻了个身又睡着了。

芒罗山指的是位于苏格兰地区、海拔高度超过 3000 英尺的高山，现在一共有 282 座。之所以说"现在"，是因为多年来，这个数字一直在变化，时升时降。最大的一次调整是在 2009 年，当年的一次例行测量发现位于西罗斯的小贩峰实际高度比之前的记录矮了一米。就因为这一米，小贩峰被降级成了"科比特山"——这个名字真搞笑。那么问题来了："芒罗山"是不是叫"巴克山"更合适呢？[1] 后来我才知道，之前莫莉所说的"拿下芒罗山"，是一个登山界的术语，指的是登顶这282座苏格兰山峰。然而这个挑战有个不确定性着实让人烦恼，那就是在你打卡完成一次次登顶的同时，那些持续进行的测量活动很可能会导致几座芒罗山的称号被取消，然后什么地方又增加了几座新的芒罗山。你可能花了一辈子把这282座芒罗山都"拿下"了，然而等你老到爬不动山的那一天，却忽然发现其中有一座不算数了，然后别处又多出了两座新的芒罗山，这时你就没法再说你已经征服了所有的芒罗山了。

那天早上，我恶补了这些关于芒罗山的知识，起床以后就兴高采烈地出发了，打算去拿下人生中第一座芒罗山——海拔3195英尺的本洛蒙德山，然后回来吃早餐。我穿上了跑鞋，打算登顶之后从另一侧一口气跑下来。我是早上6点半出的门，背包就丢在了房间里，打算中午退房时回来取。早晨的空气凉爽湿润，湖水蒸发形成了团团浓雾。

我朝本洛蒙德山走去，步履轻盈，尽情呼吸着新鲜又潮湿的空气。等到腿上的肌肉渐渐活动开之后，我加快步伐开始慢跑。我穿的新鞋跟越野车的轮胎一样结实，跑起来感觉很棒，就像《跑步者世界》杂志封面上的那些职业越野跑选手一样。更何况，早起出门爬山总是让我心情

---

① 科比特山是指位于苏格兰地区、海拔高度在2500 ~ 3000英尺的独立山峰。作者在这里用两位英国喜剧演员罗尼·科比特（Ronnie Corbett）和罗尼·巴克（Ronnie Barker）的名字开了个玩笑，他们出演了英国著名情景喜剧《两个罗尼》（The Two Ronnies）。

愉快，充满活力。我一路小跑，大概半英里之后，就到了山脚下。

　　开始登山了。我忽然来了一股劲儿，再次加快了步伐。我不断地从一块岩石跳到另一块岩石，双脚重重地踏在粗糙的地面上——双腿的力量和肺活量都被逼近了极限。没过多久，我的胸口就开始感到怦怦的心跳，跳得实在太快了，让我不得不减慢速度爬坡，之前轻快而灵巧的步伐变成了深一脚浅一脚的笨拙挣扎。不知道那些经验丰富的芒罗登山家看到我这种冲动步法会是什么表情。

　　一个小时后，毫无悬念地，我已经迈不开大步了，只好无精打采地慢慢走。我沿着一条狭窄的山道，气喘吁吁地向上攀爬，越爬越高，几乎可以伸手触摸到云层。我停下来喘着气，背对着山顶，就好像山顶那里有一双眼睛在盯着我，而我不愿意让它看到我正拼命挣扎。因为登山的辛苦，我一直没有顾得上注意周围的风景，直到猛然发现自己已经爬到了很高的地方，可以俯瞰广阔的平原了。看着四周的群山，有种一览众山小的感觉。面前的景色令我惊异：数英里的山岭连绵不绝，那绿色和紫色的起伏波浪，如同待命的大军。在视野的正中，深色的树木层层叠叠，像方阵一样坚定地挺立着。我昨天跳进去的那片黑暗的湖，黑得像墨水池一样，寂静无声，仿佛被沉睡的巨人看守着。

　　苏格兰的色彩令人着迷。仿佛有种神秘力量，在一块老旧的调色板上调出了属于苏格兰自己的色系，组成了一片又一片广阔的风景，这些风景都带着忧伤和沉郁。苏格兰的色彩同时又像是一首荒凉的歌，伴着遥远的风笛声，萦绕心头，令人神往。

　　行走在苏格兰，这样的感受越来越多。面对令人窒息的美，我突然渴望同伴。如果有个人在身边，我就能推他一下，感叹着说："天哪，看那里！"这样一个人似乎能帮我定格这段美好的回忆，提醒我在这个世界上存在着不可思议的美。也许时光会流逝，模糊了旧日记忆，但在未来的某一天，当我重新跟人聊起走过的地方时，就会想起这个人，他仿佛时间之河中的一只锚，让我回到过去那个美好的时刻。

歇够了之后，我转身朝向山顶，又鼓起了勇气，迈着更稳健的步子向上走去。刚才一路上都只见云层遮住了山顶，而现在，我很快就要走到云层之上了。进入那一片清凉的白茫茫之中，仿佛又回到了绿意盎然的佩尼范峰——那是我有生以来头一次真正行走在云中。再次置身于这天与地的交界面上，我回忆起了走在云中的那种宁静的力量，如同走在一个虚空的世界里。身在其中，你不知来自何处，不知去向何方。

又走了几分钟，我来到了两片云之间。到现在已经爬了将近两个小时，我终于瞥见了本洛蒙德山的山顶。它在云后若隐若现，仿佛正在等待着我。

但还没走出十来步，气氛就全变了。前面大概 30 码左右的地方出现了两个人影。我忽然感到一阵失望——他人的侵入，让我再也无法独享这人间仙境了。谁能想到，就在前一刻我还在渴望着同伴呢？

我猜他们是在下山，但走近才发现，他们也跟我一样正在往山顶冲刺。这是我整个早上第一次见到其他登山者，几乎可以确定，我也是他们遇到的第一个人。那是两个中年人，一男一女，身材健美，皮肤都是健康的古铜色，一看就是职业旅行者，让我想到那些会驾着小帆船出海，或开着旧越野车远行的人。这两个人比我走得稍慢一点，但步伐稳健，男的走在前面。赶上他们时，我微笑着喊了一声："早上好！"听到我的声音，那个女人吓了一跳——之前两个人一直专心盯着眼前的山路。女人受到惊吓，转身的一瞬间差点摔了一跤，不过很快她就回过神来，满脸笑意地看着我。那个男人也转过身来冲我微笑。他俩真像，一样的牙齿、一样的眼睛和鱼尾纹，一样温暖的笑容。

短暂打过招呼后，我们都继续埋头前行。上坡的路很难走，显然大家都没有多余的力气闲聊。过了一会儿，这对夫妇已经落在了我的身后，消失在刚才那片云中。我加快脚步，继续朝着前方的岩石顶前进，想到即将登顶，内心不禁激动起来。

终于，我走到了那块岩石边，双手扒着岩石表面，奋力爬上了山顶。我满怀胜利的心情站了起来，狂风凛冽，把我吹来晃去。没有多一会儿，那对夫妇也赶上了我，指着一段我之前没有看见的小路，告诉我要从那里去山顶。我有些尴尬地从假想的山顶上走下来，跟着那对夫妇重新向真正的山顶冲刺。事后回想起来，如果不是遇到他们，我大概就会从这里下山，满心欢喜地相信自己已经"拿下"这座芒罗山了。快接近山顶时，路边出现了指示山顶的标记。与此同时，仿佛突然间有人按下了暂停键，风完全停了。一直拍打着我的脸的乱发平静地垂了下来，上衣和短裤也不再乱飞，耳边嘈杂的风声忽然变为彻底的死寂。除了脚下的地面以及那一对夫妇，四周只剩下无边无际的白色，再无他物，如同一瞬间来到了外太空。这一片虚空如此陌生，似乎通向另一个全然不同的宇宙。

没有人忍心打破这种寂静，我只是看了一眼那对夫妇，他们也只是默默地冲我点点头，无声地感叹。如此默契。我们共享这一宁静时刻，自在、喜悦、充满感激。

"我要去亲一口纪念碑。"那个女人边说边干脆利落地跑过去，弯下腰在岩石上深情地一吻。她的丈夫紧随其后，也吻了纪念碑。他们转身面对面看着对方，十指交叉在一起。爱，在他们之间竟是那么真实而又轻松。他们充满柔情地拥抱在一起，似乎在庆祝着什么。看来我意外地闯入了这对夫妇生命中的一个重要时刻。我轻轻走到纪念碑前，用手指触摸着碑上那冰凉的铜牌。一上午的艰苦终归是值得的。然后我走过去跟那对夫妇聊起来，想问问他们这座山是不是对他们有什么特殊的意义。

这对夫妇从立陶宛来。丈夫叫埃里克，妻子叫梅里埃尔，两个人都是 50 多岁，但看起来比实际年龄要年轻 10 岁。梅里埃尔说，登上了本洛蒙德山意味着他们已经征服了全部 282 座芒罗山。用了 19 年的时间，今天他们终于成了"芒罗山登山家"（Munroists）。

对我而言，真正体会到运动方面的成就感，是在跑完伦敦马拉松之后逐渐开始的。极限状态把身体的潜能真正激发出来，给了我一种发自内心的自信，让我不再总是拿自己跟别人比较。小时候我也参加过很多竞技类的运动，那时一切都要比一比输赢，但跑马拉松、超级马拉松，还有登山，在这种类型的运动里没有输家，只要完成就都是胜利者。心情抑郁的时候，我觉得自己弱不禁风，一遍遍地在脑海中贬低自己、折磨自己，直到真的相信自己一无是处。但登山却是完全相反的感受，登上山顶，达成目标，让我感到自己很强大。

此时，跟埃里克和梅里埃尔站在本洛蒙德山顶上，剧烈的心跳尚未平息，我却已经忍不住在想下一个目标是什么了。从这里再走几天就能到达英国最高峰——本内维斯山。我想到，与其在途中随随便便去攀登很多山，不如去征服全国最高峰更有意义。转身看看埃里克和梅里埃尔，他俩已经在开香槟庆祝了。埃里克给他俩各倒了一杯酒，然后两个人一起举起了酒杯。我突然意识到一个奇妙的巧合——今天是我人生中第一次登上一座芒罗山，而恰恰是在同一时刻，埃里克和梅里埃尔征服了他们人生中的最后一座芒罗山。这一刻好像具有了某种传承的意义——他们把接力棒传给了我。埃里克也给我倒了酒，我们三个人在纪念碑前举杯痛饮，谈笑风生。一刻钟以后，我告别了埃里克和梅里埃尔，让他们继续享受梦想成真的喜悦，毕竟有我这个陌生人在场，只会喋喋不休一些"我们真有缘"之类的废话。

　　下山的状态不错，我就像是一只矫捷的山羊，身体协调性以及随时随地对地形的把握都达到了最佳状态。也许是香槟的影响，我的身体里充满了暖意，脸上洋溢着笑容，一路回味着刚刚这段奇妙的相遇，回到了山脚下。我心情愉快，想着这是多么幸运的一个早上。

　　接下来的几天，我上了西部高地道，一路上尽是崎岖的峭壁。除了偶尔遇上瓢泼大雨，天气一直很好，我的东西也基本都能保持干燥。但因为我仍处在地势相对较低的地方，蚊子太多，围着我的脑袋团团转，相当恼人，尤其是我停下来喝水或吃东西的时候，它们全都围上来嗡嗡叫个不停。我只好尽量少停下来，结果每天都被迫多走了不少的路——这倒不是什么坏事，毕竟，距离完成这次环英旅行还有 1000 英里呢。

一路上仍然是典型的苏格兰色调。洛蒙德湖边，银色的岩石小径两侧长满了深绿色的蕨类植物。小径引我来到一幅由石南的紫色、海藻的绿色和淡黄色组成的油画之中。太阳透过云层，照亮了这幅画，也把光彩涂抹在湖水和群山的表面。这里离洛蒙德湖岸很近，视野开阔，能看到前方绵延 10 英里的山脉。沿着东岸继续向北，湖西侧最高的两座山峰本沃利赫山和本伊梅山赫然在目。我不禁又一次感慨着苏格兰的大自然，油然升起敬畏之心。这片土地上充满了神秘的魅力，空气也格外清新健康。仅仅是呼吸着苏格兰的空气，就让我感到自己变得更健康了。尽管有些时候，悲观的想法和感受仍像一股强大的暗流般在心底涌动，需要费些力气才能勉强应付，但我已经能在内心中建起一座堤坝，多少抵挡着这股暗流。也许是因为我把注意力完全放在了那些连绵不断的森林、植物，以及各种各样的野生动物上，还会偶尔找点乐子，比如在接近傍晚的时候去湖里游泳。

　　一天早上，我打开手机上的音乐应用，想选一选今天徒步路上的音乐，发现一支我很喜欢的乐队出了新专辑，于是听着歌打算来一次长跑。离开偷搭在泰恩德拉姆郊外的帐篷时，我抬头看着周围的松柏林，神秘而陌生，让我想起了电视剧《双峰镇》①。

　　选好专辑，按下播放键，出发。我最喜欢边跑步边听硬核朋克摇滚乐，那感觉就像是跑在枪林弹雨中，而我身手敏捷，健步如飞，没有子弹能打中我。仿佛是上天的安排，在我最需要的时候，乐队出了这张新专辑，

---

① *Twin Peaks*，20 世纪 90 年代的一部神秘恐怖题材的美剧。

陪伴我重新振作起来。我跑了 6 英里风光旖旎的山路，翻过阿盖尔山和比特山，经过洒满阳光的贝因多雷恩山，一直跑到了布里哲夫奥希村。天空中的云在大地上投下长长的影子，如同一只挥舞的巨手。晨露汇成了小小的水洼，零星散落在路上。云朵散开，阳光直下，前方的小路闪闪发光，如同缀满了钻石。远处的山峦散发出柔和的灰蓝色，近处的草原在明亮的晨光中呈现出浅黄和灰绿。苏格兰特有的色彩再次汇成了一首空灵唯美的歌。路上有很多碎石，但靠着那双抓地性能强大的跑鞋，我能毫不费力地踩着碎石跑过去。尖锐的吉他和鼓声在耳边引爆，身体的每一个部分都被充分调动起来，就像强劲的牵引引擎，推动着我向前冲。

大约 45 分钟后，我忍住了全速冲刺的诱惑，放慢脚步，最后停在了布里哲夫奥希火车站。以前跟舍维教练讨论马拉松跑到终点时要注意的问题时，他说在终点全速冲刺是"一种非常愚蠢的方式"。舍维说过要"聪明地跑"，按照他这个思路，我没有全力冲刺，而是减缓速度，稳步前进，轻松抵达终点。这样跑完不会腰酸腿疼，也不会喘不过气来。那天跑完步，我体会到一种无所不能的信心，让我相信没有什么能伤害到我。真的，那次跑步是我有生以来最棒的一次。

回想起来，当时我想着，如果像跑步这么简单的事情都能让我感觉这么好，那就没有理由停下脚步。我要继续前行，不仅是继续跑步，也继续生活。即使生活中仍有阴霾，我也愿意接受，因为我想要继续生活。

从那一刻起，我相信自己真的成了一名跑者。

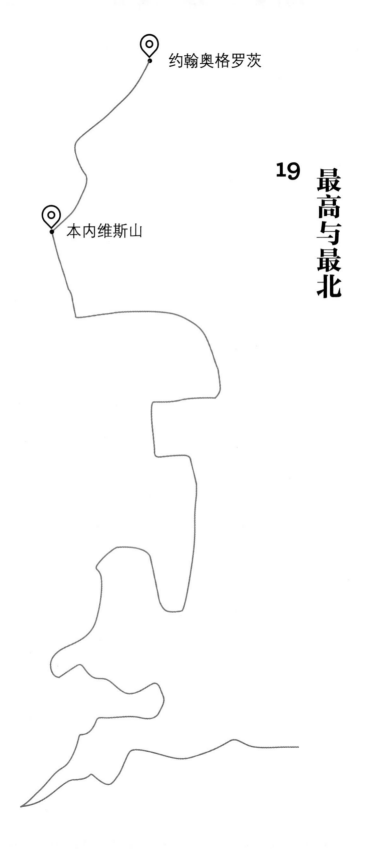

约翰奥格罗茨

本内维斯山

搭便车回到泰恩德拉姆之后，我收起帐篷，打算到村子里走走。此时脑袋虽然依旧清醒，但腿已经有点发沉了。走到一家咖啡馆，我停下来打算吃点东西，顺便给手机充电。我点了碗萝卜汤，然后找了个离服务员最远的僻静角落坐下，从包里拿出在格拉斯哥买的最后一块面包。猛然间，我意识到自己现在的很多行为都是当初做酒吧经理时最讨厌的——偷偷吃自带的食物，点一杯柠檬汽水坐一下午，在残障人士专用的洗手间里换衣服……真巧，这些正好都是我现在爱干的事。我会在高峰时段若无其事地点一杯拿铁占着座位不走，会浑身是泥却恬不知耻地在餐桌之间乱晃，而且基本上每天都做这种事，有时一天好几次。这当口，我正在找电源插口给手机充电，服务员走过来，一眼就看到了那块吃了一半的面包从我的包里露出来。她无奈地摇着头走了过去，而我则稳坐在椅子上，直直地看着桌面，假装什么都没看见。

　　这样的经历会让我以后对那些没素质的顾客更有同理心吗？——如果以后我还回酒吧工作的话。说实话，我没想过。我没想过徒步旅行之后要做什么，要去哪里。直接回酒吧上班吗？经历过这一切之后，也许我会有所收获。这些收获会让我未来的生活变得不一样吗？我就能更好地应对压力了吗？意识到这些问题会让人心烦意乱，我打住了——没必要急着想清楚未来的事情。我努力让自己重新专注于当下。也许是因为刚刚跑完步，我头脑清醒，没有掉进思绪的旋涡。还是趁着好心情继续上路吧，这样想着，我喝光了汤，留下小费，离开了餐厅。

我又搭了辆便车回到布里哲夫奥希，然后查看地图，想看看今天走到哪里合适。时间刚到正午，今天应该还可以走上不少路。从这里去格伦科山谷不过七八英里，其他徒步者曾经告诉过我，那里很美，尤其是在日落时分。于是我决定争取在下午 5 点前走到格伦科山景区。

费了一番辛苦翻过玛姆卡雷山，得以一睹图拉湖的美景，终归还是很值得的。眯起眼睛远望，图拉湖颇像沙漠中的一片绿洲，夹在几英里宽的被太阳炙烤着的草原之间。又走了几英里后，我沿着山路走进了布莱克山，再走不多远就看见了著名的芒罗山米尔阿布里蒂山和科利斯山。

那天晚上，我在贝恩阿楚莱斯特的大本营扎下了帐篷，那地方离一条废弃的军用道路不远。帐篷的门对着山谷，正好能看到一片极为壮观的山景。此前从远处看这片山时，不过是一片不知远近的蓝色，依稀在地平线上起伏。但走到如此近处再看，感受就完全不同了。它们雄壮伟岸，似乎蕴藏着巨大的能量，仿佛将永恒存在，无关时间、无关人类、无关世间一切风云变幻，永远不必为任何人任何事屈服或妥协。也许正是因为这样的感受，大山总能给人以力量。

秋天的日落恢宏壮丽，天空中洒满了绚烂的红橙黄。在大山中，人会感到敬畏，但也会感到安全。只要靠得足够近，用心聆听，就能听到大山的呼吸。那幽灵般的呼吸仿佛来自幽深的洞穴，如同鲸歌，在天空中回响。我不禁回忆起自己的第一次露营，那是在君主之路上，那个无比紧张的夜晚，帐篷外任何一个微小的声音都让我惴惴不安。但现在，露宿在格伦科的山中荒野，我却已经能像在家里一样安心了。我用心享受着此刻，再也没有一丝一毫的恐惧、担心或绝望。夜幕降临，温度低了下来。我钻进睡袋，睡眼惺忪，直到沉沉地睡去。

接下来的两天，我继续沿着西部高地道走了 22 英里。尽管体力完全够用，但我还是决定多安排一天来走完这段路。我想放慢脚步，悠闲地欣赏路上的风景。第一天，我走过本恩比格山和斯托比米克马图恩山之间的山路，到达了肯罗克勒文山。这段路被称为"魔鬼阶梯"，相当难走，一路上全是为了帮助旅人爬上山顶而铺设的石板和台阶。沿路向北，离冰封的山谷峭壁越来越远了。一开始我担心走错了方向，好在很快就遇到了一些同样在徒步的旅行者，确认了方向没错，要不然我很可能会掉头回去，改成沿着高速路走。一路坚持下来，我终于走到了"魔鬼阶梯"的终点，虽然已经气喘吁吁，但山顶的风景美不胜收，不枉此行。

时值 9 月下旬，空气寒冷而干燥，风从山口吹进来，如同冰刃划过脸颊。风太大时，我只能把脸埋进大衣里。如此继续向北，前方就是威廉堡。途中，我在肯罗克勒文村外停下来扎营。这个被称为"电力村"的地方，是世界上最早用上电的村庄。因为附近的山上修建了水力发电设施，早在 20 世纪初，电力就进入了肯罗克勒文村的每家每户。第一次世界大战之后，英国士兵和德国战俘在这里建造了一座大坝和一条 5 英里长的管道。管道将水引到村里，而大坝则给炼铝厂提供电力。"魔鬼阶梯"这个名字就是在大坝建造过程中诞生的。当时工人们扛了一天沉重的建筑材料后，要从这条路返回住处，发现这条路无比难走，尤其是在一年中最冷的那些夜晚，简直能要了人的命。

第二天，我从著名的格兰扁高地西侧经过。格兰扁高地上有 164 座芒罗山，其中包括雄伟的本内维斯山。我沿着格兰尼维斯森林小径，穿过数英里长的松树、榛树和桦树的海洋，到达威廉堡。西部高地道至此就走完了。经过这段旅途，我重新找回了徒步历险的精彩和喜悦，变得更加坚韧，重拾希望的力量。

我奖励自己在镇上的一家印度餐馆吃了顿饭，一边坐在餐馆里大快朵颐地嚼着热肠和超大份的蒜味烤馕，一边打开了"沙发客"应用。能不能在这么短的时间里找到一个住的地方呢？其实我也没抱太大希望，但让人惊喜的是，不到 10 分钟，一个叫海莉的当地人就答应了把她家的空房给我住。

海莉是一名教师，从她的公寓窗口，可以俯瞰远方的山岭和林尼湾对岸的那些科比特山。那一刻，我感到这里胜过了整个英国的任何一个地方。她问我是不是要去攀登本内维斯山，我说是的。于是她答应我可以再多住一晚。

第二天早上 7 点醒来，我拿起随身携带的小包出发了。我要去征服芒罗山之最——本内维斯山。从威廉堡出发，无论走哪条路线，都要先步行 3 英里到达山脚下。我决定返回格兰尼维斯森林那边，然后沿着一条单向步道开始爬山。这条路线上的风景不亚于西部高地道。云层时而露出些许缝隙，圣洁的阳光直泻而下，在大地上留下斑驳的光影。阳光照耀之下，一切景物都变得更加生动了，色彩鲜明，熠熠生辉。沿着小径穿过树林，空气中充满了松柏的香气，又让我想起了圣诞节。从西线攀登本内维斯山时，大部分时间看到的都是米尔安蒂苏德——附近的一座科比特山，而不是本内维斯。阳光下的米尔安蒂苏德山在灰云笼罩的背景色中散发着莹莹的绿光。它遗世独立，沐浴在一束天堂般的圣光里，仿佛画家笔下的极乐世界。我继续沿着登山路线前行，没有沉重的背包，身体移动起来更加自由了，脚步也更加轻快。我竖起耳朵，睁大眼睛，时刻注意着有没有鸟类的行迹，希望能看到赤鸢或游隼。在西部高地道上行走时，我也曾偶尔看到过猛禽，还上网搜索补习了相关知识。现在我可以自信地说，那是秃鹰而不是苍鹰，这是鱼鹰而不是鹰隼——反正不管怎么样，就算说错了也没人知道。

过去一年里，我走过了不少陡峭的山坡——西南海岸步道、彭布罗克郡海岸、斯诺登尼亚、奔宁道，再难走的路也已经是家常便饭。所以对于攀登本内维斯山，我并不是太担心，只管精神饱满地前行。艳阳高照，晴空万里，大地风景尽收眼底。

本内维斯山海拔 1345 米，巨人般的身躯使得周围每一寸土地都相形见绌。它如同一座古老的火山穹丘遗骸，刺破天空，消失在云层深处。我决定沿着米尔安蒂苏德山一侧的小马步道上山。在海拔 600 米的高度，山的东侧有个小湖。走到这个地方，本内维斯山的壮丽终于第一次显露出来。又走了一个小时，已经见不到草地了，地面上满眼都是大小不一的灰色岩石，证明这里的确曾是一座释放了巨大能量的火山。山顶很冷，寸草不生，四周围绕着一团神秘的雾气，挡住了阳光。站在山顶上，置身在一片白色之中，我仿佛暂时离开了属于凡尘的生命，进入了超现实的世界。

　　走到这里，我感到心满意足，但依然渴望继续前行。我在海莉家又住了一晚，然后踏上了大格伦道。这条长达 78 英里的国家级步道贴着尼斯湖岸向东延伸，斜穿过西部高地。有一个从伦敦来的独立电影制片人叫格雷格，他最近跟我联系，说想跟我一起走上几天。虽然并不认识他，也不知道他是什么样的人，但我很高兴能有个旅伴。和一个陌生人徒步探险，一起待上 4 天，有点怪怪的，不过见到他本人后，感觉倒还不错。我本以为他是那种身材高大、体毛浓密的类型，扎着摄像师爱留的马尾辫，但其实他是个文静的小伙子，面色略微苍白，一头浓密的短鬈发。我们很快找到了默契，交流也日渐深入。4 天的漫长交谈让我得以重新审视和反思过去的许多经历。不断的解构、分析、阐释，带来了更多启发，让我更深入地去思考自己是一个怎样的人，我生活的动力是什么，以及——究竟是什么带给我幸福。

　　从因弗加里出发，我们走过了一片又一片浓绿的林地，深蓝色的尼斯湖始终在我们的右手边，广阔深邃，延伸向天际。空气清新纯净，让人想大口呼吸；而到了夜晚，总有满天繁星。大自然的治愈力量让格雷格变得越发平静和亲切，这让我备受鼓舞，得到了加倍的治愈。看到这样奇迹般的变化发生在另一个人的身上，我更加感到自己是多么幸运，能一直这样在大自然中行走，能生活在美丽的英伦岛国。

　　最后一晚，我们走到了因弗内斯城外。回想过去的这 4 天，就像是一次心理治疗。这次经历让我想了很多，我做出了一个决定，一个改变我人生的决定。

从记事起，酒精就和我形影不离，尤其是全职在酒吧工作，更让我离不开这东西。但这一天我决定，我不想再回到过去了。出来徒步前，我并没有认真想过要改变，所以在旅行的前半段，我还会时不时地陷入酒精和毒品之中。虽然我给自己找理由说这样做只是为了找乐子，只是我精彩旅途上的"插曲"，但在布赖顿拍摄《心灵马拉松》的 6 个月里，我意识到，继续喝酒，很容易让我回到过去那种贪图享乐的生活方式。

徒步旅行让我思考和成长了很多，我意识到，为了长期保持心理健康，旅行结束之后我需要做些不同的事。同时我也清楚，如果继续喝酒吸毒，我就不可能有力气去做那些我想做的事。参加户外活动，以及给自己时间和空间来消化情绪，这些事情让我变得稳定、积极、自信，我从没见过这样的自己。但我很清楚，如果又回到烂醉如泥的状态，一切就都会被打回原形。为了现在的自己，也为了未来的自己，我决定不再让这种事发生了。我想远离酒精，我很清楚，我想要做出这个决定。是的，我决定戒酒，就这样决定了！没想到做出这个决定，竟然就是这样轻松简单。

第二天，我和格雷格在因弗内斯道别。不知道这 4 天的拍摄有没有用在他的影片里，但对我来说，这段旅程收获颇多。格雷格似乎也变得不一样了。第二年，他沿着太平洋山脊步道，花了 6 个月徒步 2650 英里，从墨西哥走到了加拿大。

我最初计划走到因弗内斯就折返向南，但到了那儿以后，我意识到离英国的最北端约翰奥格罗茨只有 120 英里了，不如加把劲儿，把这段路走下来。于是我打算做点准备，花 6 天的时间跑步前往约翰奥格罗茨。

萨拉是因弗内斯本地人，一直关注着我的行程，我们后来成了好朋友。她同意我在跑步期间把背包存放在她家的车库里。没有了帐篷和睡袋，就得想办法找到每晚过夜的地方，于是我又在社交媒体上发了求助消息。跟上次在彭布罗克发帖寻找被偷的背包差不多，粉丝们疯狂转发分享了我的帖子，一天之内我就收到了 5 个邀请。问题解决了，现在只管跑就行了——6 天，120 英里。

从地图上看，通往约翰奥格罗茨的路是条直路，只要沿着它一直跑下去，不大可能迷路。接下来就是规划路线，安排住的地方。第一站选在了阿尔内斯，一对叫阿里和戴维的情侣会给我提供住宿和早餐。跑到那里要 20 英里，其实第一天我并不想跑那么远，但这个距离也不算太离谱。

然而事实证明，就像跑爱丁堡到格拉斯哥的那段路时一样，第一天是最难的。我跃跃欲试，兴奋过了头，根本没有合理规划跑步速度，最后虽然跑到了阿尔内斯，但感觉全身都散架了。我的脑海里响起一个声音：后悔也晚了，傻瓜，20 英里，哪有那么容易？

第二天，我继续出发向北到达第二站泰恩，全程约 14 英里。我原本打算一直沿着 A9 公路跑到约翰奥格罗茨，没想到的是，这条路上交通异常繁忙，好在这一段还有一条几乎平行于 A9 的 B 级路，这样我至少有一两个小时不必心惊胆战地躲卡车。第二天晚上，我住在了爸爸妈妈的老朋友查理家。他的家和一家服装店背靠背，装修风格像是一间超现实主义艺术工作室，几乎每个房间的墙上和架子上都满是艺术品，有些是他自己的绘画和雕塑作品，有些是他收藏的摄影作品和各种奇奇怪怪的玩意儿。每个房间里都有人体模特，查理给它们穿上不同的衣服，还起了名字。查理毫无疑问是个无政府主义者。他告诉我，英国皇家空军在泰恩上空演习时非常扰民，他用木头做了一对巨大的 V 形手势，举到机组人员面前抗议。我听了这段传奇，感动得直哭。

第二天，我从泰恩出发跑了 13 英里，来到了第三站——多诺赫郊外的一个村子，晚上住在吉尔和吉姆家。这对夫妇是我 7 月份在卡莱尔的一家咖啡馆里认识的。他们家装修得很漂亮，但遗憾的是他俩不在家，接待我的是暂时帮他们看家的琳恩。琳恩充满能量，从上到下散发着对生活的热情，是那种看一眼就让人难以忘怀的人。第二天早上，她拉着我去了多诺赫的海滩，非要一起光脚散步，还要去海里"泡脚"。她喜欢泡冷水养生。我们在海滩上走了没多久，她就脱下衣服，跳进海里游泳。游完出水，她脸上的表情无比幸福和满足。真希望我也有她那个勇气，敢往苏格兰高地冰冷的海水里跳。

那天我跑了 15 英里，来到布罗拉镇，晚上住在一间避暑别墅里。别墅的主人叫伊丝拉，第二天早上，我和伊丝拉聊得很投缘，而且发现我们都喜欢徒步。接下来的两天跑了很多路——也是没办法。第一天跑了 26.6 英里到达邓比斯，第二天又跑了 20 英里到了威克。最后从威克跑到约翰奥格罗茨那段很有意思。那天早上，社交媒体上尽是关于纽约马拉松的新闻，于是我决定跟马拉松选手们比比看，他们在纽约跑，我在英国跑。那天我一口气跑完了马拉松的距离，用了不到 3 个小时就抵达了约翰奥格罗茨，感觉相当不错。

那是全程的最后一天，我从威克出发，跑到 16 英里多一点的时候，路上的行人已经很少了。但随着天气转晴，终点将近，时间似乎也过得更快了。我的脑海中不停翻腾着各种想法，想得最多的是：到了约翰奥格罗茨，就真的跑到头了。尽管在之前的旅途中也经历了很多特别的时刻，但老实说，唯独今天跑到英国最北端的这一刻，让我觉得自己就像是电影《阿甘正传》里面的阿甘。看到北端标示牌的那一刻，我把随身带的小包扔在地上，帽子抛上了天，狂喊了一声："哇喔！"欢腾片刻之后，我的内心又感到了一种彻底的平静。我默默眺望着大海，斯特罗马岛和马克尔斯凯里岛在前方清晰可见。在这里，我独自享受了一段幸福的时光。

那天晚上躺在床上，我收到伊丝拉的短信，叫我别忘了好好看看天空。我漫步到海滨，身后的街灯散发着朦胧的橘光，头顶上方的天空中显出一条淡淡的灰色光带，几颗星星探出了头。接着，我看到了：一片片绿光正在光带周围舞动，那是北极光——绝对是一种极为独特的绿光。我忽然感到，似乎这一刻一直在等待着我。我跑到海边，站在那里眺望，头脑中回放着过去的一周。我感谢自己做了正确的事情，帮助自己保持了健康的状态。

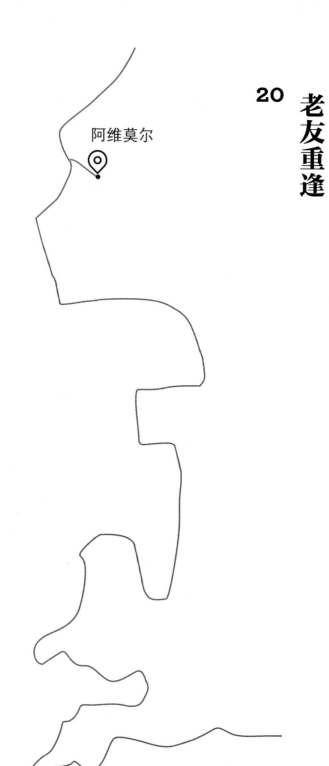

阿维莫尔

20　老友重逢

最近我在心理上调整得不错，但身体上确实需要休息了。正好《心灵马拉松》入围了"心灵影片奖"（Mind Media Awards）最佳纪录片候选名单，颁奖典礼将在莱斯特广场举行。这是马拉松比赛之后，参与纪录片制作的团队第一次见面，以后也不知道还有没有机会再见，我当然要珍惜这个绝无仅有的机会，去看看大家。

　　我花了 7 英镑坐特快巴士从因弗内斯来到伦敦，车程 17 个小时。颁奖典礼和我想象中的一样，有着所有颁奖典礼都有的精彩和无聊。斯蒂芬·弗莱①的开场白之后，心灵大使费恩·科顿（Fearne Cotton）开始颁奖。我们的纪录片《心灵马拉松》没有获奖，但参加纪录片的几位伙伴，包括里安、乔吉、史蒂夫、保罗、梅尔、克劳迪娅、萨姆、谢莉思、波普伊和我都获得了"发声"奖。这是我们都很期盼的个人奖项，奖励我们为心理健康发出自己的声音。颁发奖牌的是我们的老朋友哈里王子。真高兴又见到这些朋友，我盼望着未来还有机会见到他们。

　　10 个小时后，我又出发了，继续自己的徒步旅行。回因弗内斯的车

---

① Stephen Fry，英国演员、主持人和作家，人称"油炸叔"。

票虽然便宜，但旅途很不舒服，到站的时候，我浑身难受，心烦气躁。第二天，我从萨拉那里拿回了背包，第三天出发前往阿维莫尔，打算住在老朋友西蒙·克拉克家。去阿维莫尔要走 25 英里，这是我平时两天的路程。我一早起来就出发了，空气冰冷，脸都快冻住了。我沿着火车轨道一路向南，偶尔停下来到树林里转悠。莫纳利亚山区林地平坦，围绕着本阿比莱赫山生长的松树林粗壮坚挺，排列井然，仿佛一支大自然的军队降临在此地，用它们神秘的力量保护着我免遭未知的危险。

走到托马廷时，我发现水塘的表面已经开始结冰了，看来冬天已经到来。踩在地面上，脚下发出的噼啪声让我想起了天真烂漫的童年，虽然只是一些模糊的记忆。不过同时我也不禁想到，接下来的几个星期不会太好过了。

在苏格兰高地上遇到寒流，绝不是一般的冷，不过只要一直移动都还好说。最难熬的是夜晚扎营。只要一停下来，冷空气就开始渗进身体，简直是无孔不入。更糟糕的是，任何复杂一点的手指动作，比如拉拉锁或解绳子，都需要摘下手套。这样下去，我早晚会得"高原露营手病"——这个词是我自创的。谢天谢地，我还有个自热床垫，这让我至少跟身体底下的冻土隔开了几英寸，这跟直接贴着冻土睡可是天壤之别。不过即便如此，我还是冻得睡不着。

在一个叫加藤船的小镇，我上了斯佩赛德道。它蜿蜒曲折地穿过茂密的灌木丛，一直通到阿维莫尔。道路两旁的山与树美得令人惊艳，一路上很多地方都值得驻足欣赏，还经常会遇到徒步和骑自行车的人，能跟他们聊上几句，看来已经离城市不远了。到了阿维莫尔，我进了家安静的酒吧，找了张挨着壁炉的桌子，要了热巧克力，等待西蒙来见我。

很高兴能跟西蒙——我的朋友兼精神导师重聚。西蒙没有像往常一样穿着他那身经典的跑步行头，而是一身时髦打扮。我知道他不会答应，但内心里还是暗暗将其称为"高地时尚"。西蒙的一头银发仍像海鸥羽毛般飘逸狂野，他也仍像过去那样充满了好奇心和感染力。

像许多具有冒险精神的人一样，西蒙的平静和优哉之下，是一种无所畏惧的自信。他似乎从来不为任何事情担心。可能正是因为这一点，我很喜欢和他待在一起。跟他不同，我经常为各种事担心，就好像担心很重要，我需要经常做这件事似的。从西蒙身上，我学到了一种不一样的处世心态。

从阿维莫尔向北开车大概一个小时就到了西蒙的家。路上，他说当天晚上在芬德霍恩的寰宇剧院有个活动，想带我去参加。于是我们草草在路边的炸鱼薯条店吃了点东西，就开车驶向了那里。

1962 年冬天，芬德霍恩基金会的精神领袖们在芬德霍恩湾附近的房车营地上建立了一个生态村，用他们自己的话说，这是一个"依靠心灵深处的声音来指导日常生活的体验式学习中心"。路上，西蒙只是简单随意地说了说这个生态村，我也没当回事，但到了那儿，忽然看到荒郊野外冒出的那座设计特别甚至有点诡异的建筑，我毫无心理准备，不禁有点惊慌——这是哪里？不会是什么苏格兰本地的邪教组织吧？他们是不是要给我洗脑？会不会有一群身穿长袍、留着长胡子、眼神呆滞的教徒出来抓住我，把我赶出他们的净土？西蒙难道是他们的人，这一路上一直在考察我的言行举止？更有甚者，他会不会从一开始就是在考察我？虽然平时我还算心态开放，但这会儿焦虑一波接一波地涌上来，把一切疑点都联系在了一起。我一门心思地害怕起来。

走进这座建筑，我下意识地寻找着紧急安全出口，努力保持头脑清醒。沿着巨大的螺旋楼梯上行，有声音从顶楼传来——似乎是人群发出的热烈欢呼声，在巨大的空间里震荡，留下仿佛幽灵般的回响。不知道这是个什么活动，但看情况它已经在我们到达前开始了。我们只好蹑手蹑脚地把大门打开一道缝，偷偷溜了进去。

"别出声。"西蒙说着率先钻了进去。我跟在后面，从门缝里勉强可以窥见里面的情形，房间里坐满了人，但似乎并不吓人。我放下心来，很惭愧之前的胡乱担心。

巨大的屏幕上正在播放一组幻灯片，介绍这座建筑的建设过程。在台上讲话的是一个和蔼可亲的老大爷，观众席里也有人在互相小声说话，不时面带微笑，点头称是。原来这个老大爷在介绍这个社区的创始人，讲述这个专注于精神富足的社区是如何发展起来的、他们现在在做哪些事情。老实说，他讲的有些部分我不是很明白，比如向"天使"请教种菜技术，但我依然为这个社区的成功而感动。这个组织对理想的执着，以及它成长壮大的过程，堪称经典成功案例。那种社区共同体的凝聚力和治愈力震撼着我，让我想起了跑马拉松时在"全民跑团"中的类似感受。当晚的高潮是全场观众在一个披着披肩的女人带领下，学习一种古老的佛教咒语的 4 个和声。虽然各声部的配合还有点混乱，但效果已经有了，音准也不错。这和声似乎让时间静止了。

第二天早上醒来，我听到西蒙在厨房里走来走去、喃喃自语。我走过去，发现他已经裹着羽绒被，不言不语地坐在那里，眼睛盯着窗外发呆。现在回想起来，他当时似乎陷入了沉思之中，甚至显露出一丝悲伤。他说他只是需要几分钟让自己静静，我就没有再打扰他。我还是第一次看到西蒙显露出脆弱的一面，这让我有点难过。收拾行李的时候，我在想能做点什么帮他好起来。

我问西蒙想不想和我一起进凯恩戈姆山区，走到莱里格格鲁山口那里。他没反对，半小时后他收拾了东西，说要再叫个朋友跟我们一起走。

到达阿维莫尔时已是中午，我意识到，因为出发得太晚，想在今天之内走到莱里格格鲁山口已经很难了。前往山口的那条路很长，就算是早上 8 点出发，想要一天之内走完也很费劲，更何况现在已经是中午了。这样想着，我们进了树林，心情反而轻松了。最开始的几英里路很平坦，接着就开始上坡了。快到前往山口的那条路的起点时，已经是下午 2 点半了。路上尽是冰雪，天色也开始变了。过了一个小时，我们遇见了一群迎面而来的徒步者。他们告诉我，想用 6 个小时走到布雷马门儿都没有。但我们还是决定继续前进，也许是因为眼看已经快走完全部的上坡路了，也许是因为盲目自信，也许是因为想到西蒙和我都是经验丰富的冒险家，而这伙人则多半只是周末出来散散步的业余登山者。

气温下降得很快。我的衣服很厚，但西蒙和他的朋友瑞秋穿得有点单薄。手机信号也变得很差，让我有些担心。路面上到处是冰，为了不至于滑倒受伤，我们只好放慢脚步。到了这个份儿上，我们都不说话了，心里很清楚，午夜之前都不可能走到布雷马，更别提在日落前搞定了。

傍晚 6 点，我们打开了头灯。天冷极了，或者说是冷得要命。西蒙摔倒受了伤，接着是瑞秋。虽然仍故作轻松，但我知道，他俩已经跟我一样紧张了。

接下来的故事是这样的：天越来越黑，也越来越冷；地越来越滑；情况越来越糟糕，甚至有点恐怖了。路上偶遇的徒步旅行者曾经告诉我们，前面有间小木屋，于是我停下来打开手机地图，想找出它的准确位置。虽然还是没有手机信号，但可以查看 GPS。看到我们距离布雷马居然还有那么远，我的心里一沉，看来必须找到那间小木屋过夜了。但愿我没有看走眼，要是手机地图上显示的那个符号不是小木屋，我们就完蛋了。

我们尽量放慢脚步，小心翼翼地前行。上了一条岔路，又走过一座桥，感觉方向应该没错。没多久，空气中传来了烧木柴的味道，远处有微弱的光亮，原来是玻璃窗里的灯光。我们终于松了口气。那里不但有小木屋，还有人在里面生火。我们走过去，看到木屋里有两个人。有意思的是，这两个人的名字都是戴夫。我们进去安顿下来，边跟他们闲聊边享受着温暖的炉火。

在第二天早上的晨光中醒来，我裹着睡袋走到门外，这才意识到，昨天只顾着担心，完全没有注意一路上的风景。此地群山环绕，所有的山顶都被白雪覆盖，景色无比壮观。我赶紧转身回去叫醒了其他人。

西蒙和瑞秋决定掉头回阿维莫尔，我想昨天的波折已经把他们折腾得够呛了。一起走回昨天那个岔路口之后，我们道了别。现在我又独自一人上路了，目标仍然是布雷马。阳光穿过山间，照耀着积雪，璀璀夺目。白雪的反光照亮了通向布雷马的路，如同一条通向光明的跑道。5 个小时后，我到达了布雷马。

穿越莱里格格鲁山脉的旅途险象丛生，挑战程度超过了之前的任何一段路。怀着惊惧，我意识到徒步旅行已经渐近尾声了。我又继续向南走了几天，肩上的背包日益沉重，双腿似乎已经感到了临近终点前的疲惫。从爱丁堡起，要开始真正的最后冲刺了。这时，我下了一个大决心。和西蒙·克拉克在一起的这几天，再次点燃了我的激情，我决定追随这份激情，把心愿变成现实：我决心从爱丁堡跑回布赖顿！

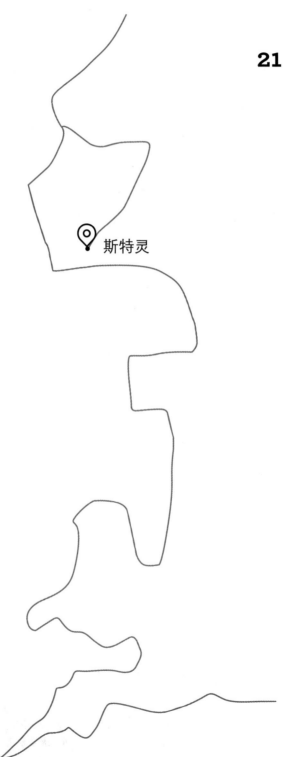

21 挑战超长跑

斯特灵

11 月 29 日，星期三，夜晚的爱丁堡就像一棵圣诞树被灯火点亮了。每年这个时候，爱丁堡的东王子街花园都会有圣诞市场，规模盛大。此时此刻，这片哥特式广场已经变成了一个冰雪主题的梦幻世界，到处都是商贩的帐篷摊位。虽然被琳琅满目的商品诱惑着，但想到每天 20 英镑的预算，我还是扼杀了购物的冲动，在青年旅舍预定了一张铺位，又在酒吧买了馅饼和土豆泥，这样下来今天就只剩下 3 英镑了。虽然很想再来一杯热红酒，而且严格来说也不会超过预算，但我还是忍住了，掉头去超市买了香肠卷和香蕉。

事实证明，自从戒酒以来，我变得自律多了。每次想放松一下喝上一杯时，都能忍住诱惑；我不再像以前那么想抽烟，以前爱吃的那些又咸又油的零食也都戒了。除了前阵子在寒冷的夜晚露营时睡不着觉，大多数时候我都比过去睡得更香了。这些改变令我很满意，尤其是想到接下来要跑 800 英里去布赖顿，健康的习惯让我信心倍增。马拉松教练舍维会告诉我，这个时候要格外注意保养身体：多喝水，保证充足的睡眠，多做拉伸运动，"聆听身体的需要"。好消息是，跑步每天至少也要消耗两三千卡路里，所以可以尽情大吃大喝。不过考虑到不能超出预算，还是得好好计划一下——要量大价低，还不能太没有营养。经过一番深思熟虑，我发现必胜客的自助餐是最佳选择。只要 7 英镑就可以补充足够的碳水化合物，还有营养丰富的沙拉，这样一来就不愁持续供应能量了。

躺在青旅的床铺上，伴着下铺的中年男人震天动地的鼾声，我在手机上摆弄着地图，规划着接下来的跑步路线，记下了沿路的村镇名字，打算在社交媒体上发帖寻找在当地的免费住宿。

长跑旅行寻住宿

未来一周我将从爱丁堡跑到布赖顿，将会经过以下城镇／村庄：

- 科肯希

- 北贝里克

- 邓巴

- 艾茅斯

- 特威德河畔贝里克

- 阿尼克

如果有人住在这些地方或附近，或有认识的人住在这些地方，愿意给我提供一晚免费住宿，请联系我！谢谢！

请帮忙转发分享！

让我分外感动的是，找到从科肯希一路南下到阿尼克的住宿，只花了不到一天时间。阿尼克在诺森伯兰郡海岸，离爱丁堡将近 100 英里。

说实在的，我都不敢保证那些从小跟我一起长大的朋友会毫不犹豫地收留一个陌生人过夜——虽然他们都算得上是善良又正直，是我心目中标准的"好人"。说真的，我不知道究竟什么样的人会这样慷慨。

从某种程度上看，是之前的所有经历——徒步旅行、拍纪录片、参加马拉松，以及我遇到的许许多多的人，将我带到了今天这个时刻：跑回布赖顿。也许正因为如此，再难我也要跑下来。

自从在格拉斯哥结识帕蒂之后，我听了很多苏格兰歌手的音乐——虽然很多乐队的歌我过去也听过，但如今身在这些歌手的家乡，重听他们的音乐，感觉非常特别。有首歌叫《新鸟》（*New Birds*），描述了同一个人从两种视角去看待背叛的故事。我的脑海里忽然浮现出莫莉的名字——我意识到自己似乎已经很久没有想起过她了。她一定愿意跟我一起头也不回地踏上眼下这段未知的旅途。还记得在爱丁堡第二次见面的时候，我曾闭上双眼，想象她的脸庞映着火光的样子。我错了吗？那次见面难道不应该是最后一次吗？但是，难道我不渴望两个月后到达旅行的终点时，在布赖顿码头再次见到她吗？我一直相信，后来遇到的那么多意想不到的美好的事情，都始于跟莫莉相遇的那个晚上。但真的是这样吗？

我一直相信，跟莫莉的相遇引发了此后的种种经历，引发了那些巧合，引发了那些奇妙的瞬间和深刻的体验，而这一切又不断驱使我继续向前……但如果事情的真相并不是这样呢？跟莫莉的相遇会不会只是一个偶然的巧合，而此后的种种经历也都是一个又一个偶然的巧合呢？也许遇见莫莉跟我做出的其他很多选择并没有什么本质上的区别，所有选择都会带来新的生命体验。也许我和莫莉真正爱上的是我们想象中的那种爱情，我们借着这种渴望，想要逃离各自的现实。那一刹那如同被电流击中的爱情，当真就只是刹那而已。想到这些，我开始相信，我所经历的种种、我的运气和巧遇，更多是因为我自己的缘故，而不是受到莫莉或其他人的驱使。我忽然感到踏实，感到对自己又有了更多信心。就这样，莫莉的神秘魔力消散了。

福斯湾像是一张大嘴，北海从此处深入苏格兰中部，一直抵达斯特灵——我的超长跑计划就是以斯特灵为起点的。此刻，我似乎已经能够感受到自己抵达布赖顿时的心情了——激动、紧张、感动，跟我最初离开布赖顿时一样。

跑步已经成为我保持心理健康的法宝，很难想象没有它的生活。伦敦马拉松和后来参加的那些长跑活动，把我从一个抑郁而又无精打采的人变成了一个自律而又充满动力的人。跑步让我渴望努力，渴望用努力去获得成功。它为我打开了一扇门，走进去，我看到了一个从未体验过的世界。

我没有在意体力是不是够用，只是一心期待着通过这段路获得更多的心理疗愈。到今天，徒步旅行已经走到了第 314 天，我已经更加了解环境对人的影响，也更加善于集中精力达成目标，但旅行结束之后的生活仍将继续考验我。我知道，如果不认真总结徒步给我带来的深刻影响，并把这些影响持续带入未来的生活，我很可能又会退回过去的习惯里。如果真是那样，未来回首人生的时候，这段漫长的徒步旅行将不过是一段趣闻逸事，而非我所渴望的人生转折点。

除了运动和接触大自然带来的效应，还有一个方面的影响极其重要，那就是一路上人们给我的鼓励和馈赠，以及在网上收获的许许多多支持我的留言，当然还有所有那些免费为我提供住宿的好心人。这些支持从身体和精神上给了我动力和信心。是人心的善良让我一直坚持到了现在。那些人帮助我，自己却并不能从中得到什么好处，也不是为了图我的回报。当然，有些人为我提供住宿，也是想跟我聊天，这我并不介意，反倒已经习以为常。我意识到，接受陌生人的帮助，并不一定会陷入被他人利用或控制的危险。相反，这样的行为鼓励了他人把自身最好的一面展现出来，既是助人也是助己。有点讽刺的是，在我的整个人生经历中，直到现在独自一人走在漫长的旅途上，才真正体会并接受了人与人之间能够达到的信任，感受到了自己与他人之间能够建立怎样的连接。

我向东跑了 13 英里到达市郊，来到第一站——科肯希。我在那里住在了一个叫帕姆的人家里。帕姆让我想起了小时候几个同学的妈妈——她们永远不停地给你递东西吃。她的房子里总是混合着柠檬空气清新剂和做饭的味道。

继续南下，我又走上了几个月前的同一条路——约翰·缪尔道，当时我也是沿着这条路从南向北进入爱丁堡的。这条路以著名的苏格兰裔美国自然保护主义者约翰·缪尔（John Muir）的名字命名，从苏格兰西南部的海伦斯堡连通东南部的邓巴，有 130 英里长。我从科克本斯帕斯出发，沿着贝里克郡海岸一路到达纽卡斯尔。这是我进入苏格兰时曾经走过的路，沿途一直能看到大海。这是我徒步路线中唯一重复走过的路段，但海边的风景很好，我并不觉得有什么遗憾。

出发后的第二天晚上，我到达了北贝里克。当晚招待我的是贝尔纳黛特。见她之前，我先光着脚在布罗德沙滩上游荡了一番。贝尔纳黛特是西蒙·克拉克介绍我认识的，之前她为了录制广播节目采访过我。贝尔纳黛特一头短发，像个冲浪运动员，一双蓝眼睛炯炯有神。看到她的微笑，你也会不由自主地笑起来。她有一种稳重淡定的气质，让我一下子就喜欢上了她。她和丈夫戴夫住在一所很温馨的公寓里，这里既像是家，又似乎可以兼作艺术或摄影工作室。安顿下来后，又过了几个小时，他们带我去了一家叫作"蒸汽朋克"的咖啡馆。这是一家充满传统工匠气息的艺术咖啡馆，位于市中心，吧台是混凝土浇筑的，墙上挂着几辆老式自行车。我们在那儿看了部短片，叫《草莓还是香草》（*Strawberry or Vanilla*），是当地几个人拍摄的苏格兰海岸的风土人情。有意思的是，整个影片的视角都是从一个冰淇淋店的橱窗里看出去。贝尔纳黛特和戴夫精心安排的这个夜晚让我既愉快又感动。第二天早上分别的时候，我仍止不住感慨，虽然只是简简单单的善举，却让我感受到了世界是多么不同。生活在这个支离破碎的世界上，我经常会忘记，对大多数人来说，只要有机会，他们十有八九都愿意去做些有利于他人的事情。我真心相信，在每个人的内心深处都有着善良和无私的种子。拒绝自己帮助他人的本能，就是拒绝了自身的幸福。没有什么能比帮助他人更让你感觉良好了。

接下来，我继续前行，但离开了约翰·缪尔道。我想找条更靠近海岸线的路，想着说不定能看到《草莓还是香草》里出现过的一些场景，比如片子里出现过一个叫"巴斯岩"的白色火山岩岛屿，离北贝里克海岸大约 3 英里，是个风景绝佳而又人迹罕至的地方，居住着 15 万只北方塘鹅。

抵达坦特伦城堡废墟时，我的双脚开始打战了，不禁想起在纽基认识的约翰曾提醒过我，要时常让双脚透透气。于是我脱掉鞋袜，用冰凉的草叶在脚趾之间揉搓按摩，海风吹着我裸露的皮肤，异常寒冷。我突然感到前所未有的难受，接着又不安起来，担心往下的路还能不能跑得下来。如果给我提供住宿的人突然不让我住了，那可怎么办？如果出现意外，某个地方没法住了，我必须离开，那可怎么办？西蒙跟我说了半天，叫我带上他的露营包，但我觉得有露营包也没法在这么冷的天气里在外面过夜。我身上带的钱最多只能在青旅住 10 个晚上，然而一路跑到布赖顿要花上两个月。

虽然忧心忡忡，但接下来的几天其实很顺利。我一直沿着海岸线跑，为我提供住宿的人不但都按照约定接待了我，还经常会出乎意料地给我准备一顿丰盛的晚餐或者早餐，缓解我囊中羞涩的窘境。这样一来，万一出了岔子，剩下的钱就够我在青旅多住几个晚上了。一路上都很平坦，我放弃了邓巴海滩，而是选择沿着火车轨道旁边的自行车道跑，这样更容易保持匀速。到达科克本斯帕斯的时候，我已经跑完了 60 英里。然而，尽管每天坚持早上做瑜伽、晚上睡觉前洗澡，而且腿和背都感觉还可以，但疲劳已经越来越明显了。有一天吃完午饭之后，我竟然在餐馆里坐着睡着了，一口气睡了两个小时，而那天接下来还有 8 英里要跑。

走出餐馆的一瞬间，冷风打在脸上如同一记耳光，让我一瞬间想起了在东伦敦的生活。我忽然觉得自己活该挨这一记耳光——我荒废了多少光阴啊！

我继续上路，但身体感到越发沉重，最终花了 3 个小时才到达艾茅斯。我傻眼了：想不到这么快就体力不支了，而且还这么严重！之前跑到约翰奥格罗茨的时候，每天的强度比现在大多了，我也都坚持了下来，但现在不知怎地，跑了一个星期就觉得很勉强了，看样子再多跑一两天就再也跑不动了。我经常放大手机上的地图，查看已经跑了多远、离布赖顿还有多远，但怎么看都觉得只跑了一丁点路。到了艾茅斯，我一眼看到一家旅店，立马办了入住。

我忘掉了一件事，其实每天跟人打交道也会消耗不少能量。我尽忠职守地跟每一个接待我的人彻夜长谈，花上几个小时倾听他们的故事和想法。日复一日，我变得心神疲倦、情感枯竭。我开始渴望更加放松的状态——那种在热闹的社交之后，一个人回到家里的放松。

此外，我还经常收到陌生人的消息。他们可能是通过纪录片知道了我，便发消息向我寻求建议。状态好的时候，我觉得这样挺好，说明大家很看重我，我也很愿意分享一些经验，给他人一点帮助。但状态不好的时候，我心情低落，严重自我怀疑，完全没有自信，这时就会觉得自己分明是个江湖骗子。在这种状态下，我的脑子转不起来，满脑子都是失败的念头，非常讨厌自己。我会以哪种状态面对他人，跟对方是谁没关系，完全取决于我当时是在哪种心理状态之下。

其实，有些简单明了的表达对交流很有帮助。比如我会说："唉，我现在感觉真的很不好，你能接受吗？"这么说了之后，别人就会知道你现在能聊什么、不能聊什么、界限在哪里。更重要的是，这能让别人知道我很感激他们的理解，并且需要他们的帮助。

现在，我特别需要的就是自己待一个晚上，远离他人，静静消化掉过去一周马不停蹄的交流。我躺在床上，看了纪录片《蓝色星球》（*Blue Planet*），伴着大卫·爱登堡（David Attenborough）温柔流畅的解说安然入睡。第二天早上，我起得很早，做了瑜伽，洗了热水澡，喝了杯咖啡，然后离开了旅馆。我又恢复了活力，重新振作起来。这是我待在苏格兰的最后一天。

沿着悬崖顶一路向苏格兰边境跑去，长长的草叶抽打着我的双腿，远处海浪拍打着悬崖下的岩石，发出隆隆的响声。意料之外的悲伤浮上心头，仿佛一部巨大的篇章即将完结，仿佛即将结束的不仅是一段徒步旅程，也是我的一段生命。苏格兰给我的旅行提供了一个壮阔的背景，让我真实地体验到了一个完全不同的世界——绿色的极光、深邃的湖水、绵延的高山。在这里，我是一个陌生人，进入了一个陌生的世界。在这里，我发现了自我，发现了生活和人性深处那些我不曾注意的东西。在这里认识的人无不深刻地影响着我。正是因为这一切，离开这片土地的时候，我不禁黯然神伤。

夕阳西下，天空中的云被染成了粉红色，四下里的田野散发着柔光，岸边的岩石披上了深棕色，暗淡的海面闪动着波光。一道木栅栏映入眼帘——边境到了。穿过栅栏上的那扇门，就会回到我的故乡——英格兰。

身后，夕阳落幕，苏格兰渐行渐远。我停了下来，在步道旁的一片干草地上坐下。我仍然留恋着苏格兰，难舍难分。拿起手机和耳机，我面朝北海，找出道基·麦克莱恩的《加勒多尼亚》。乐声响起，我想起帕蒂和她的朋友们在格拉斯哥为我唱起这首歌时的情景——此时此刻，没有什么能比这首歌更贴近我的心情了。回想过去三个月来的一幕幕记忆，我潸然泪下。我仿佛从未来回望过去，看到自己和这一刻的记忆融为一体。

一曲终了，我起身向边境大门跑去，打开门闩，越过了边境。就这样，我回到了英格兰。我又开始跑起来，跑着跑着，我感到自己的脸上涌起了笑容。脚下的每一步都更加真切了。现在，我真的踏上了回家的路。

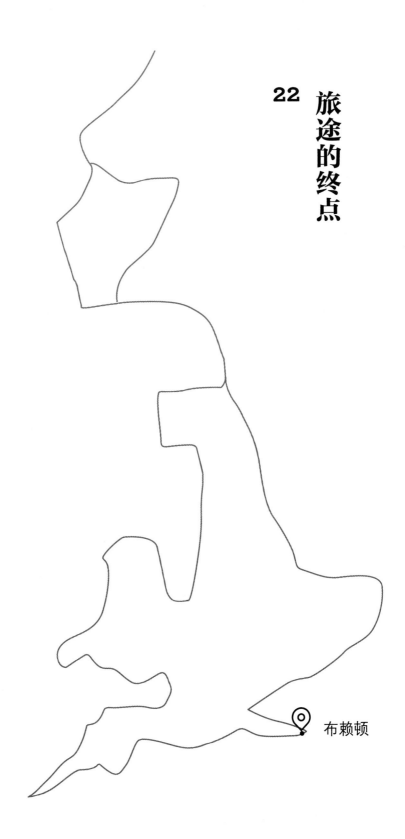

22 旅途的终点

布赖顿

接下来的日子过得飞快，似乎不再有什么特别的经历，不过是每天跑更多的路。偶尔我也会离开步道，沿着诺森伯兰郡的海滩跑一跑。冬日的沙滩变得很硬，跑起来会更容易。在海滩上，除了偶尔遇见狗狗和它们裹得相当严实的主人，大多数时候，跑上几英里都见不到一个人。

我沿着贝里克到班堡的海岸路跑了 20 英里，经过阿尼克，沿着一座保存完好的古老石桥穿过科凯特河，就到了沃克沃思。这里距离爱丁堡已经有 100 英里了。为了庆祝这个阶段性胜利，我打算午餐吃点好的。在一家咖啡馆，我点了一碗卡伦石龙子。这是一种用烟熏黑线鳕、洋葱和土豆熬成的汤，很浓稠，是有名的苏格兰风味杂烩汤。店主看到我的跑步装备，被吸引过来。听说了我在做什么以后，她免费给了我一张过夜的床铺。运气真是太好了，这样我便意外得到了一个完全属于自己的夜晚，又可以放松一下了。老实说，要想保持好的心理状态，这样的放松与充足的睡眠同样重要。

这些天，温度下降得很快。接下来我沿着德鲁里奇湾的海滩跑步，冷空气像刀子一样刮着我的脸。抬头看看周围的沙丘，我这才发现沙丘表面竟然都已结满了冰，仿佛远古冰河时代的场景。当时是零下 2 度，但这也不足以让我停下来——今天我要跑 19 英里，这可是一段很长的路，好在饭后的内啡肽发挥了作用。能边跑边欣赏北英格兰的迷人海滩，总归是件美事。

那天晚上，我在一个叫科林的老人家里过夜，这是我第一次住进一个跟我的政治观点截然不同的人家里。

科林在社交媒体上联系了我，他发给我的信息很简短，只有一句话："如有需要，可以住在我家。我在阿兴顿。"这让我不太放心。于是我在社交媒体上搜索他的名字，发现他最近转发了一个右翼分子的言论。我犹豫了一两天，想等等看有没有住在那一带的其他什么人愿意让我留宿，但一直没有其他人发消息给我。我还是不安心，不知道住在一个跟我意见如此相左的人家里，会不会如坐针毡。但转念一想，也没准儿是我自己太较真了。这么一想，我便提醒自己学学路易斯·泰鲁①，心态开放点为好。

从外面看，科林家的房子有点缺乏打理的意思。一开门，我第一眼便看见他怀里抱着一只正在发脾气的虎斑猫，下一眼才看清他长什么样子——极瘦，满脸倦容。他身穿一件褪了色的旧连帽衫，裤子也很旧。

屋里的天花板因为潮湿而长了霉斑，墙漆脱落了不少，满地的猫毛几乎已经完全盖住了破旧的油毡地板。地板本身是什么样已经很难看清

---

① Louis Theroux，英裔美国人，纪录片制作人、记者、主持人和作家。

了，这倒不一定是坏事。房间的角落里挂着一面英国国旗。

那只名叫"拳击手"的猫已经平静下来，现在正盯着我发出咕噜咕噜的声音，等着我去抚摸它。科林把"拳击手"放下来，露出两只手臂，上面布满了淤青和溃疡。我意识到他的生活其实也不容易，我的确不应该对他那么刻薄。

跟科林相处的最初几个小时还算愉快，我们聊起了我的徒步旅行——为了避免尴尬，这是最保险的话题。愿意让陌生人住在自己家，并不是人人都能做到的事，更何况这个人过得并不好。虽然科林很爱笑，也讲了不少笑话，但看得出来他过得并不快乐，因此我更加感激他的好意相助。科林的眼神疲惫无光，我猜他也没有什么家人和朋友，所以我自然要尽可能地多跟他聊会儿天，帮他减少点寂寞。

但接着，电视上播出了一条关于移民的新闻，科林突然被点着了。

"我受够了！"他气不打一处来地说，"英国这么多年一直在走下坡路，每天电视上都是这些人，要么就是他们在哪儿扔了炸弹，要么就是猥亵儿童。真恶心！他们就应该打哪儿来滚回哪儿去，一个都不留！否则英国好不了，咱们永远也别想过回安生日子！"

我不知该怎么接话，末了回了一句："我在诺森伯兰郡倒是没见到多少外国人。"

片刻沉默之后，科林说："是啊，谢天谢地，我们这儿没那么多外国人。"

的确如此。我后来做了些调查，诺森伯兰郡的最新报告显示，这个郡 97.2% 的人口都是英国白人。我发现，小到害怕和厌恶移民，大到对其他民族和宗教普遍反感，种族歧视最厉害的人，基本上都是很少接触其他种族的白人，他们大都住在以白人为主的社区里。我在想，这种封闭的生活环境是如何影响了他们的观点呢？随着跟科林的讨论越来越激烈，我意识到他的主要信息来源是电视新闻和有限的几份报纸。

如果科林有个热心的波兰家庭做邻居，如果他有穆斯林同事、天天跟他们一起工作，如果他让自己的孩子在崇尚多元与包容的学校里上学，他的种族偏见就很可能改变。但遗憾的是，他不曾有过那样的生活经历——不同的人生经历，促成了不同的观念和立场。一个人出生在哪里、出生在什么年代、受到什么人的影响，都会塑造不同的世界观。科林的世界观让他笃信"棕色人种"是危险的，"政治正确"害了英国，而他自己——一个土生土长的英国人，则被自己的祖国遗弃了。这一切让科林的生活再无快乐可言。我努力沉住气，跟他分享了很多我自己跟移民相处的经历，尤其还提到了易卜拉欣的故事。

想让科林接受我的观点并不容易，甚至可以说，大多数时候，他根本听不进去。但难能可贵的是，我们至少能开诚布公地分享相互对立的观点，尽管有时肚子里都在冒火，但我们都保持着克制，从头到尾都没有人想要去羞辱或责难对方，更没有强求对方接受自己的观点。我们把不同意见摆在桌面上，光明正大。这种感觉很特别。我觉得我在给科林提供一些新的信息，引导他去思考一些不同的观点和视角，但到底有没有做到，大概只有他自己才会知道了。

第二天，我一口气跑了 13 英里，到达纽卡斯尔，又在老朋友托尼家休整了几天。当然，离开之前，我也没有忘记到隔壁和可爱的薇姬拥抱一下。

接下来，我沿着罗马古道向南，一直跑到达勒姆，在那里住进了肯德拉家。从一开始徒步旅行，肯德拉就一直在网上关注着我的行程，还经常发消息表达支持。拍完纪录片之后，我在心理健康宣传周期间发起了一个活动，向网上的粉丝们提出一个挑战——每天做一件证明自己不是在勉强生活而是在积极生活的事情。我把这个活动称为"积极生活"（Thrive Live）。为了完成挑战，我参加过舍维的追光跑团的训练，跟我的朋友、驯狗师莉齐在唐斯完成了一次长途徒步，还租过一间录音室排练了很多我最喜欢的歌曲。愿意参与这个挑战活动的人并不多，肯德拉就是其中之一。为了这个挑战，她参加了"公园跑"①——这是她过去想都不敢想的事。

我很高兴能住在肯德拉家并且见到她本人，我们谈了很多关于心理健康的话题。我这才意识到，大概就在离开科林家之后，我的状态一直在走下坡路，虽然不明显，但似乎生活变得越来越无聊了，自我怀疑再度频繁出现，我不断地问自己到底在做什么——这些都是陷入恶性循环的典型迹象。我失去了生活的目标，似乎自己现在所做的一切都没什么意义。最关键的是，我觉得特别累，而且很孤独。然而至今为止，我也只是跑了两个星期。抑郁就像说好已经绝交的朋友，却又出其不意地在半夜来敲你的门，浑身又湿又冷，可怜巴巴地求你重归于好。

---

① Park Runs，一项发起自英国、遍布 22 个国家的每周六群体 5 公里长跑活动。

几天前我才对薇姬说自己感觉相当好，动力满满，说自己能出来徒步旅行多么幸运。我说，我真的感觉特别好，都要怀疑自己的抑郁症是不是误诊了。我是不是把"心情不好"想得太严重，以为那就是心理疾病了？应该也不是。但抑郁的确让人捉摸不透，即使是有心情好的日子，也不能说明我已经彻底告别了抑郁。众所周知，英国 2 月的阴冷让人想哭，让人觉得好像冬天永远都不会过去，让人怎么也想不起来夏天的温暖是什么样子。而抑郁就像是冬天一样。我对肯德拉说，有时高兴的日子一长，我就会想念抑郁的状态。这可能听起来很不可理喻，但当你跟抑郁症相伴的时间足够长以后，如果有一段时间远离抑郁，你的心里就总会有一部分时不时地想回去。

当抑郁已经成了自我认知的一部分，想要把它从自我中剥离是极为困难的。当然，另一方面，抑郁也给我带来了其他人没有的优点——能理解和同情他人，能享受孤独。这一点我已经越来越容易接受了。跟肯德拉谈论自己的抑郁的同时，我意识到，我并不真的想要甩掉抑郁，相反，我已经越来越愿意接受它了。我愿意一直接受它吗？愿意接受它多久？我不知道，那大概也不取决于我。唯一清楚的是，不知道也没关系。

圣诞节临近，孤身在外、远离家人，日子变得有点难熬。我也想过回一趟家，跟家人朋友待上几天，再搭火车或便车回来继续跑。但心底里有个愿望让我打消了回去的念头：我希望再次回到妈妈的船上时，自己已经跑完了所有的路，完成了整个徒步旅行，而不是待几天又要回去继续上路。到了那时，我将坐在她的客厅里，伴着烧柴的炉子噼噼啪啪的响声，安然地跟妈妈细数整个徒步旅行中形形色色的经历。虽然不能回去跟家人团聚，但我还是收到了圣诞礼物——肯德拉送了我一双极厚实且舒服的袜子。我还没穿过这么保暖的袜子，它的标签上甚至还标有用于羽绒被的热阻值评级。想到接下来的路上很可能会遇到的风霜雨雪，这件礼物真是来得再及时不过了。

第二天出发前，我在达勒姆逛了逛。这两周加起来，我已经跑了175英里，我还从来没有连续跑过这么长的距离，于是决定在圣诞节前放慢点速度。一边这么想着，我恰巧走到了一家必胜客门口，不觉精神一振。我一口气吃了10块发面饼比萨和4大碗沙拉——假装为了补充能量，实则为了满足暴食的快感。吃完后，我鼓着肚子，感到心满意足，再次出发继续南行。

又花了两天跑了25英里，到达北约克郡的米德尔斯伯勒。饱餐后的内啡肽确实发挥了作用，让我不再那么难受了，但某种挥之不去的感觉仍在隐隐涌动：现在我在做的这一切真的有什么意义吗？为什么我要跑这段路？我是在跑给谁看？从今年夏天到现在，我的确受到了很多外界的影响，不断觉得要跑、跑、跑，觉得跑步的使命在召唤着我。但老实说，我不过是跑过几次马拉松，还上了回电视，有了点小小的成就感，仅此而已。我忽然觉得自己现在的一部分动力已经变成了吸引他人的关注，而最初想要徒步旅行的原因则似乎被淡忘了。我好像在自欺欺人，在出卖自己。一下子，我又变得非常沮丧。

接下来的几天，包括圣诞节期间，我决心远离社交媒体——远离各种各样的信息，不再看别人给我的点赞和认可。我想重新找回自己给自己设定的目标，找回真实的自己。我沿着克利夫兰道向南，花两天时间跑到了北约克沼泽地。这里景色宜人，让我不禁放慢了脚步，悠然穿行在广袤的石南原野和蜿蜒曲折的黑暗树林之中，直到抵达赫尔姆斯利。前阵子在城市里待得久了，如今终于回到了大自然中，重新被野外的各种声音包围起来——林中风的呼啸，百鸟的合唱。内心的烦恼就这样消散了。

我用上了西蒙给的睡袋，有几天晚上像以前一样睡在了户外，独自一人，远离一切，重新调整状态。第一个晚上，我又想起了一年半前在阿伦德尔的郊外第一次睡在户外时的经历。当时我惊恐不已，更不可能想到未来的旅途上会经历什么样的人和事。如今，躺在睡袋里，被四周的森林环抱着，呼吸着湿润的青草香气，我平静下来，无比放松。我忽然意识到，这就是大自然最好的礼物。独自一人的圣诞节，在荒野中漫步。完美。

接下来的日子里，我的情绪逐渐有所好转。到达约克的时候，我又找回了目标感。我和莫林一家四口住在一起。他们一家人都是红头发，笑起来都露出一口白牙，温暖和善。他们还让一个在街头卖报纸的年轻人住在了家里。莫林一家的热心肠真是不一般。

从约克郡继续南下，后面的旅途如今回忆起来，只剩下了一些模糊的记忆——跑过了很多道路、睡过了很多沙发、认识了很多人。身体经历着前所未有的疲惫，在这种情况下，脑袋似乎也转不动了。唯一记得的是，所有我遇到的人都想要聊聊他们的心理健康问题，而我们的交谈的确让每个人都或多或少有了些收获。一种感觉促使我不断前进，这就是：所有的经历似乎都有相通之处，所有的经历背后都有其原因。这让我感到，所有人的能量似乎都汇合在了一起，然后又回馈到了每个人的身上。随着旅途继续，我已经到达了英格兰的南部。这期间的每一天，我都能跟周围的一切和谐相处——至少我自己是这么认为的。每晚住在不同的人家里，了解不同人的生活，每个人都有自己的故事。对我而言，能接触到全国各地不同背景、不同阶层的人，让我学到了很多，也感受到了很多人间的温情。我更加相信人与人之间的连接能带来巨大的力量，相信人类内心深处的善良。而在更高的层面，我似乎接触到了一种超然的存在，一种超越所有人类个体的无比广大的存在。

老朋友詹姆斯搬到了诺丁汉，新年前夜我是跟他一起过的。詹姆斯是我见过的最有创造力的人之一，也是我很喜欢的一个朋友。不过，尽管我觉得他很厉害，却也不得不承认他是个彻头彻尾的疯子。我跟他是在布赖顿认识的，大概是 5 年前吧，当时我在管理一家叫"鱼缸"的酒吧，他是我的厨师长。虽然他在社交方面挺招人喜欢，但只有他一个人的时候，詹姆斯的行为举止却有些滑稽和古怪。有一回，他背了把弓箭去上班，在顶楼设了一个靶子，等到酒吧没什么人的时候，就跑去那里练习射箭。还有一回，我在地窖里见到他戴着夜视眼镜抓老鼠。最让我震惊的是，他曾告诉我，他把猪头放在一盒玫瑰花瓣里，送给了前女友的出轨对象。就像我刚刚说的，介绍詹姆斯的时候，很难让人不怀疑他是不是疯了。但待在亲爱的詹姆斯和他的妻子米丽娅姆的家里，仍然让我感到家一般的亲切。

离开诺丁汉后，我改变了原定路线，向东前往诺福克。这些天身体不怎么舒服，我跑到格兰瑟姆时，已是浑身出汗、鼻涕不断了。在寒冷的天气里跑了这么久，居然现在才生病，还让我挺意外的。不过，现在真的生起病来，我不仅脑子转不动了，步子也迈不动了。新年前我在社交媒体上重新活跃起来，一直在记录跑步的进展，把感冒的事也分享在了网上。在这条信息下面，我收到了一个叫格雷丝的人的回复，邀请我到她家小住几天养养病。

格雷丝是个单亲妈妈，有两个孩子，大女儿莫莉大概 13 岁，小女儿安布尔 5 岁。我一到她家，格雷丝就给了我一杯热巧克力，然后叫我去睡觉。我一口气睡了将近 20 个小时，睡醒后下楼，发现她们母女三人都出去了。我给自己弄了杯茶，顺便瞄了一眼贴在墙上的一张纸，那是莫莉和安布尔的圣诞礼物清单，上面写着：

莫莉：

1. 领养一只流浪狗

2. 领养一只流浪猫

3. 体感平衡滑板

4. 体感平衡车

5.（属于我自己的）照相机

安布尔：

1. 一只真的巧克力色拉布拉多犬

2. 一条真的鱼，它的名字要叫"涂鸦"

3. 儿童版亚马逊阅读器

4. 芭比娃娃和粉红色鞋子

5. 玩具圣诞树

一般来说，很累的时候我不喜欢周围有很多能量或吵闹声，但如果是来自孩子的能量和吵闹声，则另当别论。孩子总能让周围的一切都变得好玩又有趣。格雷丝没有把莫莉和安布尔送去上学，而是自己在家教育两个女儿。在约克认识的莫林夫妇也是自己在家教育孩子的。我不禁在想，他们的这个共同点跟他们对陌生人的开放心态会不会有什么关系呢？

在格雷丝家住了几天后，身体感觉好多了。我打算坐火车回格兰瑟姆，格雷丝把我送到了车站。我急切地想要重新上路，这让我意识到，我真的是在为自己而跑步，不是为了任何其他人。4 天跑了 50 英里，我到达了金斯林。再次回到海边，感受着海风吹在脸上，头一次，我意识到终点已经不远了，再过两个星期，这一切就真的结束了。

徒步结束之后，生活将会变成什么样呢？我会去做什么？这些陌生的问题出现在我的脑海里。生活会一切照旧吗？我会不会想去环游什么别的地方？爱尔兰？法国？美国？眼看还有几个星期就到布赖顿码头了，到时候会是什么样的情景？我想象着在终点处等待着我的家人——妈妈和雷吉、妹妹弗兰克、弟弟萨姆，还有弗里曼。

很多年前，妈妈曾教过我一个对付焦虑的办法。她让我想象一个感到安心又愉快的地方，然后想象三个真实或者虚构的人物，跟我一起待在这个地方。这三个人中，一个是有智慧的人，一个是能保护我的人，还有一个是给我爱和滋养的人。此刻，在脑海中想象着最终到达布赖顿码头时的场景，我忽然意识到，那些生命中最重要的人，真真切切地滋养了我内心深处的安全感和幸福感。

与无数的人结识和交谈，在生命中缔结的友谊，以及那些即使不天天见面却一直不断被滋养的各种关系，这一切都在告诉我，我身边的人们确实在乎我，而我也的确给他们的生命带去了美好的东西。同时，接受那些曾被自己视为失败和阻碍的部分，也是我的一大进步。实际上，现在想来，无论是与人相处方面还是身体素质方面，我都比我自己以为的要好很多，在这些方面，我过去从没有给过自己足够的肯定。

过去的一个月里，我跑了将近 600 英里，尽管自豪，但仍难免疲惫。快到萨福克了，我走在大雅茅斯的街头，被城市中的人群和商店包围着。满溢的垃圾箱，各种城市生活的陷阱，让我忽然毫无防备地陷入了绝望。我难以分辨究竟是一种什么感受在涌动，但眼泪已经失控。然而这次没有遇到易卜拉欣，没有人前来解救我。我决定主动寻求帮助，发出求救信号，而不再一个人扛下来。在拍摄《心灵马拉松》的时候，我们建了个群，里面都是当时认识的朋友，他们对我现在的难受并不陌生。我一连打了 4 个电话，分别给群里的 4 个人。他们确实帮助我平静了下来，对那些让人难受的事情，我逐渐感觉好多了。打电话跟他人倾诉真的很重要。当有人说"如果你想聊聊就给我打电话"时，你应该相信他们是真心的。濒临崩溃的时候跟别人聊聊，不但可以消解负面情绪，更会带来积极情绪，因为这样的交谈能让我们感受到与他人的连接，感受到他人真心地支持着我们。

找人聊聊，虽然听上去简单，但效果神奇。如果你遇到什么绝望的事情，我也鼓励你去找人聊聊，寻求帮助。如果没法跟朋友或家人聊，就去社交媒体上找那种专门讨论心理健康问题的群。只要你敞开心扉，就一定能找到可以帮助你的人，他们会帮你重新找回自信，不再觉得自己是全世界的拖累。

我沿着从诺福克到萨福克的海岸路一路南行，跑在海边让我不禁想家。带着怀旧之情，我决定给伊普斯威奇镇足球俱乐部发一封电子邮件，想要一张即将在波特曼路球场举行的比赛的票。从 1993 年爸爸第一次带我去看球赛开始，我就一直支持伊普斯威奇足球俱乐部。我在邮件里提到了这段历史以及我现在正在进行的徒步旅行，没想到收到了球队的回复，问我愿不愿意在下周联赛比赛开场前，作为荣誉嘉宾引导他们的球队出场。这个消息让我激动不已，没想到我也能站在首发阵容的 11 名队员旁边，出现在比赛的现场。

虽然过去一年半的旅行为我带来了无数神奇的经历，但我至今为止依然相信，我人生中最精彩的一天就是 2000 年伊普斯威奇队在文布利体育场的那场决赛中击败巴恩斯利队——那也是文布利体育场翻修前，在那里举行的最后一场比赛。在我的生命中，只要是跟足球有关的经历都很美好——跟爸爸和弟弟开车行驶在 A12 公路上，赶往球场时的激动心情；到达球场门口时的兴奋；进场前就在街上听到球场里巨大的喧闹声；从大门走进去爬上台阶，球场突然出现在眼前；走到高处，放眼望去，看到成千上万的球迷。对我而言，所有这些场景都充满了魔力，更别说进球瞬间那无与伦比的狂喜。从孩提时代起，波特曼路球场带给我的情感就已经远远超出了普通的快乐。现在有机会做引导球队出场的嘉宾，简直是我今生最大的荣耀，可以说比觐见哈里王子还要风光。对不起了，哈里。

球赛前一晚，我住在了外公家，因为他家离球场很近，只有半小时的车程。作为嘉宾，我可以带三个人入场。我想带爸爸、弟弟和外公一起来，但最后只有外公来了。另外两张票，一张我给了朋友马特作为报答，因为在德文郡闹肚子的时候，他请我住了一晚上旅馆；另一张给了另一个朋友查夫，因为他看球赛时的样子总是很搞笑。当外公、马特和查夫三个人走向阿尔夫·拉姆齐（Alf Ramsey）爵士看台底层的座位时，我正走在一条通道里，一边是狼队队长康纳·科迪（Conor Coady），另一边是伊普斯威奇队队长卢克·钱伯斯（Luke Chambers），真是把我乐坏了。接着，裁判示意大家进场。我拿起本场比赛要用的足球，下意识地用双手捏了捏。走出通道，走向球场的路上，我感到自己又回到了 10 岁，欢蹦乱跳，笑得合不拢嘴——没想到儿时的梦想竟然变成了现实。球场内一片沸腾，歌声此起彼伏。我走到中场线，与球员和主办方人员握了手。我站在中心的位置，满怀敬畏地等着双方队员在球场上各就各位。我曾经梦想着能从球员的角度看到比赛时的足球场，今天这个愿望终于实现了。

那天伊普斯威奇队输了——0 比 1，但我并不在乎。这次无比传奇的经历让我在重回旅途之后，又一次充满了能量，竟然一天跑了 25 英里，直达莫尔登。我在码头上见到了妈妈，又去看望了爸爸和几位老人，然后穿过黑水河和切尔默航路旁那214英亩^①的金雀花、石南和矮林，一口气跑到14英里外的切姆斯福德。最初为旅行做计划时，切尔默航路旁的运河步道是我的主要"训练"场地。当时，我和雷吉会从比利那边的水闸一直走到诺斯利，单程大概是4英里，每天走一个往返，走完总是累得够呛，花上半天才能缓过来。而如今，沿着同样的路，我却能一口气跑下来，一直跑到切姆斯福德。

我身上发生的变化，让自己都难以置信。之前那个心情抑郁、身材走样的我，那个抽烟、嗑药、酗酒的程度跟乔治·贝斯特^②不相上下的我，如今已经变成了一个更健康、更快乐的人，不仅远离了酒精，还能跑马拉松，能登山，能连着5个星期跑700英里。我感觉自己已经成长为一名成熟的冒险运动员了。毫无疑问，我的变化是惊人的。过去我一直恨自己不争气，而现在我终于释放了自己的潜能。我不仅喜欢现在的自己，更学会了爱自己。

既感到自己很强壮，但同时也感到很疲惫——这是一种奇妙的状态。身体已然完全适应了每天长跑的压力，我已经不再感到有什么不舒服了，不再上气不接下气，不再满头大汗，也不再有酸痛的感觉。身体不觉得累当然很好，毕竟前面还有上百英里的路在等着我；但与此同时，我在心理上却产生了疲惫感，觉得似乎一切都离得很远，很不真切，仿佛置身在一个永不完结的电脑游戏中。长期的风吹日晒使我眼皮发沉，皮肤

---

① 1英亩约合0.4公顷。
② George Best，英国著名球星，一生酒精成瘾严重，最终死于酗酒。

僵硬，脸上的皮肤都已经麻木到失去了知觉。

为了让自己打起精神，我决定向西前往伦敦，到那里去看望妹妹弗兰克。弗兰克总是能让我开怀大笑，这一点没人比得过她。以前心理医生就跟我说过，如果我感觉不好，就应该去找弗兰克待上两个小时。然而现在我一边朝着苏塞克斯的方向跑去，一边却感到脑袋发蒙。现在回想当时的情景，已经无法记起到底是什么在影响着我的情绪了，只有当时发到脸书上的一个帖子留了下来：

终点就快到了……

这段时间，我的脑子里很乱，因此一直都没发什么帖子。面对徒步旅行的结束，我说不清自己究竟是什么心情。说实话，我经常会觉得自己已经厌倦了旅行，希望早点结束。有这样的想法多少让我有些意外。似乎身体意识到了自己正在接近终点线，于是便自动疲软松懈下来。

相对身体而言，头脑的麻木似乎比较容易理解，不过这也并不让我感觉好多少。也许我正在专心等待着倒计时的声音，或者在终点即将发生什么别的事情。这些都不是我过去所熟悉的感觉。不知道。也许我只是感冒了而已，也或者是身体的劳累已经达到了一个峰值——毕竟过去7周我一直在跑。

当生活里有很多目标时，比如搬家、探索新地方、结识新朋友，时间似乎就会过得很慢。虽然我已经对现在这种生活方式习以为常了——每天在社交网站上跟人们互动、夜宿陌生人的沙发或客房、同时也有一些机会窥探他人的生活状态，但大多数跟我聊过的人都没法理解这种不太正常的生活有什么好的。而对我而言，初次见面的感觉影响很大：气场对的人能让我很放松、很专注，找到自己的最佳状态，这时候我会聊得很起劲儿，想更多地了解对方。但如果气场不对，我就会变得很内向，处处小心，感觉自己这也不对那也不对。这时候如果对方状态不好，我就会觉得全是我的错，觉得自己一定不是什么好人。是的，我知道这么想很自负……

我发现，特定的环境和特定的心情常常是联系在一起的。当我在某个地方或者跟某个人在一起待久了，以至于他们已经变得平淡无奇，那么我就很可能会把这个地方或者这个人和情绪低落联系起来。这个时候，我的心情其实已经跟这个地方或者这个人具体是什么样没关系了。因为这样的心态，即便是我最可靠、最长久的关系，也会因为这种乏味感而变得脆弱。英格兰东南部这一带我很熟悉，大概正是因为这种熟悉，让我失去了旅行冒险的兴奋劲儿，更何况这里的环境一直让我感到凄凉和痛苦——毕竟两年前我最抑郁的那段时间都是在这里度过的。是的，尽管我在埃塞克斯和伦敦有过很多美好的回忆，但这里也记录着我过去无数次的崩溃和绝望。

然而现在，只剩下一周时间就要完成环游英国的目标了！临近终点之前，说什么也要打起精神——我决定再设计一个最后的挑战。明早我将到达温切斯特，那里是南部丘陵道的起点。我原本打算沿步道一直跑到刘易斯，然后抄近路往布赖顿方向去，但几天前看了这一带的徒步道地图后，我想走完南部丘陵道，然后再从伊斯特本折回来。这就是我的最后挑战：用 5 天时间完成 100 英里，跑完英格兰最美的一段徒步道。

2018年2月12日上午，经过一周的跋涉，穿过泥泞的南部丘陵，我终于站在了皮斯黑文的海边，虽然已经没了力气，但精神很好。这里距离布赖顿码头只有6英里了。我站在这里，等着跟朋友和家人们团聚——我想跟我爱的人们一起走完最后一段路，这标志着我最终完成了环英国之旅。早上的风很大，天色灰暗，但随着大家逐渐聚齐，空气中充满了爱和温暖，让我激动万分。我们大概有20个人，都是我的家人和最亲近的朋友。我们走过了奥文迪安的白色悬崖，又穿过码头附近的黑色岩石，最后来到了马德拉大道。

走了大约一个小时之后，布赖顿码头已经近在咫尺了。前面已经有一小群人聚在那里。我犹豫了一下，让其他人走到我前面，看着他们与前面的人群汇合。放慢速度退到后面的时候，我遇到了妈妈，原来她也在后面。

"你没事吧，臭小子？"她问。

我说不出话来，想哭，但还是忍住了。我也不知道自己为什么想流泪，但我知道，如果真的让眼泪流出来，很可能就止不住了。

见我没说话，妈妈一把把我拉过去，快速地给了我一个拥抱，一个紧紧的拥抱，然后把雷吉交给我，让我牵着它。我紧紧地牵着雷吉，过去跟大家走在了一起。人群里有弗里曼，有我弟弟萨姆，还有我的朋友贾尔斯、从科夫赶过来的罗比、从达勒姆来的肯德拉，以及其他许多朋友和家人。他们带着期待的笑容，举着自制的标语，上面写着"欢迎回家"。这一刻，他们就是我的全部世界。不断爆发的掌声和欢呼声，忽然把我从不真实的白日梦中惊醒。雷吉扯着我往前走，妹妹弗兰克从人群中走出来，双臂紧紧地抱住了我。跟她拥抱的那一刻，我意识到，我终于到家了。就这样，我的环英国之旅结束了。

无论我多么渴望详细地描述在布赖顿码头的最后那段时间，它还是像一场梦一样地过去了。我希望自己能够回到那个时刻，用一双悬在空中的眼睛，看清一切，记录下一切，但我无法做到，人生就是这样。现实中，那只是一个又一个日子中的一个，在它后面又会继续生出一个又一个日子。生活就是一天天的累积，这一天过去，下一天到来——回到布赖顿码头的第二天，我不过是起床、洗澡，觉得有点饿，于是去快餐店吃东西。

尽管最后一天充满了各种各样的心情——快乐、伤感、自豪……但在布赖顿跟朋友们庆祝完，两天之后，我坐上了火车，满脑子想的只是要窝在妈妈的船上，吃掉一整袋十字面包。没错，这也是一种生存智慧——接受你原本的样子，想要什么就给自己弄点什么，因为这会让你心情大好。这听起来似乎是太过简单了，但如果你想知道我在整个旅行经历中的收获是什么，其实就是这个。

我在莫尔登下了长途巴士，沿着大街闲逛，经过一年半前买下那份地图的书店，最后来到了妈妈的船"黑鸟"号停泊的码头。打开驾驶室的门时，我听到雷吉沿着走廊蹦跳着跑过来，在台阶旁等我。我高兴地看着它，而它则伸着舌头，眼睛转来转去，好像在等着有什么美事发生。我看了它一会儿，然后很快环顾四周，找寻它的绳子。果然，绳子就挂在方向盘上。

我拿起绳子，雷吉跟着我爬上台阶，跳上座位，耐心地等着我给它套上绳子。我们下了船，穿过码头向公园走去。潮水正在上涨。我停下来，听着水拍打船底的声音。雷吉扯着绳子把我拽向前。我忽然想，与其被它拖着走，不如给它自由，让它随心去跑。于是，平生第一次，我松开了雷吉的绳子。

后记

亲爱的读者：

　　感谢你读完这本书。此刻我已经身在柬埔寨，正坐在朋友乌姆的家里，从这里到最近的城市也要两个小时。就在两个月前，我和我的伴侣乔丹做出了一个决定——我们的生活需要新的经历和冒险。为此，我们辞掉了工作，退掉了租的房子，把大部分财产不是卖掉就是送人之后，飞到亚洲开始了新的生活。我们有个朋友在高龙岛开旅馆，在那儿打工时，我们认识了乌姆。旅馆里有一个能看到热带丛林的房间，就是在这个房间里，我完成了这本书的初稿。

　　有机会把环游英国的徒步旅行写下来，是一件很难得的事，我也很享受整个写作过程。但写到有些部分的时候，我明显感到吃力，那些部分记录着我内心最黑暗和最困难的时期。写到那些部分的时候，我仿佛重新经历了一次那些内心的煎熬。之所以吃力，大概是因为尽管在环岛旅行的过程中，我更深地了解了我自己，也完成了很多自我疗愈，但实际上，并不曾有什么人或者什么事情能"根除"抑郁。即使像现在这样，来到一个完全不同的国家，生活中从不缺乏精彩，身边又有爱人相伴，我也仍然会有抑郁的时候，有时也仍会怀疑自己是不是配得上我所得到的一切。抑郁仍然伴随着我、笼罩着我的生活，它扭曲了现实，让我感受不到原本喜欢做的事情、原本爱的人。抑郁依旧像黑洞一样强大，依旧像老朋友一样，用它的亲切和温柔，拥抱我，挽留我。不过，跟以前不一样的是，我已不再束手无策，而是有了更多方法去应对它，就好像是给抑郁拴上了缰绳，任它向我吼叫，也不再会被它撕咬和伤害。之所以能做到这一点，是因为我能够把徒步旅行中学到的一些东西持续地运用在日常生活之中。

第一件事就是，要不断把问题讲出来。现在，我已经可以接受抑郁，把它看作我的一部分了。因此，我也认识到了自己的责任，想要承担起责任，去努力了解抑郁，也要把它讲给其他人，帮助其他人理解它。无论情况好坏，我都要坚持下去。相比拼命掩饰，袒露自己脆弱的一面其实反倒没那么累。公开谈论自己的心理健康问题，经常跟家人和朋友聊起这个问题，让我越来越不害怕袒露自己的脆弱了，也让我跟身边的人建立了更深刻也更特别的关系——大家会更主动地关心我的状态，而我则更深刻地懂得了他人也有相似的挣扎，并且会更加有意识地去尽我所能帮助他们。无论你是提供支持的一方还是接受支持的一方，相互支持总是一件美好的事情。一旦敞开心扉，坦然面对抑郁，你就会发现，再可怕的洪水猛兽，也抵不过人多力量大。

第二件事是，我知道了大自然能治愈我。它的力量就像魔法一样，无所不及，难以用文字罗列清楚。也许最重要的一点是，在大自然中，我会感到一种无比独特的与世界连接的方式，这种连接带来的自由，把我从抑郁的牢笼中解脱出来，让我能够由衷地快乐起来。

最后一点，也是我学到的最重要的一件事，就是一定要善待自己。生活中永远都会有高潮和低谷。别人情绪低落时，我会给予他们更多的爱和关心；而自己情绪低落的时候，同样需要更多爱和关心。抑郁症已经很难应付了，如果还对自己发火、指责自己，只会雪上加霜。一整天躲在被窝里吃零食并不意味着我是个失败者，那只不过是我在对自己好一点。即便深陷抑郁的黑洞之中，至少我可以让自己在黑洞里过得舒服一点。

萨姆曾对我说："其实我们所有人都是彼此的队友。"直到很久以后，我才明白这句话真正的意思。是的，生活的确不容易，但同时，生活对所有人都是不容易的。没有人能信心满满地说，生活到底是什么样子的，到底该怎么过。我们所生活的世界总是在不断演化和生长，自有其规则。在社会的期待和运行法则面前，个体常常只有被动接受，而即便这样，终归不是所有人都能适应。人类社会的发展带来了很多有益的东西，但与此同时，人类的内心状态也变得越来越复杂和精微，令我们自己越发难以厘清。我想，这种变化正是许多心理问题的根源。现实告诉我们，每个人的生活都有艰难和挣扎，正因如此，我们需要团结起来，互相支持，让每个活在这个世界上的人都能活得容易一点。当然，在远古时代，只要不被猛兽吃掉就算是活了；而在今天的世界里，活着也意味着要应对生活中的各种压力、担忧、抑郁和恐惧。如果这些情绪累积到了难以承受的程度，你可能就会像远古的祖先躲避剑齿虎一样，想要逃跑，甚至想要通过结束生命来逃离这个世界。我们应该正视这一点，承认每个人都会有这样的感受，并且看到，当我们团结起来一起面对的时候，解决问题就会变得更容易。让我们都看到大家共同的目标吧——活着，幸福地活着。当我们更理解自己的生活时，也就更有能力去支持彼此的生活，这就是所谓的"人多力量大"。让我们都善待彼此吧，祝你好运。

杰克

致谢

首先要感谢我的完美伴侣乔丹。感谢她在我懒得动笔时，帮我把笔记本电脑拿出来；感谢她看到我写不下去时，帮我理思路；更感谢她经常把糖果放在我的电脑旁，给我甜蜜的鼓励。完成这本书最要感谢的就是她。我爱你，乔。谢谢你为我做的一切。

其次还要感谢我美好而又极具个性的家人们。感谢爸爸妈妈一直以来给我的爱和指引；感谢萨姆，他是整个旅途中陪我走过的路最多的人，他也一直是我的榜样；感谢弗兰克总是为我鼓劲儿，她的支持让我在想要放弃的时候仍然决定坚持下去。感谢奶奶和外婆，她们是我成功的基石；感谢诺曼、外公、保罗叔叔和朱利安叔叔，他们的支持虽然有点孩子气，但同样宝贵。感谢弗里曼，他就跟我的家人一样，我知道他从过去到将来都会一直支持我；还有其他很多家人和亲戚，他们资助了我的徒步旅行，我前进的每一步都有他们为我加油鼓气。他们是：Lin and Malc; Scott, Nicki and family; Mich, Ollie and family; Aleks, K and Henry; Krissy, Leah and Lois; Marcus; Laura; Claire, Adam, Abe and Ben; Debby; John and Vera; Gaz and V。最后还要感谢朱莉和蒂姆在新冠疫情期间对我的慷慨帮助，大大地改进了这本书的内容。

我也要感谢我的朋友们，首先是我在莫尔登的兄弟们：感谢迈克，他和埃米莉、奥兹、奥尔拉一起为我举办了一个堪称经典的送别晚宴，而且他还是我在视频网站上的第一位粉丝。感谢贾尔斯，感谢他和我一起攀登斯诺登山时对我的支持，也感谢他的冷静。感谢奈特，她现在可能已经身在地球的另一边了，但对我来说，她从未离我太远。迈克、贾尔斯和奈特一直是我最好的朋友，永远都是。还有丹尼、詹姆斯和克里斯，他们让我即使远离莫尔登，也能感受到家乡的亲切。感谢曾与我同行的朋友们：Ads, Casey, Kirk, Si, Bungle, Chav, James W, Lele and Kel, Lang，还有许多与我相遇但并未留下姓名的驴友。感谢那些在我夜宿野外时，经常打电话关心我的朋友：Sammy, Phil, Jess, Gaz and Laura, Stu, Matt Steves, Ed B, Gez, Tom, Amelia, Dando, Woody, Hayley, Brodi, Gary, Felix。还有，要特别感谢埃玛，她在伦敦马拉松期间我工作的那家酒吧为我举办了一个超棒的欢迎聚会。

感谢在《心灵马拉松》大家庭里认识的每一个人，活动之后我们仍旧继续鼓励和支持着彼此。感谢查利、克劳迪娅、舍维、萨姆、保罗、里安、波普伊、梅尔、尼克、史蒂夫、谢莉思、乔吉、皮特、克莱尔、乔丹、埃米莉以及团队中的其他成员。你们所有人都将永远在我的心里占据一个特别的位置。

感谢一路上相遇并最终与我结为朋友的人：Toadie, Sarah, Simon, Kenny, Bryony, Robbie,"Charlie", Kate and Glen。感谢那些给我提供住宿的人、请我吃饭的人，以及所有给我的旅行增添了美好和独特记忆的人。太多的名字了，恕我无法一一写下。

最后，无比感谢所有资助我和帮助我为心理健康基金会筹款的人：

Glynn, Andreas, Linda, Chandni, Scott, Sue and Rich, Kathryn, Harriet, Leanne, James, Will, Gemma, Matt, Louise, Hannah and Fred, Valerie Wall, Rio, Alex, Peter, Verity, Dave Staffell, Laura, Robin, Emma, Alastair, Steve and Claire, Brendan, Katie, Vanessa, Gumbo and Heather, Stoner, Gareth, Emily, Jenn, Tamsin, Beale, Kirsty, Carla, Maxine, Mat Harries, Marc and Jess, Holly and the Hallets, Lizzy, Sean, Foxy, Paul L, the Sowerbys, Cav, Phil, Toby, Tessa and Chris, Marcus Z, Dando, Hayley, Jamie, Rob M, Matt E, Chloe, Beth, Jo, Daniel, Mark, Ally, Debby, Katie P, Tannah, Paul, Matt, Phin, Callum, Ria, Sophie, Sophy, Liss, Jenny, Joey, Thom, Kate, Mikaela, Jess, Dan, Sash, Jess, Alison, Ollie B, Carmody, James Stott, Issy Wright, John Harkins, Dan Dice, Sam, Adam Foster, Alex, Elsie, Sam G, Georgina, Bethany, Hampton, Chris and Becky, Chloe Shearman, Gotel, Christie, Fiona, Alice, Rich, Alex, Liam Leeson, Woody, Greenyer, Jason, Margaret, Tyler, Rebecca, James, Kate, Thom Lowe, Reece, Sarah, Dan Roberts, Pam and Hamish, Vicki, Rodders, Dave Staffell, Katy, Owen, Paddy, Ruby, Clark, Kim Russell, Stu Milburn, Adrian Storry, Kt Monk, Jez, Tracey, Karan, Kelli, She, Kelsey, Alice, Carol, Fiona, Abigail, Catherine, Dawn, Richard, Pen, Donna, Polly, Paula Rimmer, Louise, Liina, Joel, Louise, Francesca, Derek, Sian, Josie, Megan, Frances, Claire, Pat, Kevin, Alyx, Robi, Ann,

Mark, Amanda, Susie, Carolyn, Terianne, Vivio, Chris, Philippa, Steph, Warren, Liz, Kim, Anna, David Russell, Stu, Claudia, Susan, Mark, Sandy, Christina, Anita, Elaine, Lorna, Joanna, Sally, Kaye, Rachael, Dennis, Lisa, Roy, Beth, Erica, Fredi Threlfall, Karen, Wayne, Nuala, Caryl, Gem, Dominique, Andrew, Wendy, Moe, Naomi, Toni, Alexa, Aisha, Alec, Suzy, Nichola, Heather, Jean, Kirsten, Imogen, Anne-Marie, Karl, Philip, Ian, Peter, Jevans, Sam Walker, Nick Barron, Niband John, Fia Gosling, Dina, Ed, Liz, Ellie, Howard。还有很多匿名的捐助者。非常感谢你们每一个人！

译后记

在心理治疗上，人们最关心的一个问题就是：改变是如何发生的？读着杰克·泰勒的这本书，跟随他的旅途，我也一直在追寻这个主题。

心理上的问题跟身体上的问题有着千丝万缕的联系，但它们最大的区别之一，大概就是在对待心理问题时，你跟这个"问题"之间的关系非常微妙。6年前，看着窗口认真考虑自杀的那一刻，杰克跟他的"心理问题"之间仿佛是"你死我活"的关系。跟问题同归于尽，既是一种放弃，但也是一种不放弃。没有放弃的是一个信念——宁愿死也不愿这样活。然而"你死我活"却是达不到的。谁都知道，如果靠这个最后的杀手锏解决问题，不仅问题没了，也什么都没了。

在最绝望的时刻，一个念头在求死，却仍有另一个念头在求生——求生的那个他，拨通了妈妈的电话。

如果你也像我一样，在寻找关于"改变"的答案，在这里你可能就会做个笔记。是什么把杰克从生死线上拉了回来？找妈妈。而读完这本书你就会知道，不光是杰克，他跟朋友柯克被困在路上六神无主的时候，柯克也给妈妈打了电话。虽然大家都知道，妈妈也只是平凡人，但不管长到多大，甚至就算平时跟妈妈的关系不那么紧密，被逼到绝境时，很多人都会想找妈妈。你管它叫孩子气也好，叫"退行"也罢，都随便你，但它真的管用。是什么改变了求死的绝望？是希望，是让人安心的联系带来的希望。

为什么让人安心的联系能带来改变？还要从人类幼崽说起。小孩摔了跤，第一反应就会哭着去找大人抱。大人心疼，抱着那孩子说："摔疼了吧？我给你吹吹。"那孩子就会慢慢知道，我是会疼的，疼是可以伤心的，伤心是可以哭的，哭是可以得到安慰和帮助的。当一个人感受到被他人看见、被当回事，得到了温情和支持的回应，就会知道自己无论什么时候都不必绝望，就能感到安心，就有了韧性和信心，这样脑子就不乱，办法就多了起来。

今天我们做心理治疗时说到"接纳"这个概念，实际上就是这样通过与他人的连接，培养起一连串内心中的"可以"。这个"可以"还包括：世界是可以有那些我不喜欢的事情发生的，我也可以有我不喜欢的情绪或行为（我是可以不喜欢这些行为的）。虽然这些"可以"不等于"喜欢"，而且有了这些"可以"，也并不解决什么实际问题，但当我们不再花那么多功夫去抗拒已经发生的事情时，就能把注意力放在"做什么事才有帮助"上面了。同样，在做这些"有帮助的事情"时是可以失败的，失败了是可以伤心的，伤心是可以得到帮助的。接下来，只要继续寻找和改善解决问题的方法就是了。这样，虽然一样会有喜怒哀乐的情绪，但因为不较劲，情绪就可以是流动的，能流动就不至于让人喘不过气来。

尽管人们常常责怪自己干蠢事，但像杰克和柯克这样不经意间发挥的才智其实比比皆是——不需要专门去学心理学，只须留意和回应内心的需要，就会发现，在最困难的时候，人们会做出很多无比正确且有效的事，为自己找到情感上的支持，用对自己最有意义的方式照料自己的情绪。

给妈妈打电话，让杰克的心理有了一些改变。借着这一丝改变的光亮，他开始找寻出路。内心困苦虽不好受，却常能激发深刻的思索和勇敢的创造力。对杰克而言，这种思索和创造力让他决定放下压力重重的工作和不健康的生活，开始一次 3000 英里的徒步旅行。

很多人有了心理困扰都会去旅行，但只有创造了深刻的生命新体验的旅行，才能给心灵带来真正的改变。杰克的旅行不仅是挑战自我、发现身心的潜能，更是打开自己，让自己接受各种人和事的影响。走了许多路之后，他变得更自信了；但走了更多路之后，他又变得谦卑；而这种谦卑更加促进了他的开放性，为创造深刻的生命新体验打造了基础。

本书英文版的副标题提到，这是"一场重新发现自我、重新发现自我与他人之间连接的旅行"。在他的众多发现中，有一件事改变了他跟"心理问题"的关系——他发现：我和抑郁是可以共处的。

有了这个"可以"，他就不再害怕抑郁；一旦不怕，他就能进而对它好奇，进而探索、发现，再探索、再发现。他持续地、反复地解构、建构、试验，觉察自己的状态、他人的影响，甚至在这个新的频道上，去接近和发现他人的内心世界。面对"抑郁"，因为体验的变化，认识也在变化；而随着认识的变化，体验也在变化。"抑郁"成了一个具有流动性的概念，他自身也成了一个具有流动性的人——他不必把"抑郁"作为自我定义的一部分，也不必定义自己，只是通过每时每刻的选择呈现了自己。

这样一来，"你死我活"的战争主题就变成了"自我疗愈"的旅程。

大自然包罗万象——沧海桑田、地动山摇，无比宏大的时间和空间尺度，无与伦比的精微和绝妙，却唯独没有是非对错的评判。这种永恒沉默的"接纳"本身，为杰克的自我疗愈提供了营养。

外在的自然和内心中的"可以"相互辉映，扩大了心灵的自由。同时，另一个生命主题也变得更加清晰，这就是——爱。

需要爱时，爱也是"可以"的；当自己需要爱时，爱自己也是"可以"的。

杰克在行走中向人们分享，为什么他要通过徒步旅行让更多人了解心理健康问题。从完全偶遇的陌生人到至亲的家人朋友，"可以"让他敞开心扉，坦承自己的挣扎。但他发现，并没有人会像面对天外来物一样不知所措——也就是说，内心之中，人皆有挣扎，只是不好意思说罢了。

他发现，因为各种各样的"怕"，人们不愿谈论心灵苦痛，但隔离、否认、推开痛苦，并不会带来改变。相反，孤独感让人们想要去感受、去创造连接和支持，苦痛唤起了爱。而爱，带来了改变。

陷入消极情绪的旋涡时，杰克开始学会用爱对待自己。前面说到，内心困苦虽不好受，却常能激发深刻的思索和勇敢的创造力，而这底下的动力，大概正是爱。

如你我所知，深刻的生命体验中总有可言说和不可言说的部分，更何况还有"身在庐山中"的麻烦。所以，读记述自身成长的书，总让我感到一种知其不可而为之的勇气。我常常惊叹杰克能在那些貌似稀松平常的瞬间停住脚，继而走进自己的内心，把那些喜欢不喜欢的想法和心情都翻出来，细心琢磨。

作为一名心理咨询师，我见证过许许多多改变，也在不断地惊叹人们的智慧和勇气——在我的体验中，智慧和勇气几乎是同一件事。获得智慧意味着走出熟悉的思维方式，而这需要冒险的勇气。另外，可以说所有的改变几乎都要经历杰克这样的"角色反转"——从对抗到疗愈。

"可以"意味着选择的自由，而"爱"带来了选择的理由。抑郁还在那里，但当你选择了不同的回应方式，人与症状之间的互动体验就改变了。改变，表面上看是改变症状，让症状消失，但本质上是改变对生命的体验。

14年前，当我从印度尼西亚的热带雨林归来，坐在写字楼的办公室里环顾四周时，我忽然觉得，尽管探索热带雨林充满了新鲜刺激，但相比起来，那些坐在办公室格子间里的人，也许内心中正经历着更加惊心动魄、跌宕起伏的冒险。我很感激借着翻译这本书，让我再次看到了心灵旅行中的美丽风景——那从困顿中长出来的自由，从挣扎中生出的爱。

能一边做着接待来访者的全职工作，一边翻译完这本书，我要感谢编辑王若菡给我的帮助以及耐心，也特别感谢我的朋友 TiTi 帮我细心校对，跟我讨论用词的妥帖，TiTi 对中文的感觉和对奇怪知识的了解让我深深敬佩。同时也感谢父母每次跟我视频聊天时都提醒我不要用脑过度，让我避免身体疲劳时"强行翻译"导致的水平下降。我的男朋友马修母语是英语，他不光在翻译上跟我讨论，帮了我不少忙，还在翻译完成后跟我庆祝了三回，也感谢马修。

孟斯

2022 年元月，于美国马里兰州哥伦布市